suhrkamp taschenbuch 2323

Lew Abalkin gehört zu den sogenannten »Progressoren«, die auf fremden Planeten unauffällig Hilfestellung leisten sollen. Warum verhält er sich so merkwürdig, ist er zum Sonderling geworden? Was treibt ihn ins Museum für Außerirdische Kulturen? Maxim Kammerer, ein anderer Progressor, erhält den Auftrag, sich um Abalkin zu kümmern, und sein zunächst als Routine erscheinender Auftrag führt ihn auf die Spur eines gewaltigen Rätsels. Die geheimnisvollen »Wanderer« sind eine Über-Macht, die dem Menschen um so bedrohlicher erscheinen, als ihr Wesen, ihre Ziele, ihre Moral (so sie eine haben) völlig unbekannt sind, während die ihnen zur Verfügung stehenden Mittel die Vernunft zu übersteigen scheinen – denn sie erzeugen Wirkungen, wie etwa die Verbindung zwischen den »Findelkindern« und den »Zündern«, die sich vorerst jedem Erklärungsversuch irdischer Wissenschaft widersetzen. Der Roman ist so zugleich ein spannendes Kriminalrätsel und eine kulturelle Parabel von beträchtlicher Kraft, die in eine Fortsetzung findet.

Arkadi und Boris Strugatzki sind die führenden russischen Science-fiction-Autoren. Arkadi, geboren 1925, absolvierte die Hochschule für Fremdsprachen und arbeitete als Lektor und am Institut für Fremdsprachen in Moskau. Er starb 1991 in Moskau. Boris, geboren 1933, studierte Astronomie in Leningrad und war an der Sternwarte Pilkovo tätig. Seit 1964 arbeiteten sie als freie Schriftsteller, Boris in Leningrad und Arkadi in Moskau. Viele ihrer Romane wurden verfilmt, u. a. *Picknick am Wegesrand* von Andrej Tarkowski (*Stalker*). Die meisten Bücher der Strugatzkis liegen in der »Phantastischen Bibliothek« vor: *Picknick am Wegesrand* (st 670), *Die zweite Invasion der Marsianer* (st 1081), *Die häßlichen Schwäne* (st 1275), *Eine Milliarde Jahre vor dem Weltuntergang* (st 1338), *Die Wellen ersticken den Wind* (st 1508), *Der Junge aus der Hölle* (st 1658), *Das lahme Schicksal* (st 1766), *Die bewohnte Insel* (st 1946), *Die dritte Zivilisation* (st 2163), *Troika* (st 2221), *Die Schnecke am Hang* (st 2299).

Arkadi und Boris Strugatzki
Ein Käfer im Ameisenhaufen

Science-fiction-Roman

Aus dem Russischen
von Erik Simon

Phantastische Bibliothek
Band 314

Suhrkamp

Redaktion und Beratung: Franz Rottensteiner
Titel der Originalausgabe: *Shuk w murawejnike*
Umschlagillustration: Hans-Jörg Brehm

suhrkamp taschenbuch 2323
Erste Auflage dieser Ausgabe 1994

Druck: Ebner Ulm
Printed in Germany
Umschlag nach Entwürfen von
Willy Fleckhaus und Rolf Staudt

1 2 3 4 5 6 - 99 98 97 96 95 94

Ein Mann stand am Tor,
die Tiere davor.
Er nahm sein Gewehr,
und sie lebten nicht mehr.

Verse eines kleinen Jungen

1. Juni '78

Maxim Kammerer, Mitarbeiter der KomKon 2

Um 13.17 Uhr rief mich Seine Exzellenz zu sich. Er blickte nicht von der Arbeit auf, so daß ich nur seinen kahlen Schädel sah, bedeckt von blassen Sommersprossen, wie man sie bei alten Männern findet – dieser Empfang bedeutete tiefe Besorgnis und Unzufriedenheit. Freilich nicht meinetwegen.

»Setz dich.«

Ich setzte mich.

»Du mußt einen Menschen ausfindig machen«, sagte er und verstummte plötzlich. Er schwieg lange. Zog ärgerlich die Stirn in Falten. Schnaufte. Man hätte meinen können, daß ihm seine eigenen Worte nicht gefielen. Vielleicht die Form, vielleicht der Inhalt. Seine Exzellenz hat ein Faible für absolut exakte Formulierungen.

»Wen?« fragte ich, um ihn aus dem philologischen Stupor zu befreien.

»Lew Wjatscheslawowitsch Abalkin. Progressor. Hat gestern die Polarbasis auf dem Saraksch in Richtung Erde verlassen. Auf der Erde nicht registriert. Du mußt ihn finden.«

Er verstummte erneut, hob den Kopf und blickte mich zum erstenmal aus seinen runden, unnatürlich grünen Augen an. Er tat sich sichtlich schwer, und mir wurde klar, daß die Sache ernst war.

Ein Progressor, der es nicht für nötig hielt, sich nach der Rückkehr zur Erde registrieren zu lassen, beging zwar strenggenommen eine Ordnungswidrigkeit, aber für unsere Kommission, noch dazu für Seine Exzellenz persönlich, konnte er unmöglich von Interesse sein. Und dennoch befand sich Seine Exzellenz so offensichtlich in der Klemme, daß bei mir der Eindruck entstand, gleich werde er sich im Sessel zurücklehnen, geradezu erleichtert aufatmen und murmeln: ›In Ordnung. Entschuldige. Ich befasse mich selbst damit.‹ Dergleichen kam vor. Selten, aber immerhin.

»Es besteht Grund zu der Annahme«, sagte Seine Exzellenz, »daß Abalkin sich verbirgt.«

Fünfzehn Jahre früher hätte ich gierig gefragt: ›Vor wem?‹ – aber seither waren fünfzehn Jahre vergangen und mit ihnen die Zeit der gierigen Fragen.

»Du findest ihn und benachrichtigst mich«, fuhr Seine Exzellenz fort. »Keinerlei physische Kontakte. Überhaupt keinerlei Kontakte. Finden, unter Beobachtung nehmen und mich benachrichtigen. Nicht mehr und nicht weniger.«

Ich versuchte, mit einem gewichtig verständnisvollen Nicken davonzukommen, doch er musterte mich so durchdringend, daß ich es für nötig hielt, betont gemächlich und nachdenklich den Befehl zu wiederholen.

»Ja«, sagte Seine Exzellenz. »Und jetzt dieses.«

Er griff ins Seitenfach des Tisches, wo jeder normale Mitarbeiter die Nachschlage-Kristallothek aufbewahrt, und holte einen voluminösen Gegenstand hervor, dessen Bezeichnung mir zuerst auf Honti einfiel: »sakurrapia«, was wörtlich übersetzt »Behältnis für Dokumente« bedeutet. Und erst als er dieses Behältnis vor sich auf den Tisch packte und seine langen, knochigen Finger darüber verschränkte, platzte ich heraus: »Eine Aktenmappe!«

»Laß dich nicht ablenken«, sagte Seine Exzellenz streng. »Hör aufmerksam zu. Niemand in der Kommission weiß, daß ich mich für diesen Menschen interessiere. Und auf gar keinen Fall darf es jemand erfahren. Folglich wirst du allein arbeiten. Keinerlei Gehilfen. Deine gesamte Gruppe unterstellst du Claudius, und berichten wirst du mir und nur mir. Keinerlei Ausnahmen.«

Ich muß gestehen, ich war verblüfft. Dergleichen hatte es einfach noch nie gegeben. Auf der Erde war ich einer solchen Geheimhaltungsstufe bisher nie begegnet. Und ehrlich gesagt, ich hatte mir nicht einmal vorstellen können, daß so etwas möglich wäre. Deshalb erlaubte ich mir eine ziemlich dumme Frage: »Was heißt keinerlei Ausnahmen?«

»Keinerlei heißt im vorliegenden Falle einfach ›keinerlei‹. Es gibt noch ein paar Menschen, die über diese Angelegenheit informiert sind, aber da du nie mit ihnen zusammentreffen wirst, wissen praktisch nur wir beide davon. Selbstverständlich wirst du im Laufe deiner Nachforschungen mit vielen Leuten sprechen müssen. Jedesmal wirst du irgendeine Legende benutzen. Um die Legenden kümmere dich bitte selbst. Ohne Legende wirst du nur mit mir sprechen.«

»Ja, Exzellenz«, sagte ich ergeben.

»Weiter«, fuhr er fort. »Offensichtlich wirst du mit seinen Bekannten beginnen müssen. Alles, was wir über seinen Bekanntenkreis wissen, ist hier.« Er klopfte mit dem Finger auf die Mappe. »Nicht allzuviel, aber für den Anfang immerhin etwas. Nimm.«

Ich nahm die Mappe in Empfang. So etwas war mir auf der Erde auch noch nicht begegnet. Die Deckel aus mattem Plast wurden von einem Metallschloß zusammengehalten, und auf dem oberen war karminrot eingeprägt: »*Lew Wjatscheslawowitsch Abalkin*«. Und darunter aus irgendeinem Grund: »07«.

»Hören Sie, Exzellenz«, sagte ich. »Warum in solcher Form?«

»Weil diese Materialien in anderer Form nicht existieren«, erwiderte er kühl. »Übrigens erlaube ich nicht, daß eine Kristallkopie angefertigt wird. Weiter hast du keine Fragen?«

Das war natürlich keine Aufforderung, Fragen zu stellen. Vielmehr einfach eine kleine Dosis Gift. In diesem Stadium hatte ich eine Menge Fragen, und solange ich mich nicht mit der Mappe vertraut gemacht hatte, war es sinnlos, Fragen zu stellen. Ich erlaubte mir aber trotzdem zwei.

»Termin?«

»Fünf Tage. Nicht länger.«

Das ist unmöglich zu schaffen, überlegte ich.

»Kann ich gewiß sein, daß er sich auf der Erde befindet?«

»Ja.«

Ich stand auf, um zu gehen, doch er ließ mich noch nicht fort. Er musterte mich von unten herauf eindringlich aus seinen grünen Augen, und die Pupillen verengten und weiteten sich wie bei einer Katze. Er sah natürlich ganz klar, daß ich mit dem Auftrag nicht zufrieden war, daß mir der Auftrag nicht nur seltsam, sondern, gelinde gesagt, unsinnig vorkam. Doch aus irgendeinem Grund konnte er mir nicht mehr mitteilen, als er mitgeteilt hatte. Und er wollte mich nicht gehen lassen, ohne wenigstens noch etwas gesagt zu haben.

»Weißt du noch, auf einem Planeten namens Saraksch war ein gewisser Sikorsky alias ›der Wanderer‹ hinter einem flinken Milchbart her, den sie Mak nannten . . .«

Ich wußte es noch.

»Nun denn«, sagte der Wanderer alias Seine Exzellenz. »Sikorsky hat es damals nicht rechtzeitig geschafft. Aber wir beide müssen es schaffen. Denn der Planet heißt diesmal nicht Saraksch, sondern Erde. Und Lew Abalkin ist kein Milchbart.«

»Sie belieben in Rätseln zu sprechen, Chef?« sagte ich, um die in mir aufkeimende Unruhe zu verbergen.

»Geh an die Arbeit«, antwortete er.

1. Juni '78

Einiges über Lew Abalkin, Progressor

Andrej und Sandro warteten noch immer auf mich und waren konsterniert, als ich sie Claudius unterstellte. Sie wollten sogar störrisch werden, doch meine Unruhe war noch nicht vergangen, ich blaffte die beiden an, und sie trollten sich, wobei sie gekränkt murrten und die Mappe mit mißtrauisch-aufgestörten Blicken bedachten. Diese Blicke weckten in mir eine neue und ganz unverhoffte Sorge: Wo sollte ich dieses monströse »Behältnis für Dokumente« nun aufbewahren?

Ich setzte mich an den Tisch, legte die Mappe vor mich hin und schaute mechanisch auf den Registrator. Sieben Mitteilungen in der Viertelstunde, die ich bei Seiner Exzellenz verbracht hatte. Ich muß gestehen, daß ich ohne sonderliches Bedauern meine sämtlichen dienstlichen Verbindungen auf Claudius umschaltete. Danach befaßte ich mich mit der Mappe.

Wie erwartet, enthielt die Mappe nichts als Papiere. Zweihundertdreiundsiebzig durchnumerierte Blätter von unterschiedlicher Farbe, unterschiedlicher Qualität, unterschiedlichem Format und unterschiedlichem Erhaltungsgrad. Ich hatte seit fast zwanzig Jahren nicht mehr mit Papier zu tun gehabt, und meine erste Regung war, den ganzen Haufen in den Translator zu stecken, aber ich hielt natürlich rechtzeitig inne. Es war halt Papier. Gut, dann eben Papier.

Alle Blätter wurden äußerst unhandlich, aber fest von einer sinnreichen Metallvorrichtung mit Magnetverschluß zusammengehalten, und ich bemerkte nicht gleich die ganz gewöhnliche Funkkarte, die unter der oberen Klemme steckte. Diesen Funkspruch hatte Seine Exzellenz heute erhalten, sechzehn Minuten bevor er mich zu sich beordert hatte. Der Text lautete:

»01.06.-13.01. elefant an wanderer.

auf ihre anfrage vom 01.06.-07.11 betreffend tristan teile ich mit: am 31.05.-19.34 traf hier eine information vom kommandanten der basis saraksch 2 ein. zitat: ausfall von huron (abalkin, chiffrierer im stab der flottengruppe z des inselimperiums). am 28.05 flog tristan (loffenfeld, arzt der basis im außendienst) zur reihenuntersuchung hurons. heute am 29.05.-17.13 erschien mit tristans flugboot huron in der basis. nach seinen worten wurde tristan unter unbekannten umständen von der abwehr des stabes z gefaßt und getötet. beim versuch, tristans körper zu retten und zur basis zu bringen, enttarnte sich huron. er wurde beim gewaltsamen durchbruch physisch nicht verletzt, befindet sich jedoch am rande des psychischen zusammenbruchs. auf seine nachdrückliche bitte hin wird er mit linientransfer 611 zur erde geschickt. ende des zitats.

auskunft: 611 kam am 30.05.-22.32 auf der erde an. abalkin hat keine verbindung mit der komkon aufgenommen. auf der erde ist er bis heute 12.53 nicht registriert. auf den zwischenstationen der linie 611 (pandora, kurort) ist er bis zum selben zeitpunkt ebenfalls nicht registriert. elefant.«

Die Progressoren. So. Ganz offen gesagt: Ich mag die Progressoren nicht, obwohl ich selbst augenscheinlich einer der ersten Progressoren war, und das zu einer Zeit, als dieser Begriff nur in theoretischen Darlegungen verwendet wurde. Ich muß übrigens gestehen, daß meine Haltung zu den Progressoren nicht originell ist. Kein Wunder: die überwiegende Mehrheit der Erdbewohner ist ihrem ganzen Wesen nach außerstande zu begreifen, daß es Situationen gibt, wo ein Kompromiß nicht in Frage kommt. Entweder sie mich, oder ich sie, und keine Zeit, herauszufinden, wer im Recht ist. Für einen normalen Erdenmenschen klingt das barbarisch, und ich kann ihn verstehen, ich war ja selbst so einer, ehe ich auf den Saraksch geriet. Ich erinnere mich genau an jene Weltsicht, der zufolge jede Intelligenz a priori als ein Wesen aufgefaßt wird, das einem ethisch gleichwertig ist, so daß die Fragestellung, ob es besser oder schlechter ist als man selbst, von vornherein unmöglich wird, selbst wenn seine Ethik und Moral sich von unserer unterscheidet . . .

Und da genügt nicht die theoretische Vorbereitung, ebensowenig die Modellkonditionierung – man muß selbst die Schattenzone der Moral durchschreiten, manches mit eigenen Augen sehen, sich ordentlich die Finger verbrennen und -zig widerliche Erinnerungen anhäufen, um endlich zu begreifen und nicht nur schlechthin zu begreifen, sondern diesen einstmals durch und durch trivialen Gedanken fest in sein Weltbild einzufügen: ja, es gibt auf der Welt Intelligenzwesen, die weitaus, die wesentlich schlechter sind als man selbst, wer immer man auch sein mag. Und nur dann erwirbt man die Fähigkeit, in »die Unseren« und »die anderen« zu unterscheiden, in kritischen Situationen augenblicklich Entscheidungen zu treffen, und man findet auch den Mut, erst einmal zu handeln und später Klarheit zu gewinnen.

Ich glaube, eben das macht den Progressor aus: die Fähigkeit, entschlossen zwischen den unseren und den anderen zu trennen. Gerade weil er das vermag, begegnet man ihm zu Hause mit ängstlicher Bewunderung, bewundernder Angst – und auf Schrit und Tritt mit einer etwas abfälligen Vorsicht. Und dagegen ist nichts zu machen. Man muß es ertragen – wir wie auch sie. Denn entweder braucht es Progressoren, oder die Erde vergißt besser gleich, daß es außerirdische Angelegenheiten gibt ... Übrigens haben wir in der KomKon 2 zum Glück recht selten mit Progressoren zu tun.

Ich las den Funkspruch durch und dann aufmerksam noch ein zweites Mal. Sonderbar. Seine Exzellenz interessiert sich also hauptsächlich für einen gewissen Tristan alias Loffenfeld. Um etwas über diesen Tristan zu erfahren, war er selbst heute in aller Herrgottsfrühe aufgestanden und hatte sich nicht gescheut, unseren »Elefanten« aus dem Bett zu scheuchen, der bekanntlich erst schlafen geht, wenn die Hähne krähen.

Und noch etwas Sonderbares: Man könnte meinen, er hätte im voraus gewußt, wie die Antwort lauten würde: Er hatte nur eine Viertelstunde gebraucht, um die Suche nach Abalkin zu beschließen und für mich die Mappe mit seinen Papieren vorzubereiten. Es sah aus, als hätte diese Mappe schon bei ihm bereitgelegen ...

Und das Sonderbarste: Abalkin war freilich der letzte Mensch, der wenigstens Tristans Leiche gesehen hatte, aber wenn Seine Exzellenz Abalkin nur als Zeugen im Fall Tristan benötigte, wozu dann das unheilvolle Gleichnis von einem gewissen Wanderer und einem gewissen Milchbart?

Oh, selbstverständlich hatte ich meine Versionen. Ihrer zwanzig. Und unter ihnen funkelte wie ein gleißender Brillant zum Beispiel diese: Huron-Abalkin ist von der Reichsabwehr angeworben und umgedreht worden, er bringt Tristan-Loffenfeld um und verbirgt sich auf der Erde mit dem Ziel, den Weltrat zu unterwandern ...

Ich las den Funkspruch noch einmal durch und legte ihn beiseite. Also schön. Blatt Nr. 1. Abalkin, Lew Wjatscheslawowitsch. Codenummer soundso. Genetischer Code soundso. Geboren am 6. Oktober '38. Erziehung in der Internatsschule 241, Syktywkar. Lehrer: Fedossejew, Sergej Pawlowitsch. Ausbildung an der Progressoren-Schule Nr. 3 (Europa). Betreuer: Horn, Ernst Julius. Berufliche Neigungen: Tierpsychologie, Theater, Ethnologuistik. Berufliche Veranlagungen: Tierpsychologie, theoretische Xenologie. Arbeit: Februar '58 bis September '58, Diplompraktikum, Planet Saraksch, Kontaktversuch mit der Rasse der Kopfler in ihrer natürlichen Umwelt ...

Hier hielt ich inne. Sieh einer an! Ich erinnerte mich ja an ihn! Richtig, das war im Jahr '58. Da war eine ganze Truppe angekommen – Komow, Rowlingson, Martha ... Und dieses etwas mürrische Bürschlein von einem Praktikanten. Seine Exzellenz (damals hieß er »der Wanderer«) hatte mir befohlen, alles stehen- und liegenzulassen und die Gruppe, als Expedition des Wissenschafts-Departements getarnt, über die Blaue Schlange in die Festung zu führen ... So ein knochiger junger Mann mit sehr blassem Gesicht und langem, glattem schwarzem Haar wie ein Indianer. Richtig! Sie nannten ihn alle (außer Komow, versteht sich) den Heuler, aber natürlich nicht, weil er eine Heulsuse gewesen wäre, sondern weil er eine schallende, aufheulende Stimme hatte wie ein Tachorg ... Wie klein die Welt doch ist! Schön, sehen wir, was später aus ihm geworden ist.

März '60 bis Juli '62, Planet Saraksch: Leiter und Ausführender der Operation »Mensch und Kopfler«. Juli '62 bis Juni '63, Planet Pandora: Leiter und Ausführender der Operation »Kopfler im Weltraum«. Juni '63 bis September '63, Planet Esperanza: zusammen mit dem Kopfler Wepl, Teilnahme an der Operation »Tote Welt«. September '63 bis August '64, Planet Pandora: Umschulungskursus. August '64 bis November '66, Planet Giganda: erster selbständiger Infiltrationsversuch – Unterbuchhalter in der Jagdhundezucht, später Hundeführer Marschall Nagon-Gighs, schließlich Jägermeister des Herzogs von Alay (siehe Blatt Nr. 66) ...

Ich sah mir Blatt Nr. 66 an. Es war ein Fetzen Papier, irgendwo hastig herausgerissen und faltig vom Zusammenknüllen. Darauf stand in flüchtiger, schwungvoller Schrift: »Rudi! Damit du dir keine Sorgen machst. Auf der Giganda hat das Schicksal zwei von unseren Geschwistern zusammengeführt. Ich kann dir versichern, es ist ein reiner Zufall und ohne Folgen. Wenn du's nicht glaubst, schau in 07 und 11. Maßnahmen sind bereits ergriffen worden.« Eine unleserliche verschnörkelte Unterschrift. Das Wort »rein« war dreimal unterstrichen. Auf der Rückseite des Papiers stand irgendein gedruckter Text in arabischer Schrift.

Ich ertappte mich dabei, wie ich mich im Nacken kratzte, und kehrte zu Blatt Nr. 1 zurück.

November '66 bis Spetember '67, Planet Pandora: Umschulungskursus. September '67 bis Dezember '70, Planet Saraksch: Infiltration in die Republik Honti als Untergrundkämpfer der Union, Kontaktaufnahme mit der Agentur des Inselimperiums (erste Etappe der Operation »Stab«). Dezember '70, Planet Saraksch, Inselimperium: Häftling im Konzentrationslager (bis März '71 ohne Kontakt), Übersetzer in der Lagerkommandantur, Soldat bei den Pioniertruppen, Obersoldat der Küstenwache, Übersetzer und Chiffrierer beim Kommodore der 2. Unterseeflotte der Gruppe Z, Chiffrierer im Stab der Flottengruppe Z. Beobachtender Arzt: '38 bis '58 – Lekanowa, Jadwiga Michailowna; '53 bis '60 – Grăsescu, Romuald; seit '60 – Loffenfeld, Kurt.

Ende. Mehr stand nicht auf dem Blatt Nr. 1. Das heißt, auf die Rückseite hatte jemand übers ganze Blatt verwischte braune Streifen (wie mit Gouache) gezogen, die etwas wie ein stilisiertes kyrillisches »Sh« bildeten.*

Nun denn, Lew Abalkin, genannt »der Heuler«, jetzt weiß ich über dich immerhin schon etwas. Jetzt kann ich mit der Suche nach dir beginnen. Ich weiß, wer dein Lehrer ist. Ich weiß, wer dich an der Progressoren-Schule betreut hat. Ich kenne deine beobachtenden Ärzte . . . Aber was ich nicht weiß: Wer braucht dieses Blatt Nr. 1 und wozu? Wenn jemand wissen wollte, wer Lew Abalkin ist, könnte er schließlich das Informatorium anrufen (ich rief das GGI an), den Namen oder die Codenummer eingeben (ich wählte die Codenummer) und nach – eins und zwei

* Der Buchstabe Sh bezeichnet im Russischen ein stimmhaftes Sch (wie das zweite G in »Garage«), zum Beispiel im Wort »Shuk« = »Käfer«. In der stilisierten Form, von der die Rede ist, besteht er aus drei senkrechten Strichen, von einem waagerechten gekreuzt. (Anm. d. Übers.)

und drei und – vier Sekunden alles über dich erfahren, was einem Menschen an Informationen über einen anderen, der ihm fremd ist, rechtmäßig zusteht.

Bitte sehr: Abalkin, Lew, und so weiter, Codenummer, genetischer Code, geboren am Soundsovielten und so fort, Eltern (übrigens, warum waren auf Blatt Nr. 1 die Eltern nicht angegeben?): Abalkina, Stella Wladimirowna, und Zjurupa, Wjatscheslaw Borissowitsch, die Internatsschule in Syktywkar, der Lehrer, die Progressoren-Schule, der Betreuer ... Stimmt alles. So. Progressor, Arbeit seit '60: Planet Saraksch. Hm. Nicht viel. Nur die offiziellen Daten. Offensichtlich hat er beschlossen, sich fortan nicht mehr mit der Meldung von neuen Angaben an den GGI-Dienst abzugeben ... Und was ist das? »Adresse auf der Erde: nicht registriert.«

Ich tastete eine neue Anfrage ein: »Unter welchen Adressen ist Codenummer soundso auf der Erde registriert gewesen?« Nach zwei Sekunden kam die Antwort: »Die letzte Adresse Abalkins auf der Erde ist die Progressoren-Schule Nr. 3 (Europa).« Auch ein interessantes Detail. Entweder ist Abalkin seit achtzehn Jahren kein einziges Mal auf der Erde gewesen, oder er ist äußerst menschenscheu, läßt sich nie registrieren und mag keinerlei Angaben über sich machen. Beides wäre natürlich denkbar, es wirkt aber doch ziemlich ungewöhnlich ...

Bekanntlich speichert das GGI nur die Daten, die der Betreffende über sich selbst mitteilen will. Was aber enthält das Blatt Nr. 1? Ich kann beim besten Willen nichts auf dem Blatt finden, was zu verheimlichen sich für Abalkin lohnte. Dort steht alles viel ausführlicher, aber es fiele ja auch niemandem ein, sich wegen derlei Einzelheiten ans GGI zu wenden. Frage bei der KomKon 1 nach, und du erfährst das alles. Und was sie bei der Kom-Kon nicht wissen, läßt sich leicht in Erfahrung bringen, wenn man sich auf der Pandora unter die Progressoren mischt, die dort rekonditioniert werden oder einfach am Diamantenen Strand faulenzen, am Fuße der großartigsten Sanddünen im bewohnten Universum ...

Schön, Gott mit ihm, diesem Blatt Nr. 1. Wenngleich wir in Klammern anmerken wollen, daß wir nun doch nicht begriffen haben, wozu es überhaupt nütze ist, noch dazu so ausführlich ... Und wenn es schon so ausführlich ist, warum steht dann kein Wort über die Eltern drin?

Stopp. Das geht mich wahrscheinlich nichts an. Aber warum hat er sich nach der Rückkehr auf die Erde nicht bei der Kom-Kon gemeldet? Das läßt sich erklären: psychischer Zusammenbruch. Ekel vor der eigenen Arbeit. Ein Progressor am Rande des psychischen Zusammenbruchs kehrt auf den Heimatplaneten zurück, den er seit mindestens acht Jahren nicht mehr betreten hat. Wohin wendet er sich? Ich meine, zur Mutter zu gehen ist in diesem Zustand unanständig. Abalkin sieht nicht nach einem Waschlappen aus, genauer, er sollte nicht danach aussehen. Der Lehrer? Oder der Betreuer? Möglich. Durchaus wahrscheinlich. Sich ausweinen. Das kenne ich aus eigener Erfahrung. Wobei eher der Lehrer als der Betreuer in Frage kommt. Denn der Betreuer ist ja doch in gewisser Beziehung ein Kollege, wir indes ekeln uns vor unserer Arbeit ... Stopp. Stopp! Was ist denn mit mir los? Ich schaute auf die Uhr. Für zwei Dokumente hatte ich vierunddreißig Minuten gebraucht. Dabei hatte ich beide noch nicht einmal richtig studiert, sie mir nur angesehen. Ich zwang mich zur Konzentration und begriff plötzlich, daß die Sache schlecht stand. Mit einemmal wurde mir bewußt, daß ich überhaupt nicht darüber nachdenken mochte, *wie* ich Abalkin finden sollte. Viel lieber hätte ich verstanden, *warum* er so dringend gefunden werden mußte. Natürlich überkam mich sofort Wut auf Seine Exzellenz, obwohl mir die elementare Logik sagte, daß mir der Chef unbedingt sämtliche nötigen Erklärungen geliefert hätte, wenn mir das bei der Suche von Nutzen wäre. Und wenn er mir also nicht erklärt hatte, *warum* es Abalkin zu suchen und zu finden galt, dann stand folglich dieses *Warum* in keinerlei Beziehung zum *Wie*.

Und sogleich wurde mir noch etwas klar. Das heißt, es wurde mir nicht klar, sondern ich fühlte es. Und noch genauer: Mir kam ein Verdacht. Die ganze gewaltige Mappe, all das viele Papier, das ganze vergilbte Geschreibsel würde mir nichts geben außer vielleicht noch ein paar Namen und einer Unmenge neuer Fragen, die wiederum nicht das mindeste mit der Frage *Wie* zu tun hätten.

1. Juni '78

Kurz zum Inhalt der Mappe

14.23 Uhr war ich mit der Inhaltsübersicht fertig.

Den größten Teil der Papiere bildeten Dokumente, die Abalkin offensichtlich selbst geschrieben hatte.

Erstens war da sein Bericht über die Teilnahme an der Operation »Tote Welt« auf dem Planeten Esperanza – sechsundsiebzig Seiten in deutlicher großer Schrift ohne Korrekturen. Ich überflog diese Seiten. Abalkin erzählte, wie er zusammen mit dem Kopfler Wepl auf der Suche nach einem gewissen Objekt (mir entging, nach welchem) eine verlassene Stadt durchquert hatte und als einer der ersten mit den Resten der unglücklichen Eingeborenen in Kontakt getreten war.

Vor anderthalb Jahrzehnten waren die Esperanza und ihr grausames Schicksal auf der Erde in aller Munde gewesen, und sie waren es noch immer als unheilvolle Warnung für alle bewohnten Welten des Universums und als Zeugnis für den jüngsten und umfangreichsten Eingriff der *Wanderer* in die Geschicke anderer Zivilisationen. Es gilt jetzt als sicher, daß die Bewohner der Esperanza im Verlaufe ihres letzten Jahrhunderts die Kontrolle über die technische Entwicklung verloren und das ökologische Gleichgewicht praktisch unwiederbringlich zerstörten. Die Industrieabfälle hatten im Verein mit den Abfallprodukten wahnsinniger und verzweifelter Experimente, mit denen man die Lage zu verbessern versuchte, zu einer derart hochgradigen Verschmutzung des Planeten geführt, daß die Menschheit jener Welt, von einem ganzen Komplex genetischer Krankheiten befallen, zur vollständigen Verwilderung und zum unvermeidlichen Aussterben verurteilt war. Auf der Esperanza waren die genetischen Strukturen verrückt geworden. Und soviel ich weiß, hat bei uns bis heute niemand den Mechanismus dieser Verrücktheit verstanden. Jedenfalls ist es noch keinem von unseren Biologen gelungen, ein Modell dieses Prozesses herzustellen. Verrückt gewordene genetische Strukturen. Ihr sichtbarer Ausdruck war eine rapide, zeitlich nichtlineare Beschleunigung des Entwicklungstempos bei jedem halbwegs komplizierten Organismus. Was den Menschen betraf, so entwickelte er sich bis zum Alter von zwölf Jahren im allgemeinen normal, begann dann aber schnell erwachsen zu werden und später noch schneller zu altern. Mit sechzehn sah er wie dreißig aus, und mit neunzehn starb er in der Regel an Altersschwäche.

Eine solche Zivilisation hatte natürlich keinerlei historische Perspektive, aber da erschienen die *Wanderer*. Soviel uns bekannt ist, mischten sie sich zum erstenmal in die Geschicke einer fremden Welt ein. Es kann jetzt als gesichert gelten, daß es ihnen gelungen ist, nahezu die gesamte Bevölkerung der Esperanza durch interspatiale Tunnel zu evakuieren und anscheinend zu retten. (Wohin diese Milliarden unglücklicher kranker Menschen evakuiert worden sind, wo sie sich jetzt befinden und was aus ihnen geworden ist – das wissen wir freilich nicht, und wir werden es wohl nicht so bald erfahren.)

Abalkin war nur zu Beginn an der Operation »Tote Welt« beteiligt gewesen und hatte dabei eine recht bescheidene Rolle gespielt. Betrachtete man die Sache allerdings unter prinzipiellem Aspekt, so war er der erste (und bisher einzige) irdische Progressor, der Gelegenheit hatte, mit dem Vertreter einer vernunftbegabten nichthumanoiden Rasse als Partner zu arbeiten.

Beim Überfliegen dieses Berichts bemerkte ich, daß Abalkin darin ziemlich viele Namen erwähnte, ich gewann aber den Eindruck, daß für meine Angelegenheit allein Wepl in Betracht kam. Mir war bekannt, daß sich gerade eine ganze Gesandtschaft der Kopfler auf der Erde aufhielt, und es lohnte sich wohl zu klären, ob nicht vielleicht dieser Wepl darunter war. Abalkin schrieb über ihn mit so viel Wärme, daß ich die Möglichkeit seines Zusammentreffens mit dem alten Freund nicht ausschloß. Zu diesem Zeitpunkt war mir schon aufgefallen, daß Abalkin eine besondere Beziehung zu den »kleinen Brüdern« besaß: Den Kopflern hatte er mehrere Jahre seines Lebens gewidmet, auf der Giganda war er Hundeführer geworden . . . und überhaupt.

Und es gab in der Mappe noch einen Bericht Abalkins: über seine Operation auf der Giganda. Die Operation übrigens war meiner Ansicht kaum der Rede wert: Der Jägermeister Seiner Hoheit des Herzogs von Alay verschaffte einem armen Verwandten eine Anstellung als Bankkurier. Der Jägermeister war Lew Abalkin, der arme Verwandte ein gewisser Kornej Jašmaa. Dieses Material erschien mir für meine Zwecke völlig nutzlos. Soweit ich beim flüchtigen Durchsehen feststellen konnte, kam außer Kornej Jašmaa kein einziger irdischer Name darin vor. Es tauchten irgendwelche Soggas und Nagon-Gighs darin auf, Stallmeister, Durchlauchten, Panzermeister, Konferenzdirektoren, Hofdamen ... Ich merkte mir diesen Kornej vor, obwohl klar war, daß ich ihn kaum brauchen würde. Insgesamt umfaßte der zweite Bericht vierundzwanzig Seiten, und mehr Berichte Lew Abalkins über seine Arbeit fanden sich in der Mappe nicht. Das erschien mir sonderbar, und ich nahm mir vor, irgendwann später darüber nachzudenken, warum von all den vielen Berichten eines professionellen Progressors nur zwei in der Mappe 07 gelandet waren und warum gerade diese beiden?

Beide Berichte waren im »Laboranten«-Stil verfaßt und hatten meines Erachtens ziemlich viel Ähnlichkeit mit einem Schulaufsatz von der Art »Wie ich meine Ferien bei den Großeltern verbrachte«. Dergleichen Berichte zu schreiben ist das reinste Vergnügen, sie zu lesen in der Regel eine ausgesprochene Tortur. Die Psychologen (jene, die sich in den Stäben festgesetzt haben) verlangen, daß die Berichte weniger objektive Angaben über Ereignisse und Tatsachen enthalten sollen als vielmehr rein subjektive Empfindungen, persönliche Eindrücke und den Bewußtseinsstrom des Verfassers. Dabei kann der Autor den Berichtsstil (»Laborant«, »General«, »Künstler«) nicht selbst wählen – er wird ihm nach irgendwelchen geheimnisvollen psychologischen Gesichtspunkten vorgeschrieben. Fürwahr, es gibt Lügen, schamlose Lügen und die Statistik, aber Freunde, wir wollen doch nicht die Psychologie vergessen!

Ich bin kein Psychologe, jedenfalls nicht von Berufs wegen, trotzdem glaubte ich, daß es vielleicht auch mir gelingen könnte, aus diesen Berichten irgend etwas Nützliches über die Persönlichkeit Lew Abalkins zu entnehmen.

Während ich den Inhalt der Mappe durchsah, entdeckte ich immer wieder gleichförmige, ich würde sagen, geradezu identische und mir völlig unverständliche Dokumente: bläuliche Blätter eines festen Papiers mit grünem Rand und einem in die linke obere Ecke eingeprägten Monogramm, das entweder einen chinesischen Drachen oder einen Pterodaktylus darstellte. Auf jedem dieser Blätter stand bald mit Federhalter, bald mit Faserstift, aber immer in der mir schon bekannten schwungvollen Handschrift geschrieben: »Tristan 777«. Darunter das Datum und wieder dieselbe verwickelte Unterschrift. Nach den Daten zu urteilen, waren solche Blätter seit dem Jahre '60 ungefähr alle drei Monate in die Mappe gelegt worden, so daß sie jetzt ein Viertel des Gesamtumfangs ausmachten.

Weitere zweiundzwanzig Seiten nahm Abalkins Korrespondenz mit seiner Leitung ein. Diese Korrespondenz brachte mich auf einige Überlegungen.

Im Oktober '63 schickt Abalkin einen Bericht an die Kom-Kon 1, in dem er vorerst noch sehr zahm seinem Befremden Ausdruck verleiht, daß man die Operation »Kopfler im Weltraum« ohne ihn zu fragen eingestellt hat, obwohl sich diese Operation durchaus erfolgreich entwickelt und als äußerst perspektivreich erwiesen hatte.

Ich weiß nicht, welche Antwort er auf diesen seinen Bericht erhalten hat, aber im November desselben Jahres schreibt er einen völlig verzweifelten Brief an Komow und bittet ihn, die Operation »Kopfler im Weltraum« wiederaufzunehmen, und gleichzeitig protestiert er in einer sehr heftigen Erklärung an die Adresse der KomKon dagegen, daß man ihn, Abalkin, auf einen Umschulungskursus schickt. (Wir wollen festhalten, daß er das alles aus irgendeinem Grunde schriftlich erledigt und nicht in der üblichen Form.)

Wie aus den folgenden Ereignissen hervorgeht, hat diese Korrespondenz keinerlei Wirkung, und Abalkin wird zur Arbeit auf die Giganda beordert. Drei Jahre danach, im November '66, schreibt er von der Pandora aus erneut an die KomKon und bittet darum, daß man ihn zur Fortführung der Arbeit mit den Kopflern auf den Saraksch entsendet. Diesmal wird seiner Bitte stattgegeben, doch nur teilweise: Er wird auf den Saraksch geschickt, aber nicht an die Blaue Schlange, sondern nach Honti als unionistischer Untergrundkämpfer.

Während des Umschulungskurses schreibt er noch zweimal, im Februar und im August '67, an die KomKon (an Bader und schließlich an Gorbowski persönlich) und weist darauf hin, wie unzweckmäßig es sei, ihn, einen guten Spezialisten für die Kopfler, als Residenten einzusetzen. Der Ton seiner Briefe wird immer schärfer; den Brief an Gorbowski zum Beispiel kann ich nicht anders als beleidigend nennen. Ich wüßte zu gern, wie Leonid Andrejewitsch, diese Seele von Mensch, auf jene Eruption von Wut und verächtlicher Entrüstung geantwortet hat.

Und bereits als Resident in Honti schickt Abalkin im Oktober '67 seinen letzten Brief an Komow: einen detaillierten Plan, die

Kontakte mit den Kopflern zu forcieren, der den Austausch ständiger Missionen vorsieht, die Beteiligung der Kopfler an tierpsychologischen Arbeiten auf der Erde usw. usf. Ich habe die Entwicklung auf diesem Gebiet nie speziell verfolgt, aber den Eindruck gewonnen, daß dieser Plan inzwischen angenommen ist und verwirklicht wird. Wenn dem aber so ist, ergibt sich eine paradoxe Situation: Der Plan wird verwirklicht, sein Initiator jedoch sitzt als Resident entweder in Honti oder im Inselimperium.

Insgesamt hinterließ die Korrespondenz bei mir einen unbehaglichen Eindruck. Nun schön, ich bin freilich kein Fachmann für die Kopfler-Problematik, ich kann schlecht ein Urteil fällen, es mag durchaus sein, daß Abalkins Plan ganz trivial ist und so hochtrabende Worte wie »Initiator« fehl am Platze sind. Aber es geht ja nicht nur und nicht einmal in erster Linie darum! Der Junge ist offensichtlich der geborene Tierpsychologe. »Berufliche Neigungen: Tierpsychologie, Theater, Ethnolinguistik. Berufliche Veranlagungen: Tierpsychologie, theoretische Xenologie ...«

Und nichtsdestoweniger machen sie aus dem Jungen einen Progressor. Zugegeben, es gibt eine ganze Kategorie Progressoren, denen die Tierpsychologie das A und O ist. Zum Beispiel jene, die mit den Leonidanern oder eben mit den Kopflern arbeiten. Aber nein, der Junge muß mit Humanoiden arbeiten, als Resident, als Mitglied einer Kampfgruppe, obwohl er fünf Jahre lang schreit, daß es die ganze KomKon hört: »Was macht ihr mit mir?« Und dann wundern sie sich, wenn er einen psychischen Zusammenbruch hat!

Gewiß, Progressor ist so ein Beruf, wo eine eiserne, ich würde sagen, militärische Disziplin absolut unerläßlich ist. Ein Progressor muß auf Schritt und Tritt nicht das tun, was er gern möchte, sondern was die KomKon befiehlt. Dafür ist er ja auch Progressor. Und sicherlich hat der Resident Abalkin für die KomKon viel größeren Wert als der Tierpsychologe Abalkin. Und dennoch ist in dieser Geschichte irgendwo der Bogen überspannt worden, und es wäre nicht übel, darüber mal mit Gorbowski oder mit Komow zu reden ... Und was dieser Abalkin auch angestellt haben mag (und etwas angestellt hat er offensichtlich), ich jedenfalls bin auf seiner Seite.

Übrigens hat all das mit meinem Auftrag anscheinend nichts zu tun.

Was mir noch auffiel: Nach dem ersten Bericht Abalkins fehlten drei numerierte Seiten, zwei nach seinem zweiten Bericht und zwei nach dem letzten Brief Abalkins an Komow. Ich beschloß, dem keine Bedeutung beizumessen.

1. Juni '78

Fast alles über die möglichen Kontaktpersonen Lew Abalkins

Ich stellte ein provisorisches Verzeichnis der möglichen Kontaktpersonen Lew Abalkins auf der Erde zusammen, und es zeigte sich, daß ich alles in allem achtzehn Namen auf meiner Liste hatte. Von Interesse waren für mich praktisch nur sechs davon, und ich ordnete sie nach der Wahrscheinlichkeit (natürlich entsprechend meinen Vorstellungen), daß Lew Abalkin sie aufsuchen würde. Es ergab sich folgendes Bild:

der Lehrer, Sergej Pawlowitsch Fedossejew

die Mutter, Stella Wladimirowna Abalkina

der Vater, Wjatscheslaw Borissowitsch Zjurupa

der Betreuer, Ernst Julius Horn

der beobachtende Arzt an der Progressoren-Schule, Romuald Crăsescu

der beobachtende Arzt der Internatsschule, Jadwiga Michailowna Lekanowa.

In der zweiten Abteilung blieben bei mir Kornej Jašmaa, der Kopfler Wepl, Jakob Vanderhoeze und fünf weitere Personen, hauptsächlich Progressoren. Was schließlich solche Leute wie Gorbowski, Bader und Komow anging, so hatte ich sie eher pro forma mit verzeichnet. Befragen konnte ich sie nicht, schon allein deshalb, weil sie auf keinerlei Legende hereingefallen wären, und Klartext sprechen durfte ich nicht, sogar wenn sie selbst sich in dieser Angelegenheit an mich gewandt hätten.

Binnen zehn Minuten lieferte mir das Informatorium die folgenden wenig tröstlichen Angaben:

Die Eltern Lew Abalkins gab es nicht – zumindest nicht im üblichen Sinne des Wortes. Vielleicht gab es sie überhaupt nicht. Vor knapp vierzig Jahren waren nämlich Stella Wladimirowna und Wjatscheslaw Borissowitsch als Mitglieder der Gruppe »Jormala« mit dem einzigartigen Raumschiff »Finsternis« in das

Schwarze Loch EN 200056 eingedrungen. Eine Verbindung zu ihnen bestand nicht und konnte nach den gegenwärtigen Vorstellungen auch gar nicht bestehen. Lew Abalkin erwies sich als ihr posthumes Kind. Das Wort »posthum« ist freilich in diesem Zusammenhang nicht ganz exakt; man konnte durchaus annehmen, daß die Eltern am Leben waren und nach unserer Zeit noch Millionen Jahre leben würden, aber vom Gesichtspunkt eines Erdenmenschen aus waren sie natürlich trotzdem so gut wie tot. Sie hatten keine Kinder gehabt, und als sie für immer aus unserem Universum gingen, hinterließen sie, wie viele Ehepaare vor und nach ihnen in ähnlichen Situationen, im Institut des Lebens eine Eizelle der Mutter, vom Samen des Vaters befruchtet. Als feststand, daß das Eindringen ins Schwarze Loch gelungen war und sie nicht mehr zurückkehren würden, aktivierte man die Zelle, und zur Welt kam Lew Abalkin, der posthume Sohn lebender Eltern. Wenigstens begriff ich jetzt, warum auf Blatt Nr. 1 Abalkins Eltern überhaupt nicht erwähnt waren.

Ernst Julius Horn, Abalkins Betreuer an der Progressoren-Schule, lebte nicht mehr. Er war '72 auf der Venus bei einer Besteigung des Pik Strogow ums Leben gekommen.

Der Arzt Romuald Crăsescu hielt sich auf einem gewissen Planeten Lu auf, offensichtlich völlig außer Reichweite. Ich hatte bisher noch nicht einmal von diesem Planeten gehört, aber da Crăsescu als Progressor arbeitete, blieb anzunehmen, daß der Planet bewohnt war. Interessant war allerdings, daß der Alte (hundertsechzehn Jahre!) beim GGI seine letzte Privatanschrift hinterlegt hatte, zusammen mit der charakteristischen Botschaft: »Meine Enkelin und ihr Mann werden jederzeit gern unter dieser Adresse jeden meiner Zöglinge empfangen.« Die Zöglinge hatten anscheinend ihren Alten ins Herz geschlossen und ihn des öfteren besucht. Diesen Umstand mußte ich im Auge behalten.

Mit den übrigen beiden hatte ich Glück.

Sergej Pawlowitsch Fedossejew, Abalkins Lehrer, lebte gesund und munter am Ufer des Ajatsker Sees in einem Gehöft mit dem bedenklichen Namen Komariki, »Mückenau«. Auch er war schon über hundert und allem Anschein nach entweder überaus bescheiden oder verschlossen, denn er teilte über sich nichts als die Adresse mit. Alle sonstigen Angaben waren offiziell: die und die Ausbildung, Archäologe, Lehrer. Schluß. Wie man so sagt, der Apfel fällt nicht weit vom Stamm . . . Ganz wie sein Schüler

Lew Abalkin. Dabei stellte sich heraus, als ich eine entsprechende Zusatzfrage an das GGI richtete, daß Sergej Pawlowitsch der Verfasser von über dreißig Artikeln über Archäologie war, daß er an acht archäologischen Expeditionen (Nordwestasien) und an drei eurasischen Lehrerkonferenzen teilgenommen hatte. Außerdem hatte er bei sich in der »Mückenau« ein im ganzen Bezirk bekanntes Privatmuseum für das Paläolithikum des Nördlichen Urals eingerichtet. So ein Mensch war das. Ich nahm mir vor, in allernächster Zeit mit ihm in Verbindung zu treten.

Mit Jadwiga Michailowna Lekanowa jedoch erlebte ich eine kleine Überraschung. Kinderärzte wechseln selten den Beruf, und ich hatte mir schon so ein altes Mütterchen vorgestellt, das gebeugt unter der unvorstellbaren Last einer spezifischen Erfahrung – im Grunde der wertvollsten auf der Welt – wacker über das Gelände derselben alten Schule in Syktywkar trippelt. Von wegen – »trippelt«! Eine Zeitlang hatte sie tatsächlich als Kinderärztin gearbeitet, und zwar in Syktywkar, aber dann hatte sie auf Ethnologie umgesattelt, und damit nicht genug, nacheinander befaßte sie sich mit Xenologie, Pathoxenologie, vergleichender Psychologie und Levelometrie, und in allen diesen nicht sonderlich eng miteinander verknüpften Wissenschaften war sie offensichtlich erfolgreich gewesen, nach der Menge der von ihr veröffentlichten Arbeiten zu schließen und nach den verantwortlichen Ämtern, die sie bekleidet hatte. Im Laufe des letzten Vierteljahrhunderts war sie in sechs verschiedenen Organisationen und Instituten tätig gewesen, und jetzt arbeitete sie im siebten – im mobilen Institut für irdische Ethnologie im Amazonasbekken. Eine Adresse besaß sie nicht, Interessenten wurde empfohlen, über den Institutsstationär in Manáus mit ihr in Verbindung zu treten. Nun denn, wenigstens etwas, wenngleich es natürlich zweifelhaft war, daß ihr mein Kunde in seiner gegenwärtigen Verfassung in diese nach wie vor urtümliche Wildnis nachlaufen würde.

Es war ganz klar, daß ich mit dem Lehrer anfangen mußte. Ich klemmte mir die Mappe unter den Arm, stieg in die Maschine und flog zum Ajatsker See.

1. Juni '78

Lew Abalkins Lehrer

Entgegen meinen Befürchtungen stand das Gehöft »Mückenau« an einem hohen Abhang direkt überm Wasser, dem Winde frei zugänglich, und Mücken gab es dort nicht. Der Hausherr empfing mich ohne Verwunderung und recht freundlich. Wir machten es uns auf der Veranda in Korbsesseln an einem ovalen antiquarischen Tischchen bequem, auf dem sich eine Schüssel mit frischen Himbeeren, ein Krug mit Milch und etliche Gläser fanden.

Ich entschuldigte mich zum zweitenmal für mein Eindringen, und wieder wurde meine Entschuldigung mit einem stillen Kopfnicken entgegengenommen. Er betrachtete mich mit ruhiger Erwartung und gleichsam desinteressiert, und überhaupt zeigte sein Gesicht kaum eine Regung, wie übrigens bei den meisten von diesen alten Leuten, die sich mit ihren über hundert Jahren einen völlig klaren Geist und einen vollkommen gesunden Körper bewahrt haben. Sein Gesicht war kantig, sonnengebräunt, fast frei von Falten, und die dichten, buschigen Augenbrauen standen über den Augen vor wie eine Sonnenblende. Komisch, die rechte Braue war pechschwarz, die linke hingegen völlig weiß, wirklich weiß, nicht grau.

Ich stellte mich ausführlich vor und tischte ihm meine Legende auf. Ich war Journalist, von Beruf Tierpsychologe, und sammelte momentan Material für ein Buch über die Kontakte des Menschen mit den Kopflern ... Und so weiter und so fort ...

Zugegeben, die ganze Zeit über hatte in mir die Hoffnung geglommen, er würde mich gleich zu Beginn meiner Lügengeschichte mit dem Ausruf unterbrechen: »Ja erlauben Sie! Lew ist doch buchstäblich erst gestern bei mir gewesen!« Aber ich wurde nicht unterbrochen und mußte alles bis zu Ende erzählen – mußte mit überaus ernstem Ausdruck alle meine eilig zusammengezimmerten Ansichten darlegen, daß sich die schöpferische Persönlichkeit in der Kindheit herausbildet, gerade in der Kindheit und nicht in der Pubertät, nicht in der Jugendzeit und natürlich schon gar nicht im Erwachsenenalter, daß sie sich wirklich herausbildet und nicht einfach nur angelegt wird oder etwas zu keimen beginnt ... Damit nicht genug, als ich mich schließlich vollends verausgabt hatte, schwieg der Alte noch eine ganze Minute lang, und dann fragte er plötzlich, wer diese Kopfler seien.

Meine Überraschung war echt. Da hatte es also Lew Abalkin nicht für nötig gehalten, sich vor dem Lehrer seiner Erfolge zu rühmen! Wissen Sie, man muß schon im höchsten Grade menschenscheu und verschlossen sein, wenn man sich vor seinem *Lehrer* nicht der eigenen Erfolge rühmt.

Bereitwillig erklärte ich, daß die Kopfler eine vernunftbegabte kynoide Rasse sind, die auf dem Planeten Saraksch im Ergebnis von Strahlenmutuationen entstanden ist.

»Kynoiden? Hunde?«

»Ja. Intelligente Hundeartige. Sie haben übergroße Köpfe, daher der Name Kopfler.«

»Also befaßt sich Ljowa mit Hundeartigen . . . Hat erreicht, was er wollte . . .«

Ich warf ein, daß ich keineswegs wüßte, womit sich Ljowa im Augenblick befaßte, vor zwanzig Jahren jedoch hätte er sich mit den Kopflern beschäftigt, und das mit großem Erfolg.

»Er hatte schon immer Tiere gern«, sagte Sergej Pawlowitsch. »Ich war davon überzeugt, daß er Tierpsychologe werden sollte. Als die Lenkungskommission ihn in die Progressoren-Schule schickte, habe ich protestiert, soviel ich nur konnte, aber sie haben nicht auf mich gehört . . . Übrigens war damals alles komplizierter, und vielleicht, wenn ich nicht protestiert hätte . . .«

Er verstummte und goß mir Milch ins Glas. Ein sehr, sehr zurückhaltender Mensch. Keinerlei Ausrufe, kein: »Ljowa! Na so was! Das war so ein prima Junge!« Es mochte freilich sein, daß Ljowa kein prima Junge war . . .

»Was wollen Sie also konkret von mir wissen?« erkundigte sich Sergej Pawlowitsch.

»Alles!« gab ich rasch zur Antwort. »Wie er war. Was ihn interessierte. Welche Freunde er hatte. Womit er in der Schule hervorstach. Alles, was Ihnen in Erinnerung geblieben ist.«

»Gut«, sagte Sergej Pawlowitsch ohne eine Spur von Enthusiasmus. »Ich will's versuchen.«

Lew Abalkin war ein verschlossener Junge. Seit frühester Kindheit. Das war der erste Zug an ihm, der ins Auge fiel. Diese Verschlossenheit war indes nicht die Folge eines Minderwertigkeitsgefühls, einer Empfindung der eigenen Mängel oder fehlenden Selbstvertrauens. Es war eher die Verschlossenheit eines ständig beschäftigten Menschen. Als wollte er keine Zeit auf die Mitmenschen verschwenden, als wäre er andauernd und tiefgreifend von seiner eigenen Welt in Anspruch genommen. Grob gesagt, schien diese Welt aus ihm selbst und aus allem Lebendigen ringsumher zu bestehen – Menschen ausgenommen. Das ist keine gar so seltene Erscheinung bei kleineren Kindern, er entwickelte eben dafür ein *besonderes Talent*, aber das Erstaunliche an ihm war gerade etwas anderes: Bei all seiner offensichtlichen Verschlossenheit trat er gern und geradezu mit Genuß bei allen möglichen Wettbewerben und im Schultheater auf. Allerdings immer solo. In Stücken mitzuspielen lehnte er kategorisch ab. Meistens deklamierte er, sang sogar mit großer Begeisterung, ein für ihn ungewöhnliches Leuchten in den Augen, er blühte auf der Bühne geradezu auf, aber wenn er danach in den Saal herabkam, wurde er wieder er selbst – ausweichend, schweigsam, unzugänglich. Und das nicht nur dem Lehrer, sondeern auch den Kindern gegenüber, und es war nie zu begreifen, worin denn nun eigentlich der Grund dafür lag. Es blieb nur zu vermuten, daß sein Talent im Umgang mit der belebten Natur derart alle seine anderen Seelenregungen überwog, daß ihn die Kinder in seiner Umgebung – ja überhaupt alle Menschen – einfach nicht interessierten. In Wirklichkeit lag das alles natürlich viel komplizierter – seine Verschlossenheit, dieses Versunkensein in der eigenen Welt war das Ergebnis Tausender winziger Ereignisse, die dem Blick des Lehrers verborgen blieben. Der Lehrer erinnerte sich an solch eine Szene: Nach einem Platzregen ging Lew die Wege im Park entlang, sammelte die hervorgekrochenen Regenwürmer auf und warf sie zurück ins Gras. Die Kinder fanden das komisch, und es waren welche darunter, die nicht nur lachen, sondern einen auch grausam auslachen konnten. Der Lehrer gesellte sich ohne ein Wort zu Lew und begann mit ihm gemeinsam Regenwürmer zu sammeln ...

»Aber ich fürchte, er hat mir nicht geglaubt. Es wird mir wohl kaum gelungen sein, ihn zu überzeugen, daß mich das Schicksal der Regenwürmer tatsächlich interessierte. Er aber besaß noch eine auffällige Eigenschaft: absolute Ehrlichkeit. Ich kann mich keines einzigen Falles entsinnen, in dem er gelogen hätte. Nicht einmal in dem Alter, wo Kinder gern und ohne jeden Sinn lügen, um des reinen Vergnügen willen und ohne daraus Nutzen zu ziehen. Er hingegen log nicht. Mehr als das, er verachtete die

Lügner. Vermutlich hat es in seinem Leben irgendein Ereignis gegeben, als er zum erstenmal voller Schrecken und Ekel erkannte, daß die Menschen Unwahrheiten sagen können. Dieses Ergebnis habe ich ebenfalls verpaßt ... Aber das wird Ihnen kaum weiterhelfen. Sie möchten ja viel lieber wissen, wie sich bei ihm der künftige Tierpsychologe herausschälte ...«

Und Sergej Pawlowitsch machte sich ans Erzählen, wie sich bei Lew Abalkin der künftige Tierpsychologe herausschälte.

Das hatte ich mir ja selbst eingebrockt. Ich lauschte mit überaus aufmerksamem Gesichtsausdruck, warf an den entsprechenden Stellen »Ach so?« ein und erlaubte mir einmal sogar den vulgären Ausruf: »Zum Teufel, genau das ist es, was ich brauche!« Manchmal kann ich meinen Beruf nicht ausstehen.

Dann fragte ich: »Und Freunde hatte er also kaum?«

»Freunde hatte er überhaupt nicht«, sagte Sergej Pawlowitsch. »Ich habe ihn nicht mehr gesehen, seit er die Schule verlassen hat, aber andere Kinder aus seiner Gruppe haben mir erzählt, daß er sich mit ihnen auch nicht trifft. Es ist ihnen peinlich, darüber zu sprechen, aber soviel ich verstanden habe, weicht er Begegnungen einfach aus.«

Und plötzlich brach es aus ihm hervor.

»Ja, warum interessieren Sie sich ausgerechnet für Lew? Ich habe hundertzweiundsiebzig Menschen auf das Leben vorbereitet. Warum brauchen Sie davon ausgerechnet Lew? Verstehen Sie, ich betrachte ihn nicht als meinen Schüler! Ich kann es nicht! Er ist mein Mißerfolg! Mein einziger Mißerfolg! Vom ersten Tage an und dann zehn Jahre lang habe ich immerfort versucht, Kontakt zu ihm zu finden, wenigstens ein schmales Band zwischen uns zu knüpfen. Ich habe über ihn zehnmal mehr nachgedacht als über jeden anderen von meinen Schülern. Ich habe mich zerrissen, aber alles, buchstäblich alles, was ich unternahm, wendete sich zum Schlechten ...«

»Sergej Pawlowitsch!« entgegnete ich. »Was sagen Sie da? Abalkin ist ein großartiger Fachmann, ein Wissenschaftler von Rang, ich bin ihm selbst begegnet ...«

»Und wie haben Sie ihn gefunden?«

»Ein bemerkenswerter Bursche, ein Enthusiast ... Es war gerade auf der ersten Expedition zu den Kopflern. Alle schätzten ihn, selbst Komow setzte hohe Erwartungen in ihn ... und er rechtfertigte sie, diese Erwartungen, wohlgemerkt!«

»Ich habe herrliche Himbeeren«, sagte er. »Die frühesten in der ganzen Region. Probieren Sie, bitte sehr ...«

Ich stockte und nahm die Schüssel mit den Himbeeren entgegen.

»Kopfler ...«, ließ er sich bekümmert vernehmen. »Mag sein, mag sein. Aber sehen Sie, ich weiß selbst, daß er Talent hat. Nur ist das nicht im geringsten mein Verdienst ...«

Eine Zeitlang aßen wir schweigend Himbeeren mit Milch. Ich fühlte, daß er jetzt gleich, jede Minute das Gespräch auf mich bringen würde. Er gedachte offensichtlich nicht länger über Lew Abalkin zu sprechen, und die Höflichkeit verlangte einfach, nun ein paar Worte über mich zu sagen.

Ich kam ihm zuvor: »Ich bin Ihnen sehr dankbar, Sergej Pawlowitsch. Sie haben mir eine Menge interessantes Material verschafft. Schade nur, daß er keine Freunde besaß. Ich hatte mir viel davon versprochen, irgendeinen Freund von ihm zu finden.«

»Wenn Sie wollen, kann ich Ihnen die Namen seiner Mitschüler nennen ...« Er schwieg einen Augenblick lang und sagte dann plötzlich: »Das ist es. Versuchen Sie, Maja Glumowa ausfindig zu machen.«

Sein Gesichtsausdruck faszinierte mich. Ich konnte mir beim besten Willen nicht vorstellen, was ihm soeben eingefallen war, welche Assoziationen sich bei ihm im Zusammenhang mit diesem Namen eingestellt hatten, doch ich konnte mich mit Sicherheit dafür verbürgen, daß sie von der unangenehmsten Art waren. Er hatte sogar dunkle Flecken im Gesicht bekommen.

»Eine Schulfreundin?« erkundigte ich mich, um die Peinlichkeit zu überspielen.

»Nein«, sagte er. »Das heißt, sie war natürlich an unserer Schule. Maja Glumowa. Ich glaube, sie ist später Historikerin geworden.«

1. Juni '78

Ein kleiner Zwischenfall mit Jadwiga Michailowna

19.23 Uhr war ich wieder zu Hause und machte mich an die Suche nach Maja Glumowa, der Historikerin. Es vergingen keine fünf Minuten, und das Informationskärtchen lag vor mir.

Maja Toivowna Glumowa war drei Jahre jünger als Lew Abalkin. Nach der Schule hatte sie einen Kursus für das Versorgungspersonal bei der KomKon 1 absolviert und anschließend an der zu traurigem Ruhme gelangten Operation »Arche« teilgenommen, danach war sie an die Historische Fakultät der Sorbonne gegangen. Sie hatte sich zunächst auf die Anfangsepoche der Ersten wissenschaftlich-technischen Revolution spezialisiert und war später zur Geschichte der Raumforschung übergewechselt. Sie hatte einen Sohn, Toivo Glumow, elf Jahre alt; von einem Ehemann teilte sie nichts mit. Gegenwärtig – o Wunder! – arbeitete sie in der Spezialsammlung des Museums für Außerirdische Kulturen, das drei Straßen von uns entfernt am Sternenplatz lag. Und sie wohnte ganz in der Nähe – in der Allee der Weißfichten.

Ich rief sie unverzüglich an. Auf dem Bildschirm erschien ein ernsthafter Blondschopf mit einer Stupsnase, auf der sich inmitten dicht gestreuter Sommersprossen die Haut schälte. Kein Zweifel, das war Toivo, Glumow junior. Er schaute mich aus durchsichtigen nordischen Augen an und erklärte, die Mutti sei nicht zu Hause, sie hätte zu Hause sein wollen, dann aber angerufen und gesagt, daß sie morgen gleich wieder zur Arbeit gehen würde. Ob er ihr etwas ausrichten solle? Ich sagte, auszurichten brauche er nichts, und verabschiedete mich.

So. Ich mußte bis zum Morgen warten, und am Morgen würde sie lange versuchen, sich zu erinnern, wer denn dieser Lew Abalkin war, und wenn es ihr schließlich wieder einfiele, würde sie mit einem Seufzer erklären, sie habe nun schon seit fünfundzwanzig Jahren nichts mehr von ihm gehört.

Schön. Von den wichtigsten Namen auf meiner Liste war nur noch einer übrig, in den ich übrigens keinerlei besondere Hoffnungen zu setzen wagte. Letzten Endes treffen sich die Leute nach einem Vierteljahrhundert Trennung gern mit ihren Eltern, sehr oft mit dem Lehrer, nicht selten auch mit Schulfreunden, aber nur in einigen besonderen, ich würde sagen Spezialfällen führt sie das Gedächtnis zu ihrem Schularzt. Vor allem wenn man bedenkt, daß sich dieser Schularzt auf einer Expedition in der Wildnis auf der anderen Seite des Planeten befindet und die Null-Verbindung den Nachrichten zufolge schon den zweiten Tag wegen Fluktuationen des Neutrinofeldes nicht zuverlässig funktioniert.

Aber mir blieb einfach nichts weiter übrig. In Manáus war es jetzt Tag, und wenn ich überhaupt anrufen wollte, dann mußte ich es gleich tun.

Ich hatte Glück. Jadwiga Michailowna Lekanowa hielt sich gerade in der Funkzentrale auf, und ich konnte unverzüglich mit ihr sprechen, womit ich keineswegs gerechnet hatte. Jadwiga Michailowna besaß ein volles, vor Sonnenbräune glänzendes Gesicht mit einem dunkelroten Schimmer auf den Wangen, kokette Grübchen, strahlend blaue Augen und einen gewaltigen Schopf durch und durch silbernen Haares. Sie hatte irgendeinen schwer zu bestimmenden, aber sehr sympathischen Sprachfehler und eine tiefe Samtstimme, die einen mit dem völlig unangebrachten Gedanken spielen ließ, daß diese Dame noch vor kurzem wem immer sie wollte den Kopf verdrehen konnte. Und daß sie es offensichtlich getan hatte.

Ich entschuldigte mich, stellte mich vor und tischte ihr meine Legende auf. Sie blinzelte, während sie sich zu erinnern versuchte, und verzog ihre dichten seidigen Augenbrauen.

»Lew Abalkin? . . . Ljowa Abalkin . . . Verzeihung, wie heißen Sie?«

»Maxim Kammerer.«

»Verzeihung, Maxim, ich habe Sie nicht ganz verstanden. Vertreten Sie sich selbst oder eine Organisation?«

»Ja wie soll ich es sagen . . . Ich habe mich mit einem Verlag abgesprochen, sie waren interessiert . . .«

»Aber sind Sie selbst nur Journalist oder doch irgendwo beschäftigt? Das ist schließlich kein Beruf – Journalist . . .«

Ich kicherte zustimmend und überlegte dabei fieberhaft, was ich antworten sollte.

»Sehen Sie, Jadwiga Michailowna, das ist schwer auszudrükken . . . Im Hauptberuf bin ich . . . hm, sozusagen Progressor . . . obwohl es, als ich mit der Arbeit begann, diesen Beruf noch nicht gab. Bis vor kurzem war ich Mitarbeiter der KomKon . . . und in gewissem Sinne stehe ich auch jetzt noch mit ihr in Verbindung . . .«

»Sie haben sich selbständig gemacht?« Jadwiga Michailowna lächelte nach wie vor, aber jetzt fehlte in ihrem Lächeln irgend etwas sehr Wichtiges. Und zugleich durch und durch Normales.

»Wissen Sie, Maxim«, sagte sie, »ich werde mich gern mit Ihnen über Lew Abalkin unterhalten, aber wenn es Ihnen recht ist, etwas später. Sagen wir, ich rufe Sie an . . . in einer Stunde oder anderthalb.«

Sie lächelte noch immer, und mir wurde klar, was jetzt in ihrem Lächeln fehlte – ganz gewöhnliches Wohlwollen.

»Gewiß doch«, sagte ich. »Wie es Ihnen paßt . . .«

»Entschuldigen Sie bitte.«

»Nicht doch, ich muß mich entschuldigen . . .«

Sie notierte sich die Nummer meines Kanals, und wir trennten uns. Irgendwie seltsam, dieses Gespräch. Als hätte sie von irgendwem erfahren, daß ich log. Ich kratzte mich hinterm Ohr. Meine Ohren glühten. Verfluchter Beruf . . . ›und es begann die spannendste aller Jagden – die Jagd auf den Menschen . . .‹ O tempora, o mores! Wie oft sie sich doch geirrt hatten, diese Klassiker . . . Gut, warten wir also. Und dann wird es sich ja gewiß nicht vermeiden lassen, nach diesem Manáus zu fliegen. Ich forderte die Nachrichten ab. Die Null-Verbindung war immer noch instabil. Daraufhin bestellte ich einen Stratoplan, schlug die Mappe auf und machte mich an die Lektüre von Lew Abalkins Bericht über die Operation »Tote Welt«.

Ich schaffte fünf Seiten, nicht mehr. Es klopfte an die Tür, und über die Schwelle trat Seine Exzellenz. Ich erhob mich.

Wir bekommen Seine Exzellenz selten anders als hinter seinem Schreibtisch zu sehen, und man vergißt fortwährend, was für ein riesiges Knochengestell er ist. Der makellos weiße Leinenanzug hing an ihm herab wie auf dem Kleiderbügel, und überhaupt hatte er etwas von einem Stelzenläufer im Zirkus an sich, obwohl seine Bewegungen keineswegs eckig waren.

»Setz dich«, sagte er, knickte in der Mitte zusammen und ließ sich im Sessel vor mir nieder.

Ich folgte eilig seinem Beispiel.

»Berichte«, befahl er.

Ich berichtete.

»Ist das alles?« fragte er mit unangenehmem Ausdruck.

»Bis jetzt alles.«

»Schlecht«, sagte er.

»Nun ja, eben schlecht, Exzellenz . . .«, sagte ich.

»Schlecht! Der Betreuer ist tot. Und die Schulfreunde? Wie ich sehe, hast du sie überhaupt nicht in Betracht gezogen! Und seine Altersgefährten in der Progressoren-Schule?«

»Leider Exzellenz, hatte er offensichtlich keine Freunde. Jedenfalls nicht im Internat, und was die Progressoren-Schule angeht . . .«

»Erspare mir diese Überlegungen. Überprüfe alles. Und laß dich nicht ablenken. Was hat zum Beispiel die Kinderärztin mit der Sache zu tun?«

»Ich bemühe mich, alles zu überprüfen.« Ich wurde allmählich wütend.

»Du hast keine Zeit, im Stratoplan herumzufliegen. Befaß dich mit den Archiven statt mit Flugreisen.«

»Mit den Archiven befasse ich mich auch noch. Ich gedenke mich sogar mit diesem Kopfler zu befassen. Mit Wepl. Aber ich habe eine bestimmte Reihenfolge vorgesehen . . . Ich halte die Kinderärztin keineswegs für eine völlig zwecklose Zeitverschwendung . . .«

»Sei sill«, sagte er. »Gib mir deine Liste.«

Er nahm die Liste und studierte sie lange, wobei er von Zeit zu Zeit mit der knochigen Nase wackelte. Ich hätte meinen Kopf wetten mögen, daß er den Blick auf irgendeine bestimmte Zeile geheftet hatte und sie unablässig anschaute.

Dann gab er mir das Blatt zurück und sagte: »Wepl – das ist nicht übel. Und deine Legende gefällt mir. Doch alles übrige ist schlecht. Du hast dir weismachen lassen, daß er keine Freunde hatte. Das stimmt nicht. Tristan ist sein Freund gewesen, obwohl du in der Akte darüber nichts findest. Such. Und diese . . . Glumowa . . . das ist auch gut. Wenn es zwischen den beiden Liebe gegeben hat, dann ist das eine Chance. Aber die Lekanowa laß sein. Das bringt dir nichts.«

»Aber sie wird doch sowieso anrufen!«

»Wird sie nicht«, sagte er.

Ich sah ihn an. Die runden grünen Augen blickten ohne zu zwinkern, und ich begriff, ja, die Lekanowa würde nicht anrufen.

»Hören Sie, Exzellenz«, sagte ich. »Meinen Sie nicht, daß ich dreimal so erfolgreich arbeiten würde, wenn ich wüßte, worum es geht?«

Ich war überzeugt, daß er kategorisch erwidern würde: Das meine ich nicht. Meine Frage war rein rhetorisch. Ich wollte ihm einfach demonstrieren, daß mir die geheimnisvolle Atmosphäre, die Lew Abalkin umgab, nicht entgangen war und daß sie mich störte.

Aber er sagte etwas anderes.

»Ich weiß nicht. Ich glaube, es würde nichts nützen. Vorläufig kann ich dir sowieso nichts sagen. Und ich will es auch nicht.«

»Ein Persönlichkeitsgeheimnis?« fragte ich.

»Ja«, sagte er. »Ein Persönlichkeitsgeheimnis.«

Aus dem Bericht Lew Abalkins

Gegen zehn Uhr hat sich endgültig eine Marschordnung herausgebildet. Wir gehen in der Mitte der Straße: voran auf der Achse unserer Route Wepl, links hinter ihm ich. Die übliche Art des Vorgehens – dicht an den Wänden entlang – mußten wir aufgeben, weil die Fußwege unter herabgefallenem Putz, zerschlagenen Ziegeln, Scherben von Fensterglas und durchgerostetem Dachblech begraben sind, und schon zweimal sind uns Bruchstücke von Simsen ohne jeden ersichtlichen Grund beinahe auf den Kopf gefallen.

Das Wetter ändert sich nicht, der Himmel ist nach wie vor wolkenverhangen, in Böen weht ein feuchter warmer Wind, treibt undefinierbaren Müll über die geborstene Straßendecke, kräuselt das stinkende Wasser in den schwarzen stehenden Pfützen. Mückenschwärme greifen an, zerstreuen sich und greifen wieder an. Sturmwellen von Mücken. Ganze Wolken von Mücken. Sehr viele Ratten. Unerfindlich, wovon sie sich in dieser Steinwüste ernähren. Höchstens von den Schlangen. Schlangen gibt es auch sehr viele, besonders in der Nähe der Gullis, wo sie sich in verschlungenen, beweglichen Knäueln sammeln. Wovon die Schlangen sich hier ernähren, ist auch unerfindlich. Höchstens von den Ratten.

Die Stadt ist unbedingt verlassen, und seit langem. Der Mann, dem wir am Stadtrand begegnet sind, war zweifellos verrückt und zufällig hierhergeraten.

Eine Mitteilung von der Gruppe Rem Sheltuchins. Er ist überhaupt noch niemandem begegnet. Er strömt über vor Begeisterung über seine Müllhalde und schwört, in Bälde den Index der hiesigen Zivilisation bis auf die zweite Stelle genau zu bestimmen. Ich versuche mir diese Müllhalde vorzustellen – riesenhaft, ohne Anfang und Ende, wie sie eine halbe Welt unter sich begraben hat. Meine Stimmung verschlechtert sich, und ich denke nicht mehr daran.

Der Mimikry-Anzug funktioniert unbefriedigend. Die der Umgebung entsprechende Tarnfarbe erscheint auf dem Mimikrid mit fünf Minuten Verspätung, manchmal auch gar nicht, und statt dessen tauchen erstaunlich schöne leuchtende Flecken in den reinsten Spektralfarben auf. Man muß annehmen, daß es hier in der Atmosphäre etwas gibt, was den wohlbalancierten Chemismus dieser Substanz irritiert. Die Experten von der Kommission für Tarntechnik haben die Hoffnung aufgegeben, die Funktion des Anzugs über Fernsteuerung in Ordnung zu bringen. Sie geben mir Empfehlungen, wie ich die Regulierung an Ort und Stelle vornehmen soll. Ich folge diesen Empfehlungen mit dem Ergebnis, daß mein Anzug jetzt endgültig falsch eingestellt ist.

Eine Mitteilung von der Gruppe Espadas. Sie sind offenbar bei der Landung im Nebel ein paar Kilometer vom Ziel abgekommen: weder die bestellten Felder noch die Siedlungen, die vom Orbit her ausgemacht wurden, sind in Sicht. In Sicht ist der Ozean und ein Ufer, bedeckt von einem kilometerbreiten Streifen schwarzen Schorfs – anscheinend von erstarrtem Schweröl. Wieder verschlechtert sich meine Laune.

Die Experten protestieren kategorisch gegen Espadas Entschluß, die Tarnung ganz abzuschalten. Ein kleiner, aber lauter Skandal im Äther.

Wepl bemerkt brummig: »Die vielgepriesene menschliche Technik! Lächerlich.«

Er trägt keinerlei Anzug und auch nicht den schweren Helm mit den Umsetzern, obwohl all das speziell für ihn vorbereitet worden ist. Er hat es alles abgelehnt, wie üblich ohne Gründe anzugeben.

Er läuft in wiegendem Gang die halb verwischte Mittellinie der Hauptstraße entlang, wobei er die Hinterbeine leicht nachzieht, wie es mitunter unsere Hunde tun, er ist massig, mit zottigem Fell, sein riesiger runder Kopf ist wie immer nach links gewandt, so daß er mit dem rechten Auge genau geradeaus sieht, mit dem linken jedoch gleichsam nach mir schielt. Die Schlangen beachtet er überhaupt nicht, ebensowenig die Mücken, die Ratten hingegen interessieren ihn, freilich nur vom gastronomischen Gesichtspunkt her. Im Moment ist er übrigens satt.

Mir scheint, er hat für sich schon bestimmte Schlüsse gezogen, die Stadt betreffend und vielleicht diesen ganzen Planeten. Gleichgültig hat er auf die Besichtigung des wie durch ein

Wunder erhaltenen einzelnen Hauses im siebten Viertel verzichtet, eines Hauses, das mit seiner Sauberkeit und Eleganz völlig fehl am Platze war zwischen all den von der Zeit zerfressenen, blinden, von wilden Ranken überwucherten Gebäuden. Er schnuppert nur kurz und voller Abscheu an den übermannshohen Rädern des gepanzerten Militärwagens, der durchdringend und ganz frisch nach Benzin stank und halb in den Trümmern einer umgestürzten Wand begraben war, und ohne jede Neugier hat er den verrückten Tanz des armen Eingeborenen betrachtet, der auf uns zugesprungen kam, mit seinen Schellen klingelt, Grimassen schnitt, in lauter wehende bunte Fetzen oder Bänder gehüllt. All diese sonderbaren Dinge sind Wepl gleichgültig, aus irgendeinem Grund wünscht er sie nicht aus dem Gesamtbild der Katastrophe herauszuheben, wenngleich er anfangs, auf den ersten Kilometern des Weges, offensichtlich erregt war, etwas suchte, dabei jeden Augenblick die Marschordnung durchbrach, schnaufend und ausspuckend Witterung aufnahm, während er etwas Unverständliches in seiner Sprache murmelte . . .

»Da hätten wir aber was Neues«, sagte ich.

Es ist so etwas wie die Kabine einer Ionendusche – ein an die zwei Meter hoher Zylinder mit einem Durchmesser von einem Meter, aus einem durchscheinenden, bernsteinartigen Material. Die ovale Tür, so hoch wie der ganze Zylinder, ist offen. Die Kabine scheint einmal senkrecht gestanden zu haben, bis jemand eine Ladung Sprengstoff seitlich darunter anbrachte, und jetzt steht sie ziemlich schräg, so daß der Rand ihres Bodens zusammen mit der anhaftenden Schicht Asphalt und lehmiger Erde angehoben worden ist. Im übrigen hat sie nicht gelitten, und es war auch nichts drin, was Schaden hätte nehmen können – sie ist leer wie ein leeres Glas.

»Ein Glas«, sagte Vanderhoeze. »Aber mit einer Tür.«

Ich diktiere ihm eine Meldung. Nachdem er sie entgegengenommen hat, erkundigt er sich: »Und Fragen?«

»Zwei naheliegende Fragen: Wozu ist dieses Ding hier aufgestellt worden, und wen hat es gestört? Aufgemerkt: Es gibt keinerlei Kabel und Leitungen. Wepl, hast du Fragen?«

»Mein Volk kennt dergleichen Gegenstände nicht«, teilt er überheblich mit. »Mein Volk interessiert sich nicht dafür.« Und wieder beginnt er, sich in offensichtlich herausfordernder Weise zu kratzen.

»Ich hab weiter nichts«, sage ich zu Vanderhoeze, und sofort steht Wepl auf und setzt sich wieder in Bewegung.

Sein Volk, bitte sehr, interessiert sich dafür nicht, denke ich, während ich links hinter ihm gehe. Ich möchte gern lächeln, aber das darf ich auf keinen Fall. Wepl kann solch ein Lächeln nicht ausstehen, seine Empfänglichkeit für die geringsten Nuancen der menschlichen Mimik ist frappierend. Seltsam, woher mögen die Kopfler diese Empfänglichkeit haben? Schließlich fehlt ihren Physiognomien (oder Schnauzen?) die Mimik fast völlig – zumindest für das menschliche Auge. Jeder gewöhnliche Hofhund hat eine viel reichere Mimik. Aber im menschlichen Lächeln kennt sich Wepl bestens aus. Überhaupt verstehen sich die Kopfler auf die Menschen hundertmal besser als die Menschen auf die Kopfler. Und ich weiß, warum. Wir haben Hemmungen. Sie sind vernunftbegabt, und es ist uns peinlich, sie zu untersuchen. Sie hingegen empfinden solch eine Peinlichkeit nicht. Als wir bei ihnen in der Festung lebten, als sie uns Wohnung, zu essen, zu trinken und Schutz gaben, wie oft habe ich da plötzlich entdeckt, daß ich wieder Gegenstand eines Experiments gewesen war! Auch Martha beklagte sich bei Komow darüber, ebenso Rowlingson, und nur Komow klagte nie – ich glaube, weil er dafür einfach zu sehr von sich eingenommen war. Und der Tarasconer ist schließlich schlicht davongelaufen. Ist auf die Pandora gegangen, befaßt sich dort mit seinen monströsen Tachorgen und ist glücklich . . . Warum hat Wepl sich derart für die Pandora interessiert? Er hat mit allen erlaubten und unerlaubten Mitteln den Abflug hinausgezögert. Ich muß später überprüfen, ob tatsächlich eine Gruppe von Kopflern um ein Transportmittel zur Übersiedlung auf die Pandora gebeten hat.

»Wepl«, sage ich, »würdest du gern auf der Pandora leben?«

»Nein. Ich muß bei dir sein.«

Er muß. Das ganze Unglück ist, daß ihre Sprache nur einen Modus kennt. Es gibt nicht den geringsten Unterschied zwischen »müssen«, »sollen«, »wollen«, »können«. Und wenn Wepl russisch spricht, benutzt er diese Begriffe gleichsam aufs Geratewohl. Man kann nicht genau sagen, was er meint. Vielleicht wollte er jetzt sagen, daß er mich liebt, daß es ihm ohne mich schlecht geht, daß er nur mit mir zusammen sein möchte. Vielleicht aber auch, daß es seine Pflicht ist, bei mir zu sein, daß er den Auftrag dazu hat und ehrlich seine Pflicht zu tun gedenkt, obwohl er nichts auf der Welt lieber möchte, als durch den orangefarbenen Dschungel zu pirschen, gierig jedes Geräusch auffangend, jeden Geruch genießend, wovon es auf der Pandora mehr als genug gibt . . .

Über die Straße ist gemächlich eine riesige Schlange wie ein gemustertes Metallband geglitten, hat sich vor Wepl spiralförmig zusammengerollt und drohend den rhombischen Kopf erhoben. Wepl bleibt nicht einmal stehen – er schlägt wie beiläufig kurz mit der Vorderpfote zu, der rhombische Kopf fliegt bis auf den Fußweg hinüber, Wepl jedoch trottet schon weiter und läßt den sich in einem Knäuel windenden kopflosen Körper hinter sich.

Diese komischen Käuze hatten Angst, mich allein mit Wepl loszuschicken! Dabei ist er ein erstklassiger Kämpfer, klug, mit einem unglaublichen Gefühl für Gefahr ausgestattet und absolut furchtlos – wie kein Mensch je furchtloser sein könnte . . . Aber. Es geht natürlich nicht ohne ein gewisses Aber. Wenn nötig, werde ich für Wepl wie für einen Erdenmenschen kämpfen, wie für mich selbst. Und Wepl? Ich weiß nicht. Gewiß, auf dem Saraksch haben sie für mich gekämpft, haben gekämpft und getötet und sind gestorben, um mich zu schützen, aber aus irgendeinem Grunde kam es mir immer so vor, daß sie nicht für mich kämpften, sondern für ein abstraktes, ihnen allerdings sehr teures Prinzip . . . Ich bin schon seit fünf Jahren mit Wepl befreundet, er hatte noch nicht einmal die Haut zwischen den Zehen verloren, als wir uns kennenlernten, ich habe ihm die Sprache beigebracht und wie man die Versorgungslinie benutzt. Ich habe keinen Schritt von ihm getan, als er an seinen sonderbaren Krankheiten litt, von denen unsere Ärzte auch heute nichts begreifen. Ich habe seine schlechten Manieren erduldet, mich mit seinen unverblümten Äußerungen abgefunden und ihm Dinge verziehen, die ich niemandem auf der Welt verzeihe. Und ich weiß immer noch nicht, wer ich für ihn bin . . .

Ein Anruf vom Schiff. Vanderhoeze teilt mit, daß Rem Sheltuchin auf seiner Müllhalde ein Gewehr gefunden hat. Eine belanglose Information. Vanderhoeze will einfach nicht, daß ich schweige. Er macht sich große Sorgen, der Gute, wenn ich lange schweige. Wir unterhalten uns über Kleinkram.

Jedesmal, wenn ich auf Empfang gehe, führt sich Wepl wie ein Hund auf – er frißt, kratzt sich, oder er flöht sich. Er weiß genau, daß ich das nicht mag, und tut es demonstrativ, als wolle er sich dafür rächen, daß ich mich aus unserer Zweisamkeit löse.

Es beginnt kalt zu werden. Die Straße versinkt vorn in grau wogender Finsternis. Wir gehen am siebzehnten Viertel vorbei (die Querstraße ist mit Steinen gepflastert), passieren einen durchgerosteten Lkw mit platten Reifen, ein recht gut erhaltenes granitverkleidetes Gebäude mit figurengeschmückten Gittern vor den Fenster des Erdgeschosses, und links von uns beginnt ein Park, von der Straße durch eine niedrige Steinmauer getrennt.

In dem Augenblick, da wir an einem schiefen Torbogen vorbeigehen, springt aus dem feuchten, stark wuchernden Gebüsch geräuschvoll und mit Schellenklang ein buntscheckiger, grotesker langer Mensch auf die Mauer.

Er ist dürr wie ein Gerippe, hat ein gelbes Gesicht mit eingefallenen Wangen und einem gläsernen Blick. Feuchte rötliche Haarsträhnen stehen nach allen Seiten ab, die lockeren und gleichsam mit zu vielen Gelenken versehenen Arme sind in ständiger Bewegung, und die knochigen Beine zucken fortwährend und tanzen auf der Stelle, so daß unter den gewaltigen Füßen hervor nach allen Seiten welkes Laub und durchnäßte Mörtelbrocken fliegen.

Er ist von Kopf bis Fuß in eine Art buntkariertes Trikot gehüllt: rot, gelb, blau und grün, und unablässig klingeln die Schellen, die regellos auf seine Ärmel und Hosenbeine genäht sind, und laut und schnell schnalzt er in einem komplizierten Rhythmus mit den knotigen Fingern. Ein Hanswurst. Ein Harlekin. Seine Faxen wären sicherlich komisch, wenn sie nicht so unheimlich wären in dieser toten Stadt unter dem grau rinnenden Regen, vor dem Hintergrund des verwilderten Parkes, der zum Wald geworden ist. Das ist zweifellos ein Verrückter. Noch ein Verrückter.

Im ersten Moment scheint es mir, als wäre es derselbe, der vom Stadtrand. Aber der trug bunte Bänder und eine Narrenkappe mit einem Glöckchen, er war auch erheblich kleiner und sah nicht so abgehärmt aus. Sie sind bloß beide buntscheckig und beide verrückt, und es erscheint völlig unglaublich, daß die ersten beiden Eingeborenen, die wir auf diesem Planeten treffen, sich als wahnsinnige Clowns erweisen.

»Das ist keine Gefahr«, sagt Wepl.

»Wir müssen ihm helfen«, antworte ich.

»Wie du willst. Er wird uns hinderlich sein.«

Ich weiß selbst, daß er uns hinderlich sein wird, aber da ist nichts zu machen, und ich beginne mich dem tänzelnden Hanswurst zu nähern, während ich im Handschuh die Saugvorrichtung mit dem Beruhigungsmittel vorbereite.

»Gefahr von hinten!« sagt Wepl plötzlich.

Ich werfe mich herum. Aber auf der anderen Straßenseite gibt es nichts Besonderes: ein einstöckiges Haus mit Resten eines giftiglila Anstrichs, falsche Säulen, keine einzige heile Glasscheibe, die anderthalb Etagen hohe Türöffnung voller Finsternis. Ein Haus wie jedes andere, doch Wepl betrachtet es in der Haltung aufs höchste gespannter Aufmerksamkeit. Er hat sich auf seine federnden Pfoten gesetzt, den Kopf tief geneigt und die kleinen dreieckigen Ohren gespitzt. Mir läuft es kalt den Rücken runter: seit Beginn unseres Marsches hat Wepl noch kein einziges Mal diese seltene Haltung eingenommen. Hinter uns klirren verzweifelt die Glöckchen, und plötzlich wird es still. Nur der Regen rauscht.

»In welchem Fenster?« frage ich.

»Weiß nicht.« Wepl wendet den schweren Kopf langsam von rechts nach links. »In keinem Fenster. Wollen wir nachsehen? Aber es ist schon schwächer ...« Der schwere Kopf hebt sich langsam. »Vorbei. Wie immer.«

»Was?«

»Wie von Anfang an.«

»Gefahr?«

»Gefahr besteht von Anfang an. Schwache. Aber jetzt war sie stark. Und nun wieder wie von Anfang an.«

»Menschen? Tiere?«

»Eine große Bosheit. Unbegreiflich.«

Ich blicke mich nach dem Park um. Der verrückte Hanswurst ist verschwunden, und im dichten nassen Grün läßt sich nichts ausmachen.

Vanderhoeze ist fürchterlich beunruhigt. Ich diktiere eine Meldung. Vanderhoeze befürchtet, daß dies ein Hinterhalt war und der Hanswurst mich ablenken sollte. Er kann nicht einsehen, daß in diesem Fall der Hinterhalt geglückt wäre, weil mich der Hanswurst tatsächlich derart abgelenkt hat, daß ich außer ihm nichts gesehen und gehört habe. Vanderhoeze schlägt vor, eine Verstärkungsgruppe zu unserer Unterstützung zu entsenden, aber ich lehne ab. Unser Auftrag ist nicht der Rede wert, und am ehesten werden wir wohl selbst von der Route genommen und jemandem zur Verstärkung geschickt, etwa zu Espada.

Eine Mitteilung von der Gruppe Espadas: Er ist beschossen worden. Mit Leuchtspurgeschossen. Anscheinend Warnschüsse. Espada rückt weiter vor. Wir auch. Vanderhoeze ist aufs äußerste beunruhigt, seine Stimme klingt ganz kläglich.

Mit dem Kapitän haben wir es wohl nicht gut getroffen. Bei Espada ist der Kapitän ein Progressor. Bei Sheltuchin ist der Kapitän ein Progressor. Bei uns aber – Vanderhoeze. Das hat alles seine Berechtigung, gewiß: Espada ist die Kontaktgruppe, Rem der Hauptlieferant für Informationen, während Wepl und ich einfach Kundschafter zu Fuß in einem ungefährlichen Gebiet sind. Eine Hilfsgruppe. Aber wenn irgendwas passiert – und irgendwas passiert ja immer –, dann können wir nur auf uns selbst zählen. Letzten Endes ist der gute alte Vanderhoeze bloß ein Raumflieger, ein sehr erfahrener Raumwolf, dem die Instruktion 06/3 in Fleisch und Blut übergegangen ist: »Werden auf einem Planeten Anzeichen für intelligentes Leben festgestellt, ist *unverzüglich* zu starten, nachdem möglichst alle Spuren des Aufenthalts beseitigt sind . . .« Und hier nun – Warnschüsse, die ganz offensichtliche Ablehnung einer Kontaktaufnahme, und niemand denkt daran, unverzüglich zu starten, sondern im Gegenteil, man rückt weiter vor und löckt überhaupt wider den Stachel . . .

Die Häuser werden immer höher, immer luxuriöser. Ein verkommener, verschimmelter Luxus. Eine sehr lange Kolonne von Lastwagen unterschiedlichen Typs, am linken Straßenrand geparkt. Es hat hier offenbar Linksverkehr gegeben. Viele LKWs sind offen, auf den Ladeflächen türmt sich Hausrat. Sieht aus wie die Spuren einer Massenevakuierung, unklar nur, warum sie in Richtung Stadtzentrum gefahren sind. Vielleicht zum Hafen?

Wepl bleibt plötzlich stehen und richtet aus dem dichten Fell auf dem Kopf die dreieckigen Ohren auf. Wir sind kurz vor einer Kreuzung, die Kreuzung ist leer, die Straße dahinter auch, soweit man das durch den grauen Schleier sehen kann.

»Es stinkt«, sagt Wepl. Und nach einer kurzen Pause: »Tiere.« Und wieder nach einer Pause: »Viele. Sie kommen hierher. Von links.«

Jetzt nehme auch ich einen Geruch wahr, aber nur den vom nassen Rost der Lastwagen. Und plötzlich: tausendfüßiges Trappeln und knöchernes Pochen, Winseln, gedämpftes Heulen, Schnaufen und Keuchen. Tausende von Füßen. Tausende von Kehlen. Ein Rudel. Ich sehe mich nach einem passenden Hauseingang um, wo wir warten könnten, bis sie vorüber sind.

»Mistzeug«, sagt Wepl. »Hunde.«

Im selben Augenblick bricht es aus der Seitenstraße links hervor. Hunde. Hunderte von Hunden. Tausende. Ein dichter graugelb-schwarzer Strom, trappelnd, keuchend, durchdringend nach nassem Hundefell stinkend. Die Spitze des Stroms ist schon in der Seitenstraße rechts verschwunden, und der Strom fließt und fließt, aber da lösen sich ein paar Kreaturen vom Rudel und schwenken scharf auf uns zu – große, dürre Tiere, denen das schäbige Fell in Fetzen herunterhängt. Kleine unstete, trübe Augen, gelbe geifernde Fangzähne. Mit dünnem und gleichsam klagendem Gekläff traben sie heran, und nicht gerade, sondern einem verwickelten Bogen folgend, höckrigen Leiber gekrümmt und die zuckenden Schwänze eingekniffen.

»Ins Haus!« schreit Vanderhoeze. »Was steht ihr noch 'rum? Ins Haus!«

Ich bitte ihn, keinen Lärm zu machen. Ich stecke die Hand unter die Klappe des Anzugs und fasse an den Griff des Scorchers.

Wepl sagt: »Nicht nötig. Ich mache das selbst.«

Langsam, sich wiegend geht er den Hunden entgegen. Er nimmt keine Kampfhaltung ein. Er geht einfach.

»Wepl«, sage ich. »Wir wollen uns da raushalten.«

»Laß mich«, antwortet Wepl ohne stehenzubleiben.

Ich verstehe nicht, was er vorhat, und während ich den Scorcher mit dem Lauf nach unten in der gesenkten Hand halte, gehe ich die Wagenkolonne entlang parallel zu Wepl. Ich muß das Schußfeld für den Fall vergrößern, daß der schmutziggelbe Strom als Ganzes zu uns umschwenkt. Wepl geht immer weiter, die Hunde indes sind stehengeblieben. Sie weichen zurück, wenden Wepl die Flanken zu, krümmen den Rücken noch stärker und klemmen den Schwanz vollends zwischen die Beine, und als es bis zum nächsten noch zehn Schritte sind, stürzen sie plötzlich mit panischem Winseln davon und verschmelzen augenblicklich mit dem Rudel.

Wepl aber geht immer weiter. Mitten auf der Straße, gemächlich, sich wiegend, als wäre die Kreuzung vor ihm vollkommen leer. Da presse ich die Zähne zusammen, hebe den Scorcher höher und wechsle auf die Straßenmitte hinter Wepl hinüber. Der schmutziggelbe Strom ist schon ganz nahe.

Und da erhebt sich mit einemmal über der Kreuzung ein verzweifeltes Jaulen. Das Rudel reißt auseinander und macht die Straße frei. Sekunden später ist in der Seitenstraße rechts kein Hund mehr zu sehen, während sich in der Straße links eine wogende Masse behaarter Körper, festgestemmter Pfoten und gebleckter Zähne drängt.

Wir überqueren die Kreuzung, die mit Fetzen schmutzigen Fells übersät ist, die heulende Hölle bleibt hinter uns zurück, und da zwinge ich mich, stehenzubleiben und zurückzublicken. Die Mitte der Kreuzung ist noch immer leer. Das Rudel hat die Richtung geändert. Zu beiden Seiten der Wagenkolonne strömt es jetzt die Hauptstraße entlang auf den Stadtrand zu. Das Winseln und Jaulen klingt allmählich ab, noch eine Minute, und alles ist wie zuvor: Man hört nur das geschäftige tausendfüßige Trappeln, das knöcherne Pochen, das Schnaufen und Keuchen. Ich atme auf und stecke den Scorcher wieder ins Halfter. Ich habe ziemliche Angst durchgestanden.

Vanderhoeze liest uns die Leviten. Wir bekommen einen Tadel. Beide. Wegen Draufgängertum und Kinderei. Allgemein gesagt. Wepl ist überaus empfindlich gegen Vorwürfe, aber diesmal protestiert er aus irgendeinem Grunde nicht. Er brummt nur: »Sag ihm, daß überhaupt kein Risiko bestand.« Und fügt hinzu: »Fast keins . . .« Ich diktiere die Meldung über den Zwischenfall. Ich habe nicht begriffen, was auf der Kreuzung vorgegangen ist, und Vanderhoeze versteht natürlich erst recht nichts. Ich weiche seinen Fragen aus, lege das Schwergewicht auf die Feststellung, daß sich das Rudel jetzt auf das Schiff zu bewegt.

»Wenn sie bis zu euch vordringen, schreckt sie mit Feuer ab«, schließe ich.

Wir erreichen das Ende des zweiundzwanzigsten Viertels, und da bemerke ich, daß jegliches Leben von der Straße verschwunden ist – nicht eine Ratte, keine einzige Schlange, ja nicht einmal Frösche sind zu sehen. Sie haben sich wegen der Hunde versteckt, denke ich unschlüssig. Ich weiß, daß das nicht stimmt. Es liegt an Wepl.

Im vierten Jahr unserer Bekanntschaft stellte sich plötzlich heraus, daß Wepl recht ordentlich englisch spricht. Ungefähr zur selben Zeit habe ich herausgefunden, daß er Musik komponiert –

keine Symphonien freilich, sondern kleine Lieder, einfach liedhafte Melodien, sehr hübsche, für das menschliche Gehör durchaus akzeptable. Und nun noch so etwas.

Er schielt aus dem gelben Auge zu mir herüber. »Wie hast du das mit dem Feuer erraten?« erkundigt er sich.

Ich horche auf. Ich habe also etwas mit dem Feuer erraten? Wann habe ich das bloß fertiggebracht?

»Kommt darauf an, was für ein Feuer«, sage ich aufs Geratewohl.

»Verstehst du nicht, wovon ich spreche? Oder willst du nichts dazu sagen?«

Feuer, Feuer, überlege ich hastig. Ich fühle, daß ich jetzt vielleicht irgend etwas Wichtiges erfahren kann. Wenn ich nichts übereile. Wenn ich exakte Antworten gebe. Wann habe ich denn etwas von Feuer gesagt? Ja! ›Schreckt sie mit Feuer ab.‹

»Jedes Kind weiß, daß Tiere sich vor Feuer fürchten«, sage ich. »Deshalb bin ich auch daraufgekommen. War das denn so schwer zu erraten?«

»Ich denke, ja«, brummt Wepl. »Früher bist du nicht darauf gekommen.«

Er verstummt und hört auf, mich aus einem Auge anzuschielen. Ende des Gesprächs. Er ist doch klug. Ihm ist klar, daß ich entweder nichts begriffen habe oder nicht darüber sprechen will, wenn uns andere hören . . . Im einen wie im anderen Falle ist es besser, das Gespräch zum Abschluß zu bringen . . . Also ich habe das mit dem Feuer erraten. In Wahrheit habe ich gar nichts erraten. Ich habe einfach zu Vanderhoeze gesagt: ›Schreckt sie mit Feuer ab.‹ Und Wepl hat daraus gefolgert, ich hätte etwas erraten. Feuer, Feuer . . . Wepl hatte natürlich keinerlei Feuer bei sich . . . Oder doch? Nur habe ich es nicht gesehen, aber die Hunde sahen es. So also, das hat uns gerade noch gefehlt. Ach dieser Wepl.

»Und da hast du sie also angesengt?« frage ich einschmeichelnd.

»Das Feuer sengt«, läßt sich Wepl trocken vernehmen.

»Und das kann jeder Kopfler?«

»Nur bei den Erdenmenschen heißen wir Kopfler. Die Mißgeburten des Südens nennen uns Vampire. Und an der Mündung der Blauen Schlange nennen sie uns Blender. Und auf dem Archipel – ›dsehu‹ . . . Im Russischen gibt es keine Entsprechung. Es bedeutet, ›der unter der Erde wohnt und mit der Kraft seines

Geistes zu unterwerfen und zu töten vermag‹.«

»Klar«, sage ich.

Ich habe lumpige fünf Jahre gebraucht, um es herauszufinden: Mein engster Freund, vor dem ich nie etwas verborgen habe, besitzt also die Fähigkeit, mit der Kraft seines Geistes zu unterwerfen und zu töten. Hoffentlich nur Hunde, aber immerhin – wer weiß ... Lumpige fünf Jahre Freundschaft. Zum Teufel, warum geht mir das eigentlich so nahe?

Wepl spürt die Bitternis in meiner Stimme augenblicklich, deutet sie aber auf seine Weise. »Sei nicht so gierig«, sagt er. »Ihr besitzt dafür eine Menge, was wir nicht haben und nie haben werden. Eure Maschinen und eure Wissenschaft ...«

Wir treten auf einen Platz hinaus und machen sofort halt, denn wir sehen eine Kanone. Sie steht links hinter der Ecke, tief, wie zu Boden geduckt – ein langer Lauf mit dem schweren Aufsatz einer Mündungsbremse, ein niedriger, breiter Schild, mit Tarnstreifen im Zickzack bemalt, wie gespreizte Holme, dicke Räder mit Gummireifen ... Aus dieser Stellung ist so mancher Schuß abgefeuert worden, aber vor langer, sehr langer Zeit. Die ringsum verstreuten leeren Kartuschenhülsen sind von grüner und roter Korrosion völlig zerfressen, die Sporen der Holme haben den Asphalt bis zum Erdboden aufgerissen und versinken jetzt in dichtem Gras, und am linken ist sogar ein kleines Bäumchen hervorgebrochen. Der durchgerostete Verschluß ist zur Seite geschwenkt, das Visier fehlt völlig, und hinter der Stellung sind angefaulte, halb zerfallene Munitionskisten zu erkennen, allesamt leer. Hier ist bis zur letzten Granate geschossen worden.

Ich schaue über den Schild und sehe, wohin sie geschossen haben. Genauer gesagt, zuerst erblicke ich gewaltige, vom Efeu überwucherte Einschüsse an der Hauswand gegenüber, und erst danach fällt mir eine architektonische Unstimmigkeit ins Auge. Am Fuße des Hauses mit den Einschüssen steht völlig deplaciert ein kleiner Pavillon von stumpfem Gelb, mit flachem Dach, und jetzt ist mir klar, daß gerade er beschossen worden ist, im direkten Richten, fast auf Tuchfühlung, aus nur fünfzig Meter Abstand, und die klaffenden Löcher in der Hauswand dahinter sind Fehlschüsse, obwohl es fast unmöglich scheint, aus solcher Entfernung das Ziel zu verfehlen. Übrigens sind die Fehlschüsse nicht allzu zahlreich, und man kann nur über die Haltbarkeit dieser unansehnlichen gelben Anlage staunen, die so viele Treffer erhalten und sich trotzdem nicht in einen Schutthaufen verwandelt hat.

Der Pavillon ist unsinnig placiert, und anfangs scheint es mir, als hätten ihn die schrecklichen Schläge der Geschosse verrückt, nach hinten geschoben, auf das Trottoir gedrängt und fast mit einer Ecke in die Hauswand gedrückt. Aber so ist es natürlich nicht. Natürlich steht der Pavillon genau dort, wo ihn irgendwelche Sonderlinge von Architekten von Anfang an errichtet haben, wo er den Fußweg völlig versperrt und einen Teil der Fahrbahn bedeckt, was ohne Zweifel den Verkehr behindert haben muß.

Alles, was hier geschehen ist, liegt sehr lange zurück, viele Jahre, und längst sind die Gerüche der Brände und der Schüsse verschwunden; auf sonderbare Weise erhalten geblieben und noch immer bedrückend ist jedoch die Atmosphäre des grimmigen Hasses, der Wut und der Raserei, die damals den unbekannten Artilleristen die Hand lenkten.

Ich mache mich ans Diktieren der fälligen Meldung. Wepl indes hat sich etwas entfernt hingesetzt, läßt geringschätzig die Lippe hängen und brummt betont laut, während er aus gelben Augen herüberschielt: »Menschen ... Gar kein Zweifel ... Natürlich Menschen ... Eisen und Feuer, Ruinen, immer das gleiche ...« Offenbar spürt auch er diese Atmosphäre, und gewiß noch viel intensiver als ich. Er erinnert sich schließlich zu alledem auch noch an seine Heimat – Wälder voll tödlicher Technik, zu Asche verbrannte Räume, wo sich verkohlte radioaktive Baumstämme tot emporrecken und selbst die Erde von Haß, Angst und Tod durchtränkt ist ...

Auf diesem Platz bleibt uns nichts zu tun. Höchstens Hypothesen aufzustellen und in der Vorstellung Bilder zu malen, eins immer schrecklicher als das andere. Wir setzen den Weg fort, und mir geht durch den Kopf, daß in Zeiten globaler Katastrophen einer Zivilisation alle Scheußlichkeiten an die Oberfläche des Daseins gespült werden, all der Bodensatz, der sich über Jahrhunderte in den Genen des Soziums angesammelt hat. Die Formen dieses Abschaums sind sehr mannigfaltig, und man kann nach ihnen beurteilen, wie unglücklich die gegebene Zivilisation bis zum Zeitpunkt des Kataklysmus war, aber kaum etwas über die Natur des Kataklysmus selbst sagen, weil die unterschiedlichsten Kataklysmen – sei es nun eine globale Seuche oder ein

Weltkrieg oder sogar eine geologische Katastrophe – ein und denselben Abschaum zutage fördern: Haß, tierischen Egoismus, Grausamkeit, die gerechtfertigt erscheint, aber in Wirklichkeit keinerlei Rechtfertigung besitzt . . .

Eine Mitteilung von Espada: Er hat Kontakt aufgenommen. Befehl von Komow: Alle Gruppen sollen ihre Translatoren zur Aufnahme linguistischer Informationen fertigmachen. Ich taste hinter meinem Rücken nach dem Schalter des tragbaren Übersetzungsgeräts und lege ihn herum . . .

2. Juni '78

Maja Glumowa, die Freundin Lew Abalkins

Ich meldete mich nicht erst bei Maja Toivowna an, sondern ging um neun Uhr morgens geradewegs zum Sternenplatz.

Früh am Morgen hatte es ein wenig geregnet, und der ganze gewaltige Würfel des Museums aus unpoliertem Marmor glänzte feucht in der Sonne. Schon von weitem erblickte ich vor dem Haupteingang eine kleine buntgemischte Menge, und als ich näher kam, vernahm ich unzufriedene und enttäuschte Ausrufe. Es zeigte sich, daß das Museum seit gestern für die Besucher geschlossen war, weil irgendeine neue Ausstellung vorbereitet wurde. Die Menge bestand hauptsächlich aus Touristen, doch besonders verärgert waren die Wissenschaftler, die gerade diesen Morgen gewählt hatten, um mit den Exponaten zu arbeiten. Die neue Ausstellung kümmerte sie nicht im geringsten. Man hätte sie vorher über dergleichen Verwaltungsmanöver informieren müssen. Und jetzt konnte man den Tag abschreiben . . . Verstärkt wurde der Wirrwarr von den Reinigungskybern, die man offenbar vergessen hatte umzuprogrammieren; nun irrten sie ziellos in der Menge herum, gerieten den Leuten zwischen die Beine, wichen fahrig wütenden Fußtritten aus und riefen alle paar Minuten schadenfrohes Gelächter hervor, wenn sie unsinnigerweise versuchten, durch die geschlossenen Türen zu gehen.

Nachdem ich mich über die Lage informiert hatte, hielt ich mich nicht länger hier auf. Ich hatte schon des öfteren in diesem Museum zu tun gehabt und wußte, wo der Diensteingang lag. Ich umrundete das Gebäude und ging eine kleine, schattige Allee entlang zu einer breiten, niedrigen Pforte, die hinter der dichten

Wand irgendwelcher Rankenpflanzen kaum zu bemerken war. Diese gebeizte Eiche imitierende Plastiktür war ebenfalls verschlossen. An der Schwelle lief ein weiterer Reinigungskyber hin und her. Er sah hoffnungslos und traurig aus: über Nacht hatte sich der Ärmste ziemlich entladen, und jetzt hatte er kaum Chancen, hier im Schatten wieder Energie aufzunehmen.

Ich schob ihn mit dem Fuß beiseite und klopfte ärgerlich. Es antwortete eine Grabesstimme. »Das Museum für Außerirdische Kulturen ist zwecks Umrüstung der zentralen Räume für eine neue Ausstellung geschlossen. Haben Sie bitte Verständnis und kommen Sie in einer Woche wieder.«

»Massaraksch!« sagte ich laut und blickte mich etwas verwirrt um.

Es war natürlich niemand zu sehen, nur der Kyber zirpte bekümmert zu meinen Füßen. Offensichtlich interessierte er sich für meine Schuhe.

Ich schob ihn wieder beiseite und klopfte erneut mit der Faust gegen die Tür.

»Das Museum für Außerirdische Kulturen ...«, setzte die Grabesstimme abermals an, dann verstummte sie plötzlich.

Die Tür ging auf.

»Na also«, sagte ich und trat ein.

Der Kyber blieb auf der Schwelle.

»Na?« sagte ich zu ihm. »Komm rein.«

Aber er wich zurück, als könnte er sich nicht entscheiden, und in dem Moment schlug die Tür wieder zu.

In den Gängen hing ein nicht besonders starker, aber ziemlich spezifischer Geruch. Ich hatte schon längst bemerkt, daß jedes Museum seinen eigenen Geruch hat. Besonders kräftig war er in den zoologischen Museen, aber auch hier roch es gründlich. Nach außerirdischen Kulturen, stand zu vermuten.

Ich schaute in den erstbesten Raum und entdeckte dort zwei blutjunge Mädchen, die mit Molekularlötkolben in den Händen im Inneren einer Vorrichtung hantierten, die am ehesten an eine gigantische Rolle Stacheldraht erinnerte. Ich erkundigte mich, wo ich Maja Toivowna finden könnte, erhielt detaillierte Hinweise und machte mich auf den langen Weg durch die Gänge und Säle der Spezialabteilung für Objekte der materiellen Kultur ungeklärter Bestimmung. Hier begegnete ich niemandem. Der überwiegende Teil der Mitarbeiter hielt sich augenscheinlich in den zentralen Räumen auf und befaßte sich dort mit der neuen Ausstellung, hier indes war niemand und nichts außer den Objekten ungeklärter Bestimmung. Von diesen Objekten aber bekam ich dafür unterwegs mehr als genug zu sehen, und en passant gelangte ich zu der Überzeugung, daß ihre Bestimmung, wie sie seit jeher ungeklärt war, also auch bleiben würde in Ewigkeit, amen.

Maja Toivowna fand ich in ihrem Arbeitszimmer. Als ich eintrat, hob sie mir ihr Gesicht entgegen – eine schöne, mehr noch, eine sehr liebenswerte Frau, herrliches kastanienbraunes Haar, große braune Augen, die Andeutung einer Stupsnase, kräftige, entblößte Arme und Hände mit schlanken Fingern, eine leichte blaue ärmellose Bluse mit senkrechten schwarz-weißen Streifen. Eine anmutige Frau. Über der rechten Braue hatte sie ein kleines schwarzes Muttermal.

Sie blickte mich zerstreut an, und nicht einmal mich, sondern gleichsam durch mich hindurch, blickte und schwieg. Der Tisch vor ihr war leer, nur ihre beiden Hände lagen darauf, als hätte sie sie vor sich hingelegt und dann vergessen.

»Verzeihen Sie bitte«, sagte ich. »Ich heiße Maxim Kammerer.«

»Ja. Ich höre.«

Auch ihre Stimme klang zerstreut, und ich sprach nicht die Wahrheit: sie hörte nicht. Sie hörte und sah mich nicht. Und überhaupt stand ihr heute offensichtlich nicht nach mir der Sinn. Jeder anständige Mensch hätte sich an meiner Stelle entschuldigt und wäre still gegangen. Aber ich konnte es mir nicht erlauben, anständig zu sein. Ich war ein Mitarbeiter der KomKon 2 im Dienst. Deshalb machte ich keine Anstalten, mich zu entschuldigen oder gar zu gehen, sondern setzte mich einfach in den erstbesten Sessel, gab meinem Gesicht den Ausdruck treuherziger Freundlichkeit und fragte: »Was ist denn heute mit dem Museum los? Keinen lassen sie 'rein . . .«

Sie schien etwas verwundert. »Sie lassen keinen 'rein? Wirklich?«

»Ja, das sage ich doch! Mit Mühe und Not bin ich durch den Diensteingang hereingekommen.«

»Ach so . . . Verzeihung, wer sind Sie? Wollen Sie etwas von mir?«

Ich wiederholte, daß ich Maxim Kammerer sei, und legte ihr meine Legende vor.

Und da geschah etwas Erstaunliches. Kaum hatte ich den Namen Lew Abalkin ausgesprochen, da wachte sie gleichsam auf. Die Zerstreutheit wich von ihrem Gesicht, sie war mit einemmal voll da und sog sich mit ihren grauen Augen förmlich an mir fest. Aber sie sagte kein Wort und hörte mich bis zu Ende an. Sie hob nur langsam ihre willenlos daliegenden Hände vom Tisch auf, faltete die schlanken Finger und stützte das Kinn darauf.

»Sie haben ihn selbst gekannt?« wollte sie wissen.

Ich erzählte ihr von der Expedition ins Mündungsgebiet der Blauen Schlange.

»Und über alles das werden Sie schreiben?«

»Selbstverständlich«, sagte ich. »Aber das reicht nicht.«

»Es reicht nicht – wozu?« fragte sie.

Auf ihrem Gesicht war ein seltsamer Ausdruck erschienen – als hätte sie Mühe, nicht loszulachen. Sogar ihre Augen hatten zu funkeln begonnen.

»Verstehen Sie«, fing ich wieder an, »ich möchte zeigen, wie sich Abalkin zu einer Kapazität auf seinem Gebiet entwickelt hat. Im Grenzbereich von Tierpsychologie und Soziopsychologie hat er etwas in der Art ...«

»Aber er ist ja gar keine Kapazität auf seinem Gebiet geworden«, sagte sie. »Sie haben einen Progressor aus ihm gemacht. Sie haben ihn ja ... Sie ...«

Nein, kein Gelächter hatte sie zurückgehalten, sondern Tränen. Und jetzt hielt sie sie nicht mehr zurück. Sie verbarg das Gesicht in den Händen und heulte los. O Gott! Wenn eine Frau weint, ist das schon an sich eine schreckliche Sache, und hier kannte ich zudem nicht einmal den Grund. Sie heulte heftig, selbstvergessen wie ein Kind, zitterte am ganzen Körper, und ich saß da wie der letzte Idiot und wußte nicht, was ich tun sollte. In solchen Fällen reicht man immer ein Glas Wasser, aber in dem Arbeitszimmer gab es weder ein Glas noch Wasser noch irgendeinen Ersatz dafür – nur Regale voller Objekte ungeklärter Bestimmung.

Sie aber weinte und weinte, die Tränen flossen in Rinnsalen zwischen ihren Fingern hindurch und fielen auf den Tisch, sie atmete krampfhaft, schluchzte und sprach, als würde sie laut denken – sich selbst unterbrechend, ohne jegliche Ordnung und ohne jedes Ziel.

... Er hatte sie verhauen – und wie! Sie brauchte nur im

mindesten aufzumucken, und schon setzte es was. Ihm war schnuppe, daß sie ein Mädchen und drei Jahre jünger war als er – sie gehörte ihm und basta. Sie war eine Sache und sein Eigentum, sein persönliches Eigentum. Sie war es sofort geworden, fast am selben Tag, als er sie erblickt hatte. Sie war fünf, er acht. Er lief im Kreise herum und schrie seinen eigenen Abzählreim: »Ein Mann stand am Tor, die Tiere davor, er nahm sein Gewehr, und sie lebten nicht mehr!« Zehnmal, zwanzigmal hintereinander. Sie mußte lachen, und da verprügelte er sie zum erstenmal ...

... Das war schön – sein Eigentum zu sein, denn er liebte sie. Er liebte nie jemand anderen. Nur sie. Alle übrigen waren ihm gleichgültig. Sie begriffen nichts und konnten nichts begreifen. Er jedoch trat auf der Bühne auf, sang Lieder und rezitierte – für sie. So sagte er es auch: »Das war für dich. Hat dir's gefallen?« Er nahm am Hochsprung teil – für sie. Er tauchte zweiunddreißig Meter tief – für sie. Und nachts schrieb er Gedichte – auch für sie. Er schätzte sie sehr, die Sache, die ihm gehörte, und er bemühte sich immerfort, einer so wertvollen Sache würdig zu sein. Und niemand wußte etwas davon. Er verstand es immer so einzurichten, daß niemand etwas davon wußte. Bis zum letzten Jahr, als sein Lehrer es erfuhr ...

... Ihm gehörten noch viele andere Sachen. Der ganze Wald rings um das Internat war eine sehr große Sache, die ihm gehörte. Jeder Vogel in diesem Wald, jedes Eichhörnchen, jeder Frosch in jedem Graben. Er gebot über die Schlangen, er begann und beendete Kriege zwischen den Ameisenhaufen, er vermochte Hirsche zu heilen, und sie alle gehörten ihm, außer einem alten Elch namens Rex, den er als ebenbürtig anerkannte, doch später überwarf er sich mit ihm und vertrieb ihn aus dem Wald ...

... Wie dumm sie gewesen war! Zuerst war alles so gut gewesen, aber dann wurde sie älter und setzte sich in den Kopf, ihre Freiheit zu gewinnen. Sie sagte ihm geradeheraus, daß sie keine Lust mehr hätte, sein Eigentum zu sein. Er verprügelte sie, aber sie blieb störrisch, bestand auf ihrem Vorsatz, so verdammt dumm, wie sie war. Da verprügelte er sie wieder, grausam und erbarmungslos, wie er seine Wölfe prügelte, wenn sie versuchten, seine Herrschaft abzuschütteln. Aber sie war ja kein Wolf, sie war störrischer als alle seine Wölfe zusammen. Und da zog er sein Messer aus dem Gürtel hervor, das er selbst aus einem im Walde gefundenen Knochen angefertigt hatte, und mit einem rasenden

Lächeln schlitzte er sich langsam und schrecklich den Arm auf, von der Hand bis zum Ellenbogen. Er stand vor ihr mit seinem rasenden Lächeln, das Blut sprudelte aus seinem Arm wie Wasser aus dem Hahn, und er fragte: »Und nun?« Und noch ehe er zusammengebrochen war, wußte sie, daß er recht hatte. Daß er immer recht gehabt hatte, von Anfang an. Aber sie in ihrer bodenlosen Dummheit hatte es nicht einsehen wollen ...

In seinem letzten Jahr aber, als sie aus den Ferien zurückkam, war alles vorbei. Irgend etwas war geschehen. Wahrscheinlich hatten sie ihn schon in den Griff bekommen. Oder sie hatten alles erfahren und waren natürlich fürchterlich erschrocken, diese Idioten. Verdammte intelligente Kretins. Er blickte durch sie hindurch und wandte sich ab. Und schaute sie nie wieder an. Sie existierte für ihn nicht mehr, wie all die anderen. Er hatte die Sache, die ihm gehörte, verloren und sich mit dem Verlust abgefunden. Und als er sich ihrer wieder erinnerte, war alles ganz anders. Das Leben hatte ein für allemal aufgehört, ein geheimnisvoller Wald zu sein, wo er der Gebieter war und sie das Wertvollste, was er besaß. Sie hatten schon begonnen, ihn umzumodeln, er war schon fast ein Progressor, schon auf halbem Wege in eine andere Welt, wo einer den anderen verriet und quälte. Und es war zu sehen, daß er diesen Weg festen Schrittes ging, er erwies sich als guter Schüler, fleißig und begabt. Er schrieb ihr, sie antwortete nicht. Er rief sie, sie erwiderte den Ruf nicht. Dabei hätte er weder schreiben noch rufen sollen, sondern selber kommen und sie verprügeln, wie seinerzeit, und dann wäre vielleicht alles wie früher geworden. Aber er war schon nicht mehr der Gebieter. Er war jetzt lediglich ein Mann wie viele ringsumher, und er schrieb ihr nicht länger ...

... Sein letzter Brief, wie immer von Hand geschrieben – er akzeptierte nur Briefe von Hand, keinerlei Kristalle, keinerlei Magnetaufzeichnungen, nur von Hand –, sein letzter Brief war just von dort gekommen, aus dem Land jenseits der Blauen Schlange. »Ein Mann stand am Tor, die Tiere davor«, schrieb er, »er nahm sein Gewehr, und sie lebten nicht mehr.« Und weiter stand nichts in diesem letzten Brief ...

Sie sprach sich aus wie im Fieber, schluchzte zwischendurch und schneuzte sich in zerknüllte Labortücher, und plötzlich begriff ich, und eine Sekunde später sagte sie es selbst: sie hatte sich am Vortage mit ihm getroffen. Gerade um die Zeit, als ich sie angerufen und mit dem sommersprossigen Toivo gesprochen hatte, und während ich damit beschäftigt war, Jadwiga anzurufen, und während ich mich mit Seiner Exzellenz unterhielt, und während ich zu Hause lag, in den Berichten über die Operation »Tote Welt« vertieft – die ganze Zeit über war sie mit ihm zusammen gewesen, hatte ihn angeschaut, ihm zugehört, und irgend etwas war da zwischen ihnen vorgefallen, weswegen sie sich jetzt bei einem Unbekannten ausweinte.

2. Juni '78
Maja Glumowa und der Journalist Kammerer

Sie verstummte, als wäre sie zur Besinnung gekommen, und auch ich kam zu mir – nur ein paar Sekunden früher. Denn ich war ja im Dienst. Ich hatte Arbeit zu tun. Die Pflicht. Pflichtgefühl. Jeder muß seine Pflicht tun. Diese dumpfen, rissigen Worte. Nach dem, was ich gehört hatte. Man müßte auf die Pflicht pfeifen und alles mögliche tun, um diese unglückliche Frau aus dem Sumpf ihrer unbegreiflichen Verzweiflung zu ziehen. Vielleicht ist das meine wirkliche Pflicht?

Aber ich wußte, daß es nicht so war. Und das aus vielen Gründen. Zum Beispiel, weil ich niemanden aus dem Sumpf der Verzweiflung zu ziehen vermag. Ich weiß einfach nicht, wie man das macht. Ich weiß nicht einmal, wie ich hier hätte beginnen sollen. Und deshalb wäre ich jetzt am liebsten aufgestanden, hätte mich entschuldigt und wäre gegangen. Aber auch das werde ich natürlich nicht tun, weil ich jetzt unverzüglich herausfinden muß, wo sie sich getroffen haben und wo er jetzt ist . . .

Sie fragte plötzlich erneut: »Wer sind Sie?«

Sie stellte die Frage mit tonloser und trockener Stimme, auch ihre Augen waren trocken und glänzten, ganz kranke Augen.

Bevor ich gekommen war, hatte sie hier allein gesessen, obwohl es ringsumher von Kollegen und gewiß sogar von Freunden wimmelte, dennoch war sie allein gewesen, vielleicht war sogar jemand gekommen und hatte versucht, mit ihr zu sprechen, aber sie war trotzdem allein geblieben, denn niemand hier wußte etwas oder konnte etwas von dem Menschen wissen, der ihre Seele über jedes Maß mit jener schrecklichen Verzweiflung erfüllt hatte, mit der brennenden, kräftezehrenden Enttäuschung und mit all dem anderen, was sich in ihr in dieser Nacht angestaut hatte, nach außen drängte und keinen Weg fand, und da war ich erschienen und hatte Lew Abalkins Namen genannt – als hätte ich ein Skalpell über das unerträgliche Geschwür gezogen. Und es war aus ihr hervorgebrochen, eine Zeitlang hatte sie eine gewaltige Erleichterung verspürt, hatte sich endlich ausschreien, ausweinen, vom Schmerz befreien können, ihr Verstand war frei geworden, und von da an war ich nicht mehr jemand, der Heilung brachte, sondern der ich in Wirklichkeit war – ein völlig fremder, unbeteiligter und zufällig vorbeikommender Mensch. Und jetzt wurde ihr klar, daß ich nicht gar so zufällig gekommen sein konnte, denn solche Zufälle gibt es nicht. Das gibt es nicht, daß man sich vor zwanzig Jahren von dem Geliebten getrennt hat, zwanzig Jahre lang nichts von ihm erfährt, zwanzig Jahre lang seinen Namen nicht hört, ihn dann nach zwanzig Jahren wieder trifft und eine Nacht mit ihm verbringt, die schrecklich ist und bitter, schrecklicher und bitterer als jede Trennung, und daß man am Morgen darauf zum erstenmal seit zwanzig Jahren seinen Namen hört – von einem zufällig vorbeikommenden, fremden, unbeteiligten Menschen . . .

»Wer sind Sie?« fragte sie mit tonloser und trockener Stimme.

»Ich heiße Maxim Kammerer«, antwortete ich zum drittenmal und drückte mit allen Fasern äußerste Verwirrung aus. »Ich bin eine Art Journalist . . . Aber um Gottes willen . . . Ich komme offenbar ungelegen . . . Verstehen Sie, ich sammle Material zu einem Buch über Lew Abalkin . . .«

»Was tut er hier?«

Sie glaubte mir nicht. Vielleicht fühlte sie, daß ich kein Material über Lew Abalkin suchte, sondern ihn selbst. Ich mußte mich darauf einstellen. Und das rasch. Und selbstverständlich stellte ich mich darauf ein.

»In welchem Sinne?« erkundigte sich der Journalist Kammerer verblüfft und sogar ein wenig aufgeschreckt.

»Hat er hier einen Auftrag?«

Der Journalist Kammerer wurde starr vor Verwunderung. »Einen . . . Auftrag? Äh . . . ich verstehe nicht ganz . . .« Der Journalist Kammerer wirkte erbärmlich. Kein Zweifel, er war auf solch eine Begegnung nicht vorbereitet gewesen. Er war, ohne es zu wollen, in eine dumme Situation geraten und hatte nicht die mindeste Ahnung, wie er wieder herauskommen sollte. Nichts in der Welt wollte der Journalist Kammerer lieber als davonlaufen. »Maja Toivowna, ich bin doch ... Um Gottes willen, denken Sie bloß nicht ... Nehmen Sie an, ich hätte hier nichts gehört ... Ich habe schon alles vergessen ... Ich bin überhaupt nicht hier gewesen! ... Aber wenn ich Ihnen irgendwie helfen kann ...«

Der Journalist Kammerer stotterte sinnloses Zeug und war puterrot vor Verlegenheit. Er saß nicht mehr. Er stand in gespannter und höchst unbequemer Haltung über den Tisch gebeugt und versuchte fortwährend, Maja Toivowna aufmunternd am Ellenbogen zu fassen. Er war wohl ziemlich widerlich anzuschauen, aber ganz gewiß völlig harmlos und etwas dümmlich.

»Ich habe, wissen Sie, so eine Arbeitsmethode ...«, murmelte er in einem armseligen Versuch, sich zu rechtfertigen. »Sie ist wahrscheinlich strittig, ich weiß nicht, aber früher ist es mir immer gelungen ... Ich beginne an der Peripherie: Kollegen, Freunde ... die Lehrer, versteht sich ... Betreuer ... Und erst danach, völlig gewappnet sozusagen, mache ich mich an das Hauptobjekt der Untersuchung. Ich habe mich bei der KomKon erkundigt und erfahren, daß Abalkin jeden Tag auf die Erde zurückkehren muß ... Mit dem Lehrer habe ich schon gesprochen ... Mit der Ärztin ... Dann habe ich beschlossen, mit Ihnen ... aber der Zeitpunkt ist ungünstig ... Entschuldigen Sie bitte vielmals. Ich bin ja nicht blind, ich sehe, daß sich da ein äußerst unangenehmes Zusammentreffen von Umständen ergeben hat ...«

Und doch gelang es ihm, sie zu beruhigen, diesem tölpelhaften Journalisten Kammerer. Sie lehnte sich im Sessel zurück und hielt die Hand vors Gesicht. Der Verdacht war zerstreut, es erwachte die Scham, und Erschöpfung senkte sich herab.

»Ja«, sagte sie. »Ein Zusammentreffen von Umständen ...«

Jetzt war es an dem Journalisten Kammerer, kehrtzumachen und sich auf Zehenspitzen zu entfernen. Aber so einer war das nicht, dieser Journalist Kammerer. Er konnte eine gequälte, niedergeschlagene Frau nicht einfach so sich selbst überlassen, eine Frau, die zweifellos Hilfe und Unterstützung brauchte.

»Selbstverständlich, ein Zusammentreffen und weiter nichts ...«, murmelte er. »Schon vergessen, und nichts ist gewesen ... Später, irgendwann, wenn es Ihnen recht ist ... paßt ... wäre ich Ihnen überaus verbunden, versteht sich ... Gewiß, das passiert mir nicht zum erstenmal, daß ich zu Beginn mit dem Hauptobjekt spreche, und dann erst ... Maja Toivowna, soll ich vielleicht jemanden rufen? Ich werde sofort ...«

Sie schwieg.

»Dann also nicht, richtig auch ... Wozu denn? Ich bleibe noch eine Weile hier bei Ihnen ... für alle Fälle ...«

Sie nahm endlich die Hand von den Augen. »Sie brauchen nicht bei mir zu bleiben«, sagte sie müde. »Gehen Sie lieber zu Ihrem Hauptobjekt ...«

»Kommt nicht in Frage!« protestierte der Journalist Kammerer. »Das hat Zeit. Das Objekt, wissen Sie, ist die eine Sache, aber ich möchte Sie nicht allein lassen ... Ich habe jede Menge Zeit ...« Er schaute mit leichter Unruhe auf die Uhr. »Und das Objekt geht jetzt nicht mehr verloren! Jetzt finde ich ihn ... Und überhaupt wird er momentan wohl kaum zu Hause sein. Ich kenne doch die Progressoren auf Urlaub ... Er schlendert sicherlich durch die Stadt und hängt sentimentalen Erinnerungen nach ...«

»Er ist nicht in der Stadt«, sagte Maja Toivowna, noch immer beherrscht. »Sie brauchen zwei Stunden Flug bis zu ihm ...«

»Zwei Stunden Flug?« Der Journalist Kammerer war unangenehm überrascht. »Erlauben Sie, aber ich habe den festen Eindruck gewonnen ...«

»Er ist auf den Waldaihöhen! Kurort ›Ossinuschka‹! Am Welje-See. Und denken Sie daran, daß die Null-Verbindung nicht funktioniert!«

»Hmm!« ließ sich der Journalist Kammerer sehr laut vernehmen. Eine zweistündige Flugreise war in seinem Tagesplan gewiß nicht vorgesehen. Man konnte sogar vermuten, daß er überhaupt gegen Flugreisen war.

»Zwei Stunden ...«, murmelte er. »Soso ... Irgendwie hatte ich mir das ganz anders vorgestellt ... Entschuldigen Sie bitte, Maja Toivowna, aber vielleicht ist er irgendwie von hier aus zu erreichen?«

»Sicherlich«, sagte Maja Toivowna mit nun schon völlig verlöschender Stimme. »Ich weiß seine Nummer nicht ... Hören Sie, Kammerer, lassen Sie mich allein. Ich kann Ihnen im Moment ja doch nichts nützen.«

Und erst jetzt erfaßte der Journalist Kammerer die Peinlichkeit seiner Lage vollends. Er sprang auf und stürzte zur Tür. Stockte, kehrte zum Tisch zurück. Murmelte unverständliche Entschuldigungen. Stürzte wieder zur Tür und warf dabei einen Sessel um. Hob ihn unter weiteren gemurmelten Entschuldigungen auf und stellte ihn mit übergroßer Vorsicht an seinen Platz, als wäre er aus Kristall und Porzellan. Dann ging er mit zahlreichen Verbeugungen rückwärts, schob mit dem Hintern die Tür auf und verschwand endlich im Korridor.

Ich schloß sorgfältig die Tür, blieb eine Weile stehen und rieb mir mit dem Handrücken die verkrampften Gesichtsmuskeln. Vor Scham und Ekel vor mir selbst war mir übel.

2. Juni '78

»Ossinuschka«. Doktor Goannek

Vom Ostufer aus erschien »Ossinuschka« als verstreute Ansammlung weißer und roter Dächer, die im rot-grünen Ebereschendickicht versanken. Außerdem gab es dort einen schmalen Streifen Strand und einen anscheinend hölzernen Bootssteg, an den sich eine Herde verschiedenartiger Boote schmiegte. Auf dem ganzen sonnenüberfluteten Hang war keine Seele zu sehen, und nur auf dem Bootssteg thronte mit herabhängenden nackten Beinen jemand in Weiß – wohl ein Angler, er saß gar zu still.

Ich warf meine Kleidung auf den Sitz und ging ohne überflüssigen Lärm ins Wasser. Das Wasser war gut im Welje-See, klar und süß, das Schwimmen ein reines Vergnügen.

Als ich den Bootssteg erklommen hatte und auf einem Bein auf den sonnenheißen Brettern hüpfte, um Wasser aus dem Ohr zu schütteln, wandte der in Weiß endlich seine Aufmerksamkeit vom Schwimmer ab, betrachtete mich über die Schulter hinweg und erkundigte sich interessiert: »Und so kommen Sie den ganzen Weg von Moskau – bloß mit der Badehose?«

Wieder hatte ich es mit einem Hundertjährigen zu tun, er war trocken und hager wie seine Angelrute aus Bambus, aber nicht gelblich im Gesicht, sondern eher braun, ich würde fast sagen schwarz. Das lag vielleicht am Kontrast zu seiner makellos weißen Kleidung. Seine Augen übrigens waren jung – klein, blau und lustig. Eine strahlend weiße Mütze mit einer riesigen Sonnenblende bedeckte seinen zweifelsohne kahlen Kopf und gab ihm Ähnlichkeit mit einem pensionierten Jockei oder aber mit einem Schuljungen aus einem Buch Mark Twains, der die Sonntagsschule schwänzt.

»Es soll hier eine Unmenge Fische geben«, sagte ich und hockte mich neben ihn.

»Schwindel«, sagte er. Kurz und gewichtig.

»Es heißt, man kann hier recht gut die Zeit verbringen«, sagte ich.

»Kommt drauf an, wer man ist.«

»Es soll ein beliebter Kurort sein.«

»War es«, sagte er.

Ich hatte mein Pulver verschossen. Wir schwiegen.

»Ein beliebter Kurort, junger Mann«, ließ er sich belehrend vernehmen, »war hier vor drei Jahren. Oder, wie sich mein Urenkel Brjatscheslaw ausdrückt, ›drei Jahre zurück‹. Jetzt, sehen Sie, junger Mann, ist Erholung undenkbar ohne eisiges Wasser, ohne Mückenschwärme, ohne rohes Fleisch zum Essen und dichten Urwald . . . ›Die wilden Felsen sind mein Zuhaus‹, sehen Sie . . . Die Taimyr-Halbinsel und Baffinland, sehen Sie . . . Raumfahrer?« fragte er plötzlich. »Progressor? Ethnologe?«

»War ich«, antwortete ich nicht ohne Schadenfreude.

»Und ich bin Arzt«, sagte er, ohne mit der Wimper zu zucken. »Ich nehme an, Sie brauchen mich nicht? In den letzten drei Jahren hat mich hier kaum jemand gebraucht. Freilich, die Erfahrung lehrt, daß ein Patient selten allein kommt. Gestern zum Beispiel bin ich gebraucht worden. Fragt sich: Warum nicht auch heute? Sind Sie sicher, daß Sie mich nicht brauchen?«

»Nur als angenehmen Gesprächspartner«, erklärte ich aufrichtig.

»Na wenigstens dafür schönen Dank«, erwiderte er bereitwillig. »Dann kommen Sie jetzt mit, Tee trinken.«

Und wir gingen Tee trinken.

Doktor Goannek bewohnte ein geräumiges Blockhaus neben dem medizinischen Pavillon. Das Blockhaus war mit allem Notwendigen ausgestattet, als da waren: eine Außentreppe mit Geländer, geschnitzte Fensterrahmen, ein Wetterhahn, ein russischer Ultraschallofen mit automatischer Regelung und einem Bad darüber, eine zweischläfrige Liege, dazu ein zweistöckiger Keller, der übrigens an die Versorgungslinie angeschlossen war. Hinterm Haus fand sich im Brennesseldickicht eine Null-T-Kabine, geschickt als hölzerner Abort getarnt.

Der Tee beim Doktor bestand aus kalter Rübensuppe, Hirsebrei und Kürbis und schäumendem Kwaß mit Rosinen. Tee indes, Tee als solchen, gab es nicht: nach Doktor Goanneks fester Überzeugung förderte der Genuß von starkem Tee die Bildung von Steinen, dünner Tee hingegen war ein kulinarischer Nonsens.

Doktor Goannek war in »Ossinuschka« alteingesessen – er hatte die hiesige Praxis vor zwölf Jahren übernommen. Er hatte »Ossinuschka« als gewöhnlichen Kurort erlebt, wie es Tausende gab, und auch zur Zeit des absolut phantastischen Aufstiegs, als in der Kurortkunde eine Zeitlang die Ansicht dominierte, nur die gemäßigte Zone vermöchte den Erholungssuchenden glücklich zu machen. Er hatte »Ossinuschka« auch jetzt nicht verlassen, als der Ort sich anscheinend hoffnungslos im Niedergang befand.

Die diesjährige Saison, die wie immer im April begann, hatte nur drei Leute nach »Ossinuschka« geführt.

Mitte Mai war ein Ehepaar hiergewesen, zwei durchwegs gesunde Umweltreiniger, soeben aus dem Nordatlantik eingetroffen, wo sie einen Riesenhaufen radioaktiven Unrats beseitigt hatten. Dieses Paar – ein Bantuneger und eine Malayin – hatte die Hemisphären verwechselt und war, bitte schön, zum Skilaufen hergekommen. Nachdem sie ein paar Tage lang durch die umliegenden Wälder gezogen waren, hatten sie sich eines Nachts mit unbekanntem Ziel davongemacht und erst eine Woche später von den Falkland-Inseln ein Telegramm mit den entsprechenden Entschuldigungen geschickt.

Und dann war da noch gestern früh unverhofft so ein sonderbarer junger Mann in »Ossinuschka« aufgetaucht. Wieso sonderbar? Erstens war unklar, wie er hierhergelangt war. Er hatte weder ein Land- noch ein Wasserfahrzeug – dafür konnte sich Doktor Goannek bei seiner Schlaflosigkeit und seinem guten Gehör verbürgen. Zu Fuß war er auch nicht gekommen – er sah nicht nach einem Fußwanderer aus –, solche Touristen identifizierte Doktor Goannek unfehlbar am Geruch. Blieb der Null-Transport. Aber bekanntlich hatte die Null-Verbindung seit ein paar Tagen ihre Mucken infolge von Fluktuationen des Neutrinofeldes, und das hieß, per Null-Transport konnte man nur rein zufällig nach »Ossinuschka« gelangen. Es fragt sich jedoch: Wenn dieser junge Mann rein zufällig hierhergeraten war, warum hatte er sich dann sofort auf Doktor Goannek gestürzt, als hätte gerade der ihm sein Leben lang gefehlt?

Dieser letzte Punkt kam dem nur mit einer Badehose am Leibe reisenden Touristen Kammerer etwas nebulös vor, und Doktor Goannek säumte nicht, die entsprechenden Erläuterungen zu geben. Der sonderbare junge Mann brauchte nicht ausgerechnet den Doktor Goannek persönlich. Er brauchte irgendeinen Doktor, dafür aber je eher, desto besser. Der junge Mann klagte nämlich über eine nervöse Erschöpfung, eine solche hatte er in der Tat, und zwar in so hohem Grade, daß ein erfahrener Arzt wie Doktor Goannek es mit bloßem Auge sehen konnte. Doktor Goannek hielt eine unverzügliche umfassende und eingehende Untersuchung für unumgänglich, die zum Glück keinerlei pathologische Erscheinungen zutage förderte. Bemerkenswert war, daß diese günstige Diagnose bei dem jungen Mann eine geradezu heilsame Wirkung tat. Er blühte buchstäblich auf, und als wäre nichts gewesen, empfing er schon zwei, drei Stunden danach Besucher.

Nein, die Besucher waren auf ganz gewöhnliche Weise gekommen – mit einem Standard-Gleiter . . . eigentlich nicht die Besucher, sondern eine Besucherin. Und das war ganz richtig so: Für einen jungen Mann gibt es prinzipiell keine heilsamere Psychotherapie als eine bezaubernde junge Frau. In der umfangreichen Praxis Doktor Goanneks gab es oft genug analoge Fälle. Zum Beispiel . . . Doktor Goannek präsentierte die Beispiele Nummer drei, vier und fünf.

Um sich nicht lumpen zu lassen, beeilte sich der Tourist Kammerer, mit einem Beispiel aus seiner eigenen Erfahrung zu antworten, wie er sich seinerzeit als Progressor auch einmal am Rande einer nervösen Erschöpfung befunden hatte, doch dieses armselige und untaugliche Beispiel wurde von Doktor Goannek empört zurückgewiesen. Bei den Progressoren nämlich lag alles ganz anders – viel komplizierter und in gewissem Sinne auch wieder viel einfacher. Jedenfalls hätte sich Doktor Goannek nie erlaubt, ohne Konsultation mit einem Spezialisten irgendwelche psychotherapeutischen Mittel bei dem sonderbaren jungen Mann anzuwenden, wenn der ein Progressor gewesen wäre . . .

Aber der sonderbare junge Mann war natürlich kein Progressor. Am Rande bemerkt, hätte er wohl schwerlich jemals Progressor werden können: er war vom Typus der nervlichen Organisation her kaum dafür geeignet. Nein, das war kein Progressor, sondern entweder ein Schauspieler oder ein Maler, der einen schwerwiegenden schöpferischen Mißerfolg erlitten hatte. Und bei weitem nicht zum ersten und nicht einmal zum zehnten Male hatte Doktor Goannek in seiner umfangreichen Praxis solch einen Fall erlebt. Da war zum Beispiel ... Und Doktor Goannek schickte sich an, Fälle auszubreiten, einer immer schöner als der andere, wobei er selbstverständlich die wirklichen Namen gegen alle möglichen Ixe, Betas und sogar Alphas austauschte ...

Der Tourist Kammerer, vormals Progressor und überhaupt von Natur etwas grob, unterbrach diese lehrreichen Darlegungen ziemlich unhöflich und erklärte, er persönlich würde um keinen Preis mit einem bescheuerten Künstler im selben Kurort wohnen wollen. Das war eine unbedachte Bemerkung, und der Tourist wurde sofort in die Schranken verwiesen. Erst einmal wurde das Wort »bescheuert« analysiert, nach Strich und Faden kritisiert sowie als medizinisch ungebildet und dazu auch noch als vulgär vom Tisch gefegt. Und erst danach erklärte Doktor Goannek mit ungewöhnlich giftiger Stimme, daß der erwähnte bescheuerte Künstler, offenbar in der Vorahnung, daß der ehemalige Progressor Kammerer samt allen damit verbundenen Unannehmlichkeiten über »Ossinuschka« kommen würde, aus eigenem Entschluß von dem Gedanken Abstand genommen hatte, mit jenem denselben Kurort zu teilen, und schon am Morgen im erstbesten Gleiter abgereist war. Dabei hatte er es so eilig gehabt, eine Begegnung mit dem Touristen Kammerer zu vermeiden, daß er sich nicht einmal von Doktor Goannek verabschieden konnte.

Der ehemalige Progressor Kammerer blieb freilich völlig unempfindlich gegen das Gift. Er nahm alles für bare Münze und brachte seine tiefe Befriedigung zum Ausdruck, daß der Kurort frei von nervös erschöpften Kunstschaffenden sei und man sich nun ungestört und genüßlich einen passenden Platz für den Aufenthalt aussuchen könne.

»Wo hat denn dieser Neurastheniker gewohnt?« fragte er geradezu und erläuterte sogleich: »Daß ich da nicht womöglich hingehe.«

Dieses Gespräch fand bereits auf der Außentreppe mit dem Ziergeländer statt. Der etwas schockierte Doktor Goannek wies schweigend auf eine malerische Hütte mit der großen blauen Nummer sechs, die etwas abseits von den übrigen Gebäuden unmittelbar am Abhang stand.

»Hervorragend«, erklärte der Tourist Kammerer. »Da gehen

wir also nicht hin. Sondern wir beide gehen erst einmal dorthin . . . Mir gefällt, daß dort die Ebereschen dichter zu stehen scheinen . . .«

Es stand völlig außer Zweifel, daß der gesellige Doktor Goannek ursprünglich die Absicht gehabt hatte, sich als Führer und Ratgeber für »Ossinuschka« anzubieten und notfalls auch aufzudrängen. Doch der Tourist und ehemalige Progressor Kammerer kam ihm jetzt allzu ungehobelt und dickfellig vor.

»Selbstverständlich«, sagte er trocken. »Ich rate Ihnen, diesen Pfad da entlangzugehen. Dann finden Sie den Bungalow Nummer zwölf . . .«

»Wie? Und Sie?«

»Entschuldigen Sie mich. Wissen Sie, ich pflege mich nach dem Tee in der Hängematte auszuruhen . . .«

Zweifellos hätte ein einziger flehender Blick genügt, und Doktor Goannek hätte sich erweichen lassen und wäre um der Gastfreundschaft willen seiner Gewohnheit untreu geworden. Deshalb beeilte sich der dickfellige und vulgäre Kammerer, dem ganzen die Krone aufzusetzen.

»Ja, ja, das verdammte Alter«, ließ er sich mitfühlend vernehmen, und der Fall war erledigt.

Kochend vor stummer Entrüstung, begab sich Doktor Goannek zu seiner Hängematte, ich aber tauchte im Ebereschendickicht unter und lief schräg über den Abhang zur Hütte des Neurasthenikers.

2. Juni '78

In der Hütte Nummer sechs

Mir war klar, daß sich Lew Abalkin in »Ossinuschka« wohl nie wieder blicken lassen und ich in seiner zeitweiligen Behausung nichts finden würde, was mir von Nutzen sein könnte. Aber zweierlei war mir ganz und gar nicht klar. In der Tat, wie war Lew Abalkin in dieses »Ossinuschka« geraten und wozu? Von seinem Standpunkt aus – wenn er sich wirklich verbarg – wäre es weitaus logischer und gefahrloser gewesen, sich an einen Arzt in irgendeiner Großstadt zu wenden. Zum Beispiel in Moskau, wohin es von hier aus zehn Minuten Flug waren, oder wenigstens in Waldai, ganze zwei Flugminuten entfernt. Am ehesten war er wohl rein zufällig hierhergeraten: Entweder hatte er die Warnung vor dem Neutrinosturm nicht beachtet, oder es war ihm ganz egal gewesen, wo er ankam. Er hatte einen Arzt gebraucht, dringend. Wozu?

Und noch etwas Seltsames. Konnte sich etwa ein erfahrener hundertjähriger Arzt derart irren, daß er einen gestandenen Progressor als für diesen Beruf ungeeignet einschätzte? Wohl kaum. Zumal sich die Frage nach der beruflichen Orientierung Abalkins nicht zum erstenmal vor mir erhob ... Das sah ziemlich beispiellos aus. Einen Menschen entgegen seinen beruflichen Neigungen zum Progressor zu machen, ist eins, und etwas ganz anderes, es mit jemandem zu tun, dessen nervliche Organisation dem entgegensteht. Für solche Scherze gehört der Verantwortliche seines Amtes enthoben, und das nicht zeitweilig, sondern für immer, denn das riecht schon nicht mehr nach Verschwendung menschlicher Energie, sondern nach Toten ... Übrigens, Tristan war ja bereits umgekommen ... Und ich dachte daran, daß ich, nachdem ich Lew Abalkin gefunden hätte, unbedingt die Leute finden müßte, die diese ganze Suppe eingerührt hatten.

Wie erwartet, war die Tür von Lew Abalkins zeitweiliger Behausung nicht verschlossen. Der kleine Vorraum war leer, auf einem niedrigen runden Tischchen unter der Leuchtstofflampe thronte ein Spielzeug-Pandabärchen und nickte gewichtig mit dem Kopf, daß die rubinroten Äuglein funkelten.

Ich blickte nach rechts ins Schlafzimmer. Hier war offensichtlich seit zwei oder sogar drei Jahren niemand mehr gewesen – nicht einmal die Lichtautomatik war eingeschaltet, und über dem flüchtig mit einer Decke verhüllten Bett hing in der Ecke ein dunkles Dickicht von Spinnweben mit vertrockneten Spinnen darin.

Ich ging am Tisch vorbei in die Küche. Die Küche war benutzt worden. Auf dem Klapptisch fanden sich schmutzige Teller, das Fenster der Versorgungslinie stand offen, und in der Empfangsnische prangte ein Paket mit einem Büschel Bananen, das keinen Abnehmer gefunden hatte. Dort bei sich im Stab Z hatte sich Lew Abalkin offensichtlich an die Dienste eines Burschen gewöhnt. Übrigens konnte man durchaus auch annehmen, daß er nicht wußte, wie der Reinigungskyber im Gang gesetzt wird ...

Die Küche hatte mich in gewissem Maße auf das vorbereitet, was ich im Wohnzimmer erblickte. Allerdings in sehr geringem

Maße. Der ganze Fußboden war mit Fetzen zerrissenen Papiers übersät. Die breite Liege verwüstet – die farbigen Kissen lagen kreuz und quer, eins davon auf dem Boden in der entferntesten Zimmerecke. Der Sessel am Tisch war umgekippt, auf dem Tisch standen wirr durcheinander Schüsseln mit angetrockneten Speisen und wiederum schmutzige Teller, und aus allem ragte eine angebrochene Flasche Wein heraus. Eine weitere Flasche war, eine klebrige Spur auf dem Teppich hinterlassend, zur Wand gerollt. Das Glas mit einem Rest Wein war aus irgendeinem Grund das einzige, aber da die Übergardine, heruntergerissen, an den letzten Fäden hing, nahm ich spontan an, das zweite Glas müsse durchs weit offenstehende Fenster geflogen sein.

Nicht nur auf dem Fußboden lag zerknülltes Papier, und nicht alles war zerknüllt. Ein paar Bögen glänzten weiß auf der Liege, einige Schnipsel waren in die Schüsseln mit dem Essen geraten, überhaupt waren Schüsseln und Teller ein wenig beiseite geschoben, und auf dem freien Platz lag ein ganzer Stapel Papier.

Ich machte vorsichtig ein paar Schritte, und sogleich stach mich etwas in die nackte Fußsohle. Es war ein Stück Bernstein ähnlich einem Backenzahn mit zwei Wurzeln, in der Mitte durchbohrt. Ich hockte mich hin, blickte um mich und entdeckte noch ein paar solche Splitter und schließlich unterm Tisch, direkt neben der Liege, den Rest einer Bernsteinkette.

Immer noch in hockender Stellung, nahm ich den nächstgelegenen Papierfetzen auf und strich ihn auf dem Teppich glatt. Es war die Hälfte von einem Blatt gewöhnlichen Schreibpapiers, auf dem jemand mit Kugelschreiber ein menschliches Antlitz gezeichnet hatte. Das Gesicht eines Kindes. Ein pausbäckiger Junge von vielleicht zwölf Jahren. Ich würde sagen, ein Petzer. Die Zeichnung war mit ein paar exakten, sicheren Strichen ausgeführt. Eine sehr, sehr ordentliche Zeichnung. Mir kam plötzlich in den Sinn, daß ich mich vielleicht irrte, daß es gar nicht Lew Abalkin war, sondern tatsächlich ein professioneller Künstler in einer schöpferischen Krise, der dieses ganze Chaos hinterlassen hatte.

Ich sammelte alles verstreute Papier, hob den Sessel auf und machte es mir darin bequem.

Und wieder sah alles ziemlich seltsam aus. Jemand hatte schnell und mit sicherer Hand auf den Blättern irgendwelche Gesichter gezeichnet – vorwiegend von Kindern –, irgendwelche kleinen Tiere – offensichtlich irdische –, irgendwelche Bauwerke, Landschaften, wie mir schien, sogar Wolken. Es gab auch ein paar Schemata und eine Art Geländeskizze, in der Manier eines geübten Topographen hingeworfen – Gehölze, Bäche, Sümpfe, Wegkreuzungen, und ebenda, inmitten der lakonischen topographischen Zeichen, winzige menschliche Figuren, sitzend, liegend, laufend, und winzige Abbildungen von Tieren – Hirschen und Elchen, Wölfen und Hunden –, und manche von diesen Figuren waren, wer weiß, warum, durchgestrichen.

Das alles war unverständlich und paßte schon gar nicht zu dem Chaos im Zimmer und zum Bilde eines Stabsoffiziers des Inselimperiums, der noch nicht die Rekonditionierung durchgemacht hatte. Auf einem der Blätter entdeckte ich ein vorzüglich ausgeführtes Porträt Maja Glumowas, und mich frappierte der sehr gekonnt erfaßte Ausdruck von Verwirrung oder Befremden in diesem lächelnden und eigentlich fröhlichen Gesicht. Es war auch eine Karikatur des Lehrers dabei, Sergej Pawlowitsch Fedossejews, und zwar eine meisterhafte Karikatur: genauso war Sergej Pawlowitsch sicherlich vor einem Vierteljahrhundert gewesen. Als ich diese Karikatur erblickt hatte, wurde mir klar, was für Gebäude auf den Zeichnungen abgebildet waren – so hatte vor einem Vierteljahrhundert die typische Architektur der eurasischen Internatsschulen ausgesehen . . . Und all das war schnell, exakt, mit sicherer Hand gezeichnet und fast sofort zerrissen, zusammengeknüllt, weggeworfen worden.

Ich legte das Papier beiseite und sah mich erneut im Wohnzimmer um. Meine Aufmerksamkeit erregte ein blauer Lappen, der unterm Tisch lag. Ich hob ihn auf. Es war das zerknüllte und zerfetzte Taschentuch einer Frau. Mir fiel natürlich sofort die Erzählung von Akutagawa ein, und ich stellte mir vor, wie Maja Toivowna dort auf dem Sessel vor Lew Abalkin saß, ihn anschaute, ihm zuhörte, und wie ein Lächeln auf ihrem Gesicht lag, hinter dem nur als schwacher Schatten der Ausdruck von Verwirrung oder Befremden durchschimmerte, während ihre Hände unter Tisch erbarmungslos am Taschentuch zerrten und rissen . . .

Ich sah Maja Glumowa deutlich vor mir, konnte mir aber beim besten Willen nicht vorstellen, was sie da gesehen und gehört hatte. Es lief alles auf diese Zeichnungen hinaus. Wären sie nicht gewesen, so hätte ich ohne Mühe vor mir auf der übel zugerichteten Liege einen gewöhnlichen Reichsoffizier erblicken können, frisch aus der Kaserne und ganz auf die verdiente Erholung eingestellt. Aber die Zeichnungen waren da, und irgend etwas sehr Wichtiges, sehr Kompliziertes und sehr Dunkles verbarg sich dahinter ...

Hier blieb nichts mehr zu tun. Ich langte nach dem Videofon und wählte die Nummer Seiner Exzellenz.

2. Juni '78

Eine unerwartete Reaktion Seiner Exzellenz

Er hörte mir bis zu Ende zu, ohne mich ein einziges Mal zu unterbrechen, was schon an sich ein ziemlich schlechtes Omen war. Ich versuchte mich mit dem Gedanken zu trösten, daß seine Unzufriedenheit nicht mit mir zusammenhing, sondern mit irgendwelchen anderen, mir fernen Umständen. Doch als er mich bis zu Ende angehört hatte, sagte er finster: »Bei der Glumowa hast du fast nichts erreicht.«

»Ich war an die Legende gebunden«, antwortete ich trocken.

Er widersprach nicht. »Was gedenkst du als nächstes zu tun?« fragte er.

»Ich glaube, hierher wird er nicht wieder kommen.«

»Das glaube ich auch. Und zur Glumowa?«

»Schwer zu sagen. Das heißt, eigentlich kann ich gar nichts dazu sagen. Ich begreife es nicht. Aber die Möglichkeit besteht natürlich.«

»Was meinst du: Wozu hat er sich überhaupt mit ihr getroffen?«

»Das ist es eben, was ich nicht begreife, Exzellenz. Es sieht ganz so aus, als hätten sie sich hier der Liebe und den Erinnerungen hingegeben. Nur war die Liebe nicht ganz das, was man darunter versteht, und die Erinnerungen waren nicht einfach nur Erinnerungen. Sonst wäre die Glumowa nicht in solch einem Zustand gewesen. Gewiß, wenn er sich wie ein Schwein hätte vollaufen lassen, hätte er ihr weh tun können ... Vor allem, wenn man bedenkt, was für sonderbare Beziehungen zueinander die beiden als Kinder hatten ...«

»Übertreib nicht«, knurrte Seine Exzellenz. »Sie sind längst keine Kinder mehr. Die Frage steht so: Wenn er sie jetzt wieder anruft oder selbst zu ihr kommt, wird sie ihn dann empfangen?«

»Ich weiß nicht«, sagte ich. »Wahrscheinlich doch. Er bedeutet ihr immer noch sehr viel. Sie hätte nicht in solche Verzweiflung verfallen können wegen eines Menschen, der ihr gleichgültig ist.«

»Literatur«, knurrte Seine Exzellenz und schnauzte mich plötzlich an: »Du hättest herausfinden müssen, wozu er sie zu sich gerufen hat! Worüber sie gesprochen haben! Was er ihr gesagt hat!«

Ich wurde wütend. »Nichts davon konnte ich herausfinden«, sagte ich. »Sie war hysterisch. Und als sie zu sich kam, saß vor ihr ein Idiot von einem Journalisten mit zolldickem Fell ...«

Er unterbrach mich. »Du mußt dich noch einmal mit ihr treffen.«

»Dann erlauben Sie mir, die Legende zu ändern!«

»Was schlägst du vor?«

»Zum Beispiel so. Ich bin von der KomKon. Auf einem bestimmten Planeten ist ein Unglück geschehen. Lew Abalkin war Augenzeuge. Aber das Unglück hat ihn so sehr erschüttert, daß er auf die Erde geflohen ist und jetzt niemanden sehen will ... Er ist psychisch angeknackst, beinahe krank. Wir suchen ihn, um zu erfahren, was sich dort ereignet hat ...«

Seine Exzellenz schwieg, mein Vorschlag gefiel ihm offenbar nicht. Eine Zeitlang schaute ich auf seine unzufriedene Glatze mit den Sommersprossen, die den Bildschirm ausfüllte, dann ergriff ich, um Zurückhaltung bemüht, wieder das Wort: »Verstehen Sie, Exzellenz, ich kann jetzt nicht mehr wie früher lügen. Sie war schon daraufgekommen, daß ich nicht zufällig bei ihr auftauchte. Ich habe sie anscheinend wieder davon abgebracht, aber wenn ich jetzt erneut in derselben Rolle erscheine, dann spricht das offensichtlich dem gesunden Menschenverstand Hohn! Entweder glaubt sie, daß ich ein Journalist bin, und dann hat sie nichts mit mir zu besprechen, sondern schickt den dickfelligen Idioten einfach zum Teufel. Oder sie glaubt es nicht, und dann schickt sie mich erst recht. Ich zum Beispiel würde das tun. Als Vertreter der KomKon aber habe ich das Recht, Fragen zu stellen, und ich werd' mir schon Mühe geben, so zu fragen, daß sie mir antwortet.«

Ich glaube, das klang alles recht logisch. Jedenfalls fiel mir im Moment kein anderer Weg ein. Und jedenfalls würde ich in der Rolle des blöden Journalisten nicht wieder zu ihr gehen. Letzten

Endes wußte Seine Exzellenz besser, was wichtiger war: den Mann zu finden oder das Fahndungsgeheimnis zu wahren.

Er fragte, ohne den Kopf zu heben: »Wozu mußtest du heute morgen ins Museum gehen?«

Ich war verwundert. »Was heißt – wozu? Um mit der Glumowa zu sprechen ...«

Er hob langsam den Kopf, und ich sah seine Augen. Die Pupillen weiteten sich über die ganze Iris aus. Ich zuckte buchstäblich zurück. Kein Zweifel, ich hatte etwas Schreckliches gesagt. Wie ein Schuljunge begann ich zu stottern: »Aber sie arbeitet doch da ... Wo sollte ich mich denn mit ihr unterhalten? Zu Hause war sie nicht zu erreichen ...«

»Die Glumowa arbeitet im Museum für Außerirdische Kulturen?« fragte er, die Worte überaus deutlich artikulierend. »Nun ja, aber was ist denn passiert?«

»In der Spezialabteilung für Objekte ungeklärter Bestimmung ...«, brachte er leise hervor. Als Frage oder als Feststellung. Mir lief es kalt über den Rücken, als ich sah, wie die linke Ecke seines schmallippigen Mundes nach links unten glitt.

»Ja«, flüsterte ich.

Seine Augen waren schon wieder aus meinem Gesichtsfeld verschwunden. Wieder füllte die glänzende Glatze den ganzen Bildschirm aus.

»Exzellenz ...«

»Schweig!« schnauzte er. Wir schwiegen beide lange.

»So«, sagte er schließlich mit normaler Stimme. »Geh nach Hause. Bleib dort und geh nicht außer Haus. Es kann jede Minute sein, daß ich dich brauche. Aber am ehesten nachts. Wie lange wirst du unterwegs sein?«

»Zweieinhalb Stunden.«

»Warum so lange?«

»Ich muß noch über den See schwimmen.«

»Gut. Wenn du zu Hause bist, erstattest du Meldung. Beeil dich.«

Und der Bildschirm wurde dunkel.

Aus dem Bericht Lew Abalkins

Der Regen wird wieder stärker, der Nebel immer dichter, so daß die Häuser rechts und links von der Straßenmitte aus kaum noch zu sehen sind. Die Experten verfallen in Panik – ihnen scheint, jetzt könnten die bioptischen Umsetzer versagen. Ich beruhige sie. Kaum sind sie beruhigt, werden sie dreist und verlangen, ich solle den Nebelscheinwerfer einschalten. Ich tue ihnen den Gefallen. Die Experten wollen schon triumphieren, doch da setzt sich Wepl mitten auf der Straße auf seinen Schwanz und verkündet, er würde keinen Schritt mehr tun, solange nicht dieser blöde Regenbogen verschwindet, der ihm Schmerzen in den Ohren und Kribbeln zwischen den Zehen verursacht. Er, Wepl, könne auch ohne alle diese unsinnigen Scheinwerfer bestens sehen, und wenn die Experten nichts sehen würden, dann brauchten sie auch nichts zu sehen, sie sollten sich lieber mit etwas Nützlichem befassen, zum Beispiel bis zu seiner, Wepls, Rückkehr Haferbrei mit Bohnen zubereiten. Ein Ausbruch der Empörung. Im allgemeinen fürchten sich die Experten vor Wepl. Jeder Erdenmensch, der mit einem Kopfler Bekanntschaft schließt, beginnt früher oder später, sich vor ihm zu fürchten. Aber gleichzeitig, so paradox es auch ist, ist derselbe Erdenmensch nicht imstande, in dem Kopfler etwas anderes als einen großen sprechenden Hund zu sehen (je nun, Zirkus, Wunder der Tierpsychologie und so . . .).

Einer der Experten begeht die Unvorsichtigkeit, Wepl zu drohen, er würde kein Mittagessen bekommen, wenn er störrisch bliebe. Wepl hebt die Stimme. Es zeigt sich, daß er, Wepl, sein Leben lang bestens ohne Experten ausgekommen ist. Mehr noch, daß wir uns hier gerade dann besonders wohl gefühlt haben, wenn von Experten weder etwas zu sehen noch zu hören war.

Ich stehe im Regen, der immer stärker und stärker wird, höre mir dieses ganze Experten-Bohnen-Geschwafel an und bringe es einfach nicht fertig, eine Art dumpfe Erstarrung abzuschütteln. Mir ist, als wäre ich in einer erstaunlich dummen Theatervorstellung ohne Anfang und Ende, wo alle handelnden Personen ihre Rollen vergessen haben und faseln, was ihnen in den Sinn kommt, in der vergeblichen Hoffnung, irgendwie werde alles wieder ins Lot kommen. Diese Vorstellung findet gleichsam speziell für mich statt, um mich möglichst lange am Platz zu halten, mich keinen Schritt weitergehen zu lassen, und in der Zwischenzeit sorgt jemand hinter den Kulissen eilig dafür, daß mir endgültig klar wird: Es hat alles keinen Sinn, da ist nichts zu machen, nur noch nach Hause zu gehen ...

Mit gewaltiger Anstrengung reiße ich mich zusammen und schalte den verdammten Scheinwerfer aus. Wepl bricht eine lange, sorgfältig durchdachte Beleidigung mitten im Wort ab und geht weiter vorwärts, als wäre nichts gewesen. Ich folge ihm und höre, wie Vanderhoeze bei sich an Bord Ordnung schafft: »Eine Schande! Die Einsatzgruppe zu stören! ... Ich lasse sofort die Kabine räumen! Schließe Sie aus! ... Zustände!«

»Macht's Spaß?« frage ich Wepl leise.

Er schielt nur mit dem runden Auge herüber.

»Intrigant«, sage ich. »Ihr Kopfler seid überhaupt alle Intriganten und Streithammel ...«

»Feucht ist's«, sagt Wepl unpassenderweise. »Und jede Menge Frösche. Man weiß nicht, wohin man den Fuß setzen soll ... Wieder Lastwagen«, teilt er mit.

Aus dem Nebel vorn dringt deutlich und scharf der Gestank von nassem rostigen Eisen heran, und eine Minute später finden wir uns zwischen einer gewaltigen ungeordneten Herde unterschiedlicher Autos.

Da sind gewöhnliche offene LKWs und mit Planen überspannte riesige Tieflader und winzige tropfenförmige Sportwagen und monströse Selbstfahr-Vorrichtungen mit acht mannsgroßen Rädern. Sie stehen mitten auf der Straße und auf den Fußwegen, wie's gerade kommt, kreuz und quer, die Stoßstangen ineinandergerammt, manche halb übereinander – unvorstellbar verrostet, kurz vor der Auflösung, beim geringsten Stoß auseinanderfallend. Hunderte. Schnell voranzuschreiten ist unmöglich, man muß sie umgehen, überklettern, sich zwischen ihnen hindurchzwängen, und alle sind sie mit Hausrat beladen, und auch der ist längst verfault, verrottet, verrostet bis zur Unkenntlichkeit ...

Aber dann hört dieses chaotische Labyrinth unverhofft auf.

Das heißt, ringsumher stehen noch immer Autos, Hunderte von Autos, jetzt aber verhältnismäßig geordnet, zu beiden Seiten der Fahrbahn und auf dem Fußweg aufgereiht, während die Mitte der Straße wieder völlig frei ist.

Ich schaue Wepl an. Wepl schüttelt sich wütend, kratzt sich mit allen vier Pfoten zugleich, leckt sich den Rücken, spuckt, stößt Flüche aus und beginnt wieder, sich zu schütteln, zu kratzen und zu lecken.

Vanderhoeze erkundigt sich besorgt, warum wir von der Marschroute abgewichen sind und was das für ein Warenlager war. Ich erkläre, daß es keins war. Wir haben eine Diskussion zum Thema: Wenn das Spuren einer Evakuierung sind, warum sind dann die Eingeborenen vom Stadtrand zum Zentrum hin evakuiert worden?

»Zurück gehe ich nicht auf diesem Weg«, erklärt Wepl und zerdrückt mit einem wütenden Schlag der Pfote einen vorbeihüpfenden Frosch an der Straßendecke.

Um zwei Uhr nachmittags verbreitet der Stab die erste zusammenfassende Meldung. Eine ökologische Katastrophe, aber die Zivilisation ist infolge irgendeiner anderen Ursache zugrunde gegangen. Die Bevölkerung ist sozusagen binnen einer Stunde verschwunden, aber sie hat sich weder in Kriegen ausgerottet noch in den Weltraum geflüchtet – die Technik ist nicht danach, und überhaupt ist der Planet kein Friedhof, sondern eine Jauchegrube. Die traurigen Reste der eingeborenen Bevölkerung fristen auf dem Lande ihr Dasein, bearbeiten recht und schlecht den Boden, haben keine Spur von kulturellen Traditionen, gehen aber hervorragend mit automatischen Gewehren um. Folgerung für Wepl und mich: Die Stadt muß absolut leer sein. Mir erscheint diese Folgerung zweifelhaft. Wepl auch.

Die Straße wird breiter, die Häuser und die Wagenreihen beiderseits von uns verschwinden völlig im Nebel, und ich erfühle vor uns einen offenen Platz. Noch ein paar Schritte, und vorn taucht aus dem Nebel eine gedrungene quadratische Silhouette. Es ist wieder ein Panzerwagen – genauso einer wie der unter der umgestürzten Wand, aber dieser hier ist schon seit langem verlassen, er ist unter dem eigenen Gewicht zusammengesackt und gleichsam in den Asphalt hineingewachsen.

Vor mir sehe ich nichts. Der Nebel ist auf diesem Platz irgendwie besonders unnatürlich dicht, als läge er seit vielen, vielen Jahren hier, als wäre er abgestanden, wie Milch geronnen und unter dem eigenen Gewicht zusammengesackt.

»Unten!« kommandiert Wepl plötzlich.

Ich blicke nach unten und sehe nichts. Dafür geht mir mit einemmal auf, daß unter unseren Füßen schon kein Asphalt mehr ist, sondern etwas Weiches, Federndes, Klebriges wie ein dicker nasser Teppich. Ich hocke mich nieder.

»Du kannst deinen Scheinwerfer einschalten«, knurrt Wepl.

Aber ich sehe bereits ohne jeden Scheinwerfer, daß der Asphalt hier fast lückenlos mit einer ziemlich dicken unappetitlichen Rinde überzogen ist, einer Art gepreßter feuchter Masse, auf der reichlich verschiedenfarbiger Schimmel wächst. Ich ziehe das Messer hervor, hebe eine Schicht von dieser Rinde ab – aus der schimmelbedeckten Masse löst sich ein Lappen oder ledriger Streifen, und darunter schaut in stumpfem Grün etwas Rundes hervor (ein Knopf?, eine Schnalle?), und langsam strecken sich irgendwelche Fäden oder kleine Federn . . .

»Alle sind sie hier gegangen . . .«, sagt Wepl in seltsamem Tonfall.

Ich erhebe mich und gehe weiter über das Weiche und Glitschige. Ich bemühe mich, meine Phantasie im Zaume zu halten, doch jetzt gelingt es mir nicht. Alle sind sie hier gegangen, auf ebendiesem Weg, haben ihre Sportwagen und LKWs, die sie nicht mehr brauchten, stehengelassen; Hunderttausende und Millionen sind von der Hauptstraße auf diesen Platz geströmt, um die Insel des Panzerwagens mit seinen drohend und ohnmächtig herausragenden MGs, haben im Gehen das wenige fallengelassen, was sie mitzunehmen versuchten, sind gestolpert, haben es fallengelassen oder sind vielleicht sogar selbst hingefallen, ohne je wieder aufstehen zu können, und alles, was zu Boden fiel, ist von Millionen Füßen zertreten und wieder und wieder zertreten worden. Und ich weiß nicht, warum, doch es scheint mir, als wäre das alles nachts geschehen – der Menschenbrei erhellt von ungewissem Totenlicht, und eine Stille wie im Traum . . .

»Eine Grube . . .«, sagt Wepl.

Ich habe den Scheinwerfer eingeschaltet. Keine Spur von einer Grube. So weit der Lichtstrahl reicht, leuchten auf dem glatten, ebenen Platz die zahllosen trüben Feuerchen des lumineszierenden Schimmels, zwei Schritte voraus aber liegt feucht und schwarz ein großes Rechteck blanken Asphalts, vielleicht zwanzig mal vierzig. Es ist gleichsam akkurat aus diesem durchgeschimmelten schimmernden Teppich herausgeschnitten.

»Stufen!« sagt Wepl wie verzweifelt. »Mit Löchern! Tief! Ich sehe kein . . .«

Ich bekomme eine Gänsehaut: Noch nie habe ich gehört, daß

Wepl mit so sonderbarer Stimme sprach. Ohne hinzusehen, senke ich die Hand, meine Finger legen sich auf den großen Kopf mit der hohen Stirn, und ich spüre das nervöse Zucken des dreieckigen Ohres. Der furchtlose Wepl ist erschrocken. Der furchtlose Wepl schmiegt sich an mein Bein, genau so, wie sich seine Vorfahren an die Beine ihrer Herren geschmiegt haben, wenn sie vor der Höhle etwas Unbekanntes und Gefährliches witterten ...

»Da ist kein Boden ...«, sagt er verzweifelt. »Ich kann es nicht verstehen. Es gibt immer einen Boden. Sie sind alle dort hineingegangen, aber da ist kein Boden, und niemand ist zurückgekehrt ... Müssen wir dort hinein?«

Ich hocke mich wieder hin und umarme ihn. »Ich sehe hier keine Grube«, sage ich in der Kopflersprache. »Ich sehe nur ein ebenes rechteckiges Stück Asphalt.«

Wepl atmet schwer. Alle seine Muskeln sind angespannt, und er drückt sich immer enger an mich. »Du kannst es nicht sehen«, sagt er. »Du bist nicht dazu imstande. Vier Treppen mit durchlöcherten Stufen. Abgetreten. Glänzend. Immer tiefer und tiefer. Und nirgendwohin. Ich will nicht da hinunter. Befiehl es nicht.«

»Mein Bester«, sage ich. »Was ist mit dir los? Wie könnte ich dir etwas befehlen?«

»Bitte mich nicht darum«, sagt er. »Ruf nicht. Lad mich nicht ein.«

»Wir gehen sofort von hier weg«, antwortete ich.

»Ja. Und schnell!«

Ich diktiere einen Bericht. Vanderhoeze hat meinen Kanal schon zum Stab durchgestellt, und als ich fertig bin, weiß bereits die ganze Expedition Bescheid. Es erhebt sich ein Geschrei. Hypothesen werden aufgestellt, Maßnahmen vorgeschlagen. Mit viel Lärm. Wepl kommt allmählich wieder zu sich: Er schielt mit dem gelben Auge herüber und leckt sich in einem fort. Schließlich schaltet sich Komow selbst ein. Das Geschrei hört auf. Wir bekommen den Befehl, weiter vorzudringen, und befolgen ihn gern.

Wir umgehen das unheimliche Rechteck, überqueren den Platz, passieren einen zweiten Panzerwagen, der die Hauptstraße auf der gegenüberliegenden Seite blockiert, und finden uns erneut zwischen zwei Kolonnen verlassener Wagen. Wepl läuft wieder munter voraus, er steckt von neuem voller Energie, ist streitsüchtig und hochmütig. Ich lächle vor mich hin und denke daran, daß ich an seiner Stelle mich nun zweifellos vor Peinlichkeit wegen dieses panischen Anfalls kindlicher Angst quälen würde, wenn ich es wäre, der dort auf dem Platz nicht damit fertig geworden ist. Wepl hingegen quält sich nicht mit dergleichen. Ja, er hat sich gefürchtet und es nicht verbergen können, und er sieht darin nichts Beschämendes oder Peinliches.

Jetzt überlegt er laut: »Sie sind alle unter die Erde gegangen. Wenn es da einen Boden gäbe, würde ich dir versichern, daß sie jetzt alle unter der Erde leben, sehr tief, unhörbar. Aber da ist kein Boden! Ich begreife nicht, wo sie dort leben können. Ich begreife nicht, warum es da keinen Boden gibt und wie das sein kann.«

»Versuch es zu erklären«, sagte ich zu ihm. »Das ist sehr wichtig.«

Aber Wepl vermag es nicht zu erklären. Es ist sehr unheimlich, wiederholt er mit Nachdruck. Die Planeten sind rund, versucht er zu erläutern, und dieser Planet hier ist auch rund, ich habe es selbst gesehen, aber auf jenem Platz ist er überhaupt nicht rund. Dort ist er wie ein Teller. Und in dem Teller ist ein Loch. Das Loch führt von der einen Leere, wo wir uns befinden, direkt in eine andere, wo wir nicht sind.

»Aber warum habe ich dieses Loch nicht gesehen?«

»Weil es zugeklebt ist. Du kannst das nicht. Es ist zugeklebt für solche wie dich, aber nicht für solche wie mich . . .«

Dann teilt er plötzlich mit, daß wieder eine Gefahr aufgetaucht ist. Keine besonders große Gefahr, eine gewöhnliche. Sie war lange ganz weg, aber jetzt ist sie wieder da.

Eine Minute später bricht von der Fassade eines Hauses zur Rechten ein Balkon im zweiten Stock ab und stürzt hinunter. Rasch frage ich Wepl, ob sich die Gefahr nicht verringert hat. Ohne zu überlegen sagt er ja, sie hat sich verringert, aber nur wenig. Ich will ihn fragen, von welcher Seite uns jetzt diese Gefahr droht, aber da trifft mich im Rücken ein dichter Luftschwall, in den Ohren pfeift es, Wepl sträubt sich das Fell.

Es ist, als wehe ein kleiner Orkan durch die Straße. Er ist heiß und bringt den Geruch von Eisen mit sich.

»Was geht dort bei euch vor?« schreit Vanderhoeze auf.

»Es zieht ein bißchen«, antworte ich durch die Zähne.

Ein neuer Windstoß läßt mich wider Willen vorwärts laufen. Das ist irgendwie erniedrigend.

»Abalkin! Wepl!« brüllt Komow. »Haltet euch in der Mitte! Ich blase den Platz durch, bei euch kann es zu Einstürzen kommen . . .«

Wepl wird von den Füßen gerissen und schlittert in Gesellschaft einer unvorsichtigen Ratte die Straße entlang.

»Vorbei?« erkundigt er sich gereizt, als der Orkan sich legt. Er versucht nicht einmal, auf die Füße zu kommen.

»Vorbei«, sagt Komow. »Ihr könnt weitergehen.«

»Ergebensten Dank«, sagt Wepl so giftig wie die giftigste Schlange.

Im Äther kichert jemand, der sich nicht beherrschen kann. Anscheinend Vanderhoeze.

»Ich bitte um Entschuldigung«, sagt Komow. »Ich mußte den Nebel auseinandertreiben.«

Als Antwort stößt Wepl einen ausgesucht langen und verwickelten Fluch in der Kopflersprache hervor, steht auf, schüttelt sich und erstarrt plötzlich in unbequemer Haltung.

»Lew«, sagt er. »Keine Gefahr mehr. Gar keine. Weggeweht.«

»Wenigstens etwas«, antworte ich.

Eine Information von Espada. Eine überaus gefühlsbetonte Schilderung des Obersten Gatta'uchs. Ich sehe ihn wie lebendig vor mir – einen unvorstellbar schmutzigen, stinkenden, grindigen Alten, der aussieht wie zweihundert, aber behauptet, er wäre einundzwanzig Jahre alt, in einem fort krächzt, hustet, ausspuckt und sich schneuzt, auf den Knien andauernd ein automatisches Gewehr hält und damit von Zeit zu Zeit über Espadas Kopf hinweg ins Blaue ballert, auf Fragen nicht zu antworten beliebt, sondern unablässig selbst fragen will, wobei er sich die Antworten betont unaufmerksam anhört und jede zweite lauthals für eine Lüge erklärt . . .

Die Hauptstraße mündet in den nächsten Platz. Eigentlich ist es kein richtiger Platz – rechts liegt einfach eine halbrunde Einbuchtung vor einem langen gelben Gebäude mit gebogener Vorderfront und falschen Säulen darauf. Die Fassade ist gelb und das Gebüsch auf der Einbuchtung von einer mattgelben Farbe wie zum Herbstanfang, und deshalb bemerke ich nicht gleich, daß in der Mitte des Halbrunds ein weiteres »Glas« steht.

Diesmal ist es hell und glänzt wie neu, als wäre es erst heute morgen hier zwischen den gelben Büschen aufgestellt worden – ein Zylinder, zwei Meter hoch und einen im Durchmesser, aus halbdurchsichtigem bernsteinartigem Material. Er steht genau senkrecht, und seine ovale Tür ist dicht geschlossen.

Bei Vanderhoeze an Bord flammt Enthusiasmus auf, Wepl jedoch demonstriert erneut seine Gleichgültigkeit und sogar Verachtung gegenüber all diesen Dingen, für die sich »sein Volk nicht interessiert«: er beginnt unverzüglich, sich zu kratzen, wobei er dem »Glas« das Hinterteil zuwendet.

Ich gehe im Kreis um das Glas, nehme dann einen Vorsprung an der ovalen Tür zwischen zwei Finger und blicke hinein. Ein einziger Blick genügt mir vollauf – das ganze Volumen des »Glases« mit ihren ungeheuerlichen, in zahlreichen Gelenken geknickten Gliedmaßen ausfüllend, die dornbesetzten halbmetergroßen Scheren vorgestreckt, hat mich stumpf und düster aus einer Doppelreihe mattgrüner trüber Augen eine gigantische Krebsspinne von der Pandora in ihrer ganzen Pracht angestarrt.

Nicht die Angst ließ mich reagieren, sondern der rettende Reflex auf etwas absolut Unvorhergesehenes. Ehe ich überhaupt wußte, wie mir geschah, stemmte ich mich schon aus ganzer Kraft mit der Schulter gegen die zugeschlagene Tür und mit den Füßen in den Erdboden, von Kopf bis Fuß schweißnaß und am ganzen Körper zitternd.

Aber Wepl ist schon bei mir, bereit zu unverzüglichem und entschlossenem Kampf – er wiegt sich auf den ausgestreckten federnden Beinen und läßt den hohen Kopf abwartend hin und her pendeln. Seine blendendweißen Zähne glänzen feucht in den Winkeln der Schnauze. Das dauert nur ein paar Sekunden, dann fragt er bissig: »Was ist? Wer hat dir weh getan?«

Ich taste nach dem Griff des Scorchers, zwinge mich, die verdammte Tür loszulassen, und weiche langsam zurück, den Scorcher im Anschlag. Wepl geht zusammen mit mir zurück und wird dabei immer ärgerlicher.

»Ich habe dich etwas gefragt!« erklärt er entrüstet.

»Ja, was denn«, presse ich zwischen den Zähnen hervor, »merkst du immer noch nichts?«

»Wo? In der Kabine da? Dort ist nichts!«

Vanderhoeze und seine Experten reden erregt auf mich ein. Ich höre nicht auf sie. Ich weiß auch selbst, daß ich zum Beispiel die Tür mit einem Balken verkeilen könnte – wenn sich einer findet – oder sie einfach im Ganzen mit dem Scorcher verbrennen. Ich weiche weiter zurück, ohne ein Auge von der Tür des »Glases« zu wenden.

»In der Kabine ist nichts!« wiederholt Wepl hartnäckig. »Und niemand. Und das seit vielen Jahren. Soll ich die Tür öffnen und dir zeigen, daß dort nichts ist?«

»Nein«, sage ich und habe Mühe, meine Stimmbänder unter Kontrolle zu bringen. »Wir gehen hier weg.«

»Ich mach' nur die Tür auf . . .«

»Wepl«, sage ich. »Du irrst dich.«

»Wir irren uns nie. Ich gehe. Du wirst sehen.«

»Du irrst dich!« herrsche ich ihn an. »Wenn du jetzt nicht mit mir kommst, dann bist du nicht mein Freund, und ich bin dir völlig egal!«

Ich mache auf dem Absatz kehrt (den Scorcher in der Hand gesenkt, entsichert, auf Dauerentladung eingestellt) und schreite davon. Mein Rücken ist riesengroß, so breit wie die ganze Straße, und völlig ungeschützt.

Mit äußerst unzufriedenem und mürrischem Ausdruck tappt Wepl links hinter mir her. Er knurrt und sucht Streit. Als wir aber an die zweihundert Schritt entfernt sind, ich mich schon wieder beruhigt habe und nach Wegen zu einer Aussöhnung suche, verschwindet Wepl plötzlich. Nur seine Krallen wetzen über den Asphalt. Und da ist er schon bei der Kabine, und es ist zu spät, ihm nachzustürzen, ihn an den Hinterpfoten zu packen, den Dummkopf wegzuzerren, und mein Scorcher ist nun bereits völlig nutzlos, der verdammte Kopfler aber öffnet die Tür einen Spalt und blickt lange, endlos lange ins Innere des »Glases« . . .

Ohne auch nur einen einzigen Laut von sich gegeben zu haben, schließt er dann wieder die Tür und kommt zurück. Ein gedemütigter Wepl. Ein vernichteter Wepl. Ein Wepl, der seine vollkommene Untauglichkeit vorbehaltlos eingesteht und darum in Zukunft jedwede Behandlung zu dulden bereit ist. Er kehrt zu meinen Füßen zurück und setzt sich daneben, den Kopf mutlos gesenkt. Wir schweigen. Ich vermeide ihn anzusehen. Ich schaue auf das »Glas« und fühle, wie die Rinnsale von Schweiß auf den Schläfen eintrocknen und die Haut spannen, wie das quälende Zittern aus den Muskeln schwindet und von einem trüben ziehenden Schmerz abgelöst wird, und am liebsten würde ich jetzt zischen: »Blödes Vieh! . . .« und ihm mit einem tiefen Seufzer aus ganzer Kraft eine Ohrfeige auf seinen trübseligen, dummen, sturen, hirnlosen hohen Kopf versetzen. Aber ich sage nur: »Wir haben Glück gehabt. Aus irgendeinem Grund greifen sie hier nicht an ...«

Eine Mitteilung vom Stab. Es wird angenommen, daß es sich bei dem »Rechteck Wepls« um den Eingang zu einem interspatialen Tunnel handelt, durch den die ganze Bevölkerung des Planeten evakuiert worden ist. Vermutlich von den *Wanderern* ...

Wir gehen durch einen ungewohnt leeren Stadtteil. Keinerlei Getier, sogar die Mücken sind irgendwohin verschwunden. Mir gefällt das nicht besonders, aber Wepl kann nichts Beunruhigendes entdecken.

»Diesmal seid ihr zu spät gekommen«, knurrt er.

»Ja, sieht so aus«, antworte ich bereitwillig.

Es ist das erste Mal seit dem Zwischenfall mit der Krebsspinne, daß Wepl etwas sagt. Anscheinend möchte er gern über etwas sprechen, was nicht unmittelbar aktuell ist. Dieser Wunsch tritt bei ihm recht selten auf.

»Die *Wanderer«,* brummt er. »Das hab' ich oft gehört: die *Wanderer*, die *Wanderer* ... Wißt ihr gar nichts über sie?«

»Sehr wenig. Wir wissen, daß es eine Superzivilisation ist, wir wissen, daß sie weitaus mächtiger sind als wir. Wir nehmen an, daß es keine Humanoiden sind. Wir nehmen an, daß sie unsere Galaxis erschlossen haben, und das vor sehr langer Zeit. Außerdem nehmen wir noch an, daß sie kein Zuhause haben – in unserem oder in eurem Sinne des Wortes. Deshalb nennen wir sie auch die *Wanderer* ...«

»Wollt ihr ihnen begegnen?«

»Ja wie soll ich es sagen ... Komow würde seine rechte Hand dafür hingeben. Ich hingegen würde es vorziehen, wenn wir nie auf sie träfen.«

»Fürchtest du sie?«

Ich habe keine Lust, diese Frage zu erörtern. Jetzt schon gar nicht.

»Siehst du, Wepl«, sage ich, »das ist eine lange Geschichte. Du solltest dich besser doch ein bißchen umsehen, mir scheint, du bist ein wenig zerstreut geworden.«

»Ich sehe mich um. Alles ist ruhig.«

»Hast du bemerkt, daß alles Getier hier verschwunden ist?«

»Das liegt daran, daß hier des öfteren Menschen sind«, sagt Wepl.

»Ach so? Da hast du mich aber beruhigt.«

»Jetzt sind keine da. Fast keine.«

Das zweiundvierzigste Viertel geht zu Ende, und wir gelangen an eine Kreuzung. Wepl erklärt plötzlich: »Hinter der Ecke steht ein Mensch. Allein.«

Es ist ein gebrechlicher Greis mit einem schwarzen fersenlangen Mantel, einer Pelzmütze, deren Ohrenklappen unter dem struppigen, schmutzigen Bart zusammengebunden sind, mit Handschuhen von fröhlicher leuchtendgelber Farbe und gewaltigen Stoffschuhen. Er bewegt sich mit großer Mühe, kann kaum einen Fuß vor den anderen setzen. Bis zu ihm sind es an die dreißig Meter, doch selbst aus dieser Entfernung ist deutlich zu hören, wie er schwer und pfeifend atmet und manchmal vor Anstrengung stöhnt.

Er belädt ein Wägelchen auf hohen schmalen Rädern, eine Art Kinderwagen. Er schleppt sich durch ein zerbrochenes Schaufenster, verschwindet dort für lange Zeit und kommt ebenso langsam wieder heraus, mit einem Arm gegen die Wand gestützt, während der andere, gekrümmte, jeweils zwei, drei Dosen mit grellen Etiketten an die Brust drückt. Jedesmal, wenn er es bis zu seinem Wägelchen geschafft hat, läßt er sich kraftlos auf einen kleinen dreibeinigen Klappstuhl sinken, sitzt eine Zeitlang unbeweglich da, ruht sich aus, dann macht er sich daran, ebenso langsam und vorsichtig die Dosen aus dem gekrümmten Arm in den Wagen zu legen. Dann ruht er wieder aus, als schliefe er im Sitzen, erhebt sich abermals auf wackligen Füßen und geht zum Schaufenster – lang, schwarz, in der Mitte beinahe zusammengeknickt.

Wir stehen hinter der Ecke, fast ohne uns zu verstehen, denn uns ist klar: der Alte sieht und hört nichts um sich her. Nach Wepls Worten ist er hier ganz allein, ringsum ist sonst niemand, höchstens sehr weit weg. Ich habe nicht die mindeste Lust, mit ihm Kontakt aufzunehmen, aber offensichtlich werde ich es tun müssen – und sei es, um ihm beim Einsammeln dieser Dosen zu helfen. Aber ich habe Angst, ihn zu erschrecken. Ich bitte Vanderhoeze, ihn Espada zu zeigen, soll Espada feststellen, was das für einer ist – »Zauberer«, »Soldat« oder »Mensch«.

Der Alte hat zum zehnten Male seine Dosen abgeladen und ruht sich wieder aus, auf dem dreibeinigen Stühlchen zusammengesunken. Sein Kopf schwankt hin und her und sinkt immer tiefer auf die Brust. Offensichtlich ist er im Begriff einzuschlafen.

»Ich habe nichts dergleichen gesehen«, erklärt Espada. »Sprechen Sie mit ihm, Lew ...«

»Er ist wirklich gar zu alt«, sagt Vanderhoeze zweifelnd.

»Gleich wird er sterben«, knurrt Wepl.

»Eben«, sage ich. »Vor allem wenn ich vor ihm in meinem regenbogenfarbenen Kittel auftauche ...«

Ich habe noch nicht zu Ende gesprochen, da kippt der Alte plötzlich nach vorn und fällt weich mit der Seite auf die Straße.

»Vorbei«, sagt Wepl. »Kannst ihn dir ansehen gehen, wenn es dich interessiert.«

Der Alte ist tot, er atmet nicht, und es ist kein Puls zu spüren. Alles deutet auf einen ausgedehnten Infarkt und totale Erschöpfung des Organismus hin. Aber nicht vor Hunger. Er ist einfach sehr, geradezu unvorstellbar hinfällig. Ich knie neben ihm und betrachte sein grünlich-weißes knochiges Gesicht. Der erste normale Mensch in dieser Stadt. Und tot. Und ich kann nichts tun, denn ich habe nur die Feldausrüstung bei mir.

Ich gebe ihm zwei Ampullen Mikrophag und sage Vanderhoeze, daß sie Ärzte herschicken sollen. Ich will mich hier nicht aufhalten. Das wäre sinnlos. Er wird nicht mehr sprechen. Und wenn, dann nicht bald. Ehe ich fortgehe, bleibe ich eine Minute lang bei ihm stehen, betrachte das halb mit Konservendosen gefüllte Wägelchen, den umgekippten Klappstuhl, und mir geht durch den Kopf, daß der Alte dieses Stühlchen sicherlich immer mitgeschleppt und sich alle paar Minuten zum Ausruhen daraufgesetzt hat ...

Gegen achtzehn Uhr beginnt es zu dämmern. Nach meinen Berechnungen haben wir bis zum Ende der Marschroute noch zwei Stunden Weg vor uns, und ich schlage Wepl vor, Rast zu machen und etwas zu essen. Erholung hat Wepl nicht nötig, doch wie immer läßt er sich die Gelegenheit nicht entgehen, etwas zu beißen zu bekommen.

Wir lagern uns am Rande eines großen, ausgetrockneten Springbrunnens zu Füßen eines geflügelten, steinernen Fabelwesens, und ich öffne die Proviantpakete. Ringsumher leuchten matt die Mauern der toten Häuser, es ist totenstill, und man hat Freude an dem Gedanken, daß auf Dutzenden bereits zurückgelegten Kilometern der Marschroute keine tödliche Leere mehr herrscht, sondern Menschen am Werk sind.

Beim Essen spricht Wepl nie, wenn er jedoch satt ist, liebt er einen kleinen Plausch.

»Dieser Alte«, läßt er sich vernehmen, indes er sich sorgfältig die Pfote anleckt, »haben sie ihn wirklich wieder lebendig gemacht?«

»Ja.«

»Er lebt wieder, geht, spricht?«

»Sprechen wird er wohl kaum, und gehen erst recht nicht, aber er lebt.«

»Schade«, brummt Wepl.

»Schade?«

»Ja. Schade, daß er nicht sprechen kann. Es wäre interessant zu erfahren, was *dort* ist ...«

»Wo?«

»Dort, wo er war, als er nicht mehr lebte.«

Ich lache. »Du meinst, daß dort etwas ist?«

»Muß es ja. Ich muß doch irgendwo hingeraten, wenn ich nicht mehr da bin.«

»Wohin gerät der elektrische Strom, wenn man ihn ausschaltet?« frage ich.

»Das hab' ich nie begreifen können«, gesteht Wepl. »Aber dein Argument ist nicht exakt. Ja, ich weiß nicht, wohin der elektrische Strom gerät, wenn man ihn ausschaltet. Aber ich weiß ebensowenig, wo er herkommt, wenn man ihn einschaltet. Wo ich jedoch hergekommen bin – das weiß und begreife ich.«

»Und wo warst du denn, als es dich noch nicht gab?« frage ich heimtückisch.

Aber für Wepl ist das kein Problem. »Ich war im Blut meiner Eltern. Und vorher im Blut der Eltern meiner Eltern.«

»Also wirst du, wenn es dich nicht mehr gibt, im Blut deiner Kinder sein ...«

»Und wenn ich keine Kinder habe?«

»Dann wirst du in der Erde sein, im Gras, in den Bäumen ...«

»Das stimmt nicht! Im Gras und in den Bäumen wird mein Körper sein. Aber wo bin dann ich selbst?«

»Im Blut deiner Eltern warst auch nicht du selbst, sondern dein Körper. Schließlich kannst du dich nicht daran erinnern, wie es im Blut deiner Eltern gewesen ist ...«

»Wieso kann ich mich nicht erinnern?« wundert sich Wepl. »An sehr vieles erinnere ich mich!«

»Ja, in der Tat . . .«, murmle ich niedergeschmettert. »Ihr habt ja ein Erbgedächtnis . . .«

»Nennen kann man es, wie man will«, brummt Wepl. »Aber ich begreife wirklich nicht, wohin ich gerate, wenn ich jetzt auf der Stelle sterbe. Ich hab' ja keine Kinder . . .«

Ich beschließe, diese Diskussion abzubrechen. Mir ist klar: Ich werde Wepl nie begreiflich machen können, daß dort nichts ist. Deshalb packe ich schweigend das Proviantpaket zusammen, lege es in den Rucksack und setze mich bequemer hin, die Beine angezogen.

Wepl hat die zweite Pfote sorgfältig abgeleckt, das Fell auf den Backen in ideale Ordnung gebracht und nimmt die Unterhaltung wieder auf.

»Ich wundere mich über dich, Lew«, erklärte er. »Und über euch alle. Habt ihr es etwa noch nicht satt hier? Wozu Arbeit ohne Sinn tun?«

»Warum denn ohne Sinn? Du siehst doch, wieviel wir an einem einzigen Tag erfahren haben.«

»Ebendeshalb frag' ich ja: Wozu wollt ihr etwas erfahren, was keinen Sinn hat? Was werdet ihr damit anfangen? In einem fort erfahrt und erfahrt ihr etwas und fangt nichts damit an.«

»Zum Beispiel?« frage ich.

Wepl ist groß im Diskutieren. Gerade hat er einen Sieg über mich errungen, und jetzt versucht er es offenbar mit Macht ein zweites Mal.

»Zum Beispiel die Grube ohne Boden, die ich gefunden habe. Wer kann eine Grube ohne Boden gebrauchen und wozu?«

»Es ist eigentlich keine Grube«, sage ich. »Eher die Tür zu einer anderen Welt.«

»Könnt ihr durch diese Tür gehen?« erkundigt sich Wepl.

»Nein«, gebe ich zu. »Können wir nicht.«

»Wozu braucht ihr dann eine Tür, durch die ihr sowieso nicht gehen könnt?«

»Heute können wir es nicht, aber morgen werden wir dazu imstande sein.«

»Morgen?«

»Im weiteren Sinne. Übermorgen. In einem Jahr . . .«

»Eine andere Welt, eine andere Welt . . .«, knurrt Wepl. »Habt ihr etwa nicht genug Platz in dieser?«

»Wie soll ich sagen . . . Unserer Phantasie muß es wohl zu eng sein.«

»O ja«, bemerkt Wepl giftig. »Ihr braucht ja kaum in die andere Welt zu kommen, schon fangt ihr an, sie nach dem Bilde eurer eigenen umzumodeln. Und natürlich wird es eurer Phantasie wieder zu eng, und dann sucht ihr euch noch irgendeine Welt und fangt wieder an, sie umzumodeln . . .«

Plötzlich hält er in seiner Philippika abrupt inne, und im selben Moment spüre ich die Anwesenheit eines Fremden. Hier ganz nahe. Zwei Schritte weiter. Am Sockel des Fabelwesens.

Es ist ein ganz normaler Eingeborener – nach allem zu urteilen, von der Kategorie der »Menschen« –, ein kräftiger, stattlicher Mann in Leinenhosen und mit einer Windjacke auf dem bloßen Körper, mit einem automatischen Gewehr, das an einem Riemen um seinen Hals hängt. Ein Büschel ungekämmter Haare fällt ihm über die Augen, Wangen und Kinn sind glattgeschabt. Er steht völlig reglos am Sockel, und nur seine Augen wandern ohne Hast von mir zu Wepl und zurück. Offenbar sieht er in der Dunkelheit nicht schlechter als wir. Mir ist unerklärlich, wie er es fertiggebracht hat, so lautlos und unbemerkt an uns heranzukommen.

Ich fasse mir mit der Hand vorsichtig hinter den Rücken und schalte den Lingar des Translators ein.

»Komm her und setz dich, wir sind Freunde«, sage ich nur mit den Lippen.

Aus dem Lingar dringen mit einer halben Sekunde Verzögerung ein paar keineswegs unangenehme Kehllaute.

Der Unbekannte zuckt zusammen und weicht einen Schritt zurück.

»Hab keine Angst«, sage ich. »Wie heißt du? Ich heiße Lew und er Wepl. Wir sind keine Feinde. Wir wollen mit dir sprechen.«

Nein, es wird nichts. Der Unbekannte weicht noch einen Schritt zurück und verschwindet halb hinter dem Sockel. Sein Gesicht zeigt noch immer keinen Ausdruck, und es ist nicht einmal klar, ob er versteht, was man ihm sagt.

Ich gebe nicht auf. »Wir haben schmackhaftes Essen. Vielleicht bist du hungrig oder willst trinken? Setz dich zu uns, ich gebe dir gern etwas ab . . .«

Mir ist plötzlich eingefallen, daß dem Eingeborenen dieses »wir« und »zu uns« ziemlich seltsam vorkommen muß, und ich bin eilends zur ersten Person übergegangen. Aber das hilft nicht.

Der Eingeborene verschwindet vollends hinter dem Sockel, und jetzt ist er weder zu sehen noch zu hören.

»Er geht«, knurrt Wepl.

Und sofort erblicke ich den Eingeborenen wieder – er überquert mit langen, gleitenden, völlig geräuschlosen Schritten die Straße, betritt den gegenüberliegenden Fußweg, und ohne sich auch nur ein einziges Mal umzusehen, verschwindet er um die Ecke.

2. Juni '78

Lew Abalkin von Angesicht zu Angesicht

Gegen 18 Uhr überfielen mich (ohne Voranmeldung) Andrej und Sandro. Ich ließ die Mappe im Tisch verschwinden und setzte die beiden sofort streng davon in Kenntnis, daß ich keinerlei dienstliche Gespräche dulden würde, da sie jetzt nicht mir, sondern Claudius unterstünden. Außerdem sei ich beschäftigt.

Sie fingen an zu jammern, daß sie gar nicht in dienstlicher Angelegenheit kämen, daß sie Sehnsucht nach mir hätten und daß es so doch nicht gehe. Alles, was recht ist, aber zu jammern verstehen sie. Ich ließ mich erweichen. Die Bar wurde geöffnet, und eine Zeitlang unterhielten wir uns angeregt über meine Kakteen. Später fiel mir mit einemmal rein zufällig auf, daß wir schon nicht mehr von den Kakteen sprachen, sondern von Claudius, was noch seine gewisse Berechtigung hatte, denn Claudius erinnerte mit seiner pickligen Haut und seiner Kratzbürstigkeit sogar mich an einen Kaktus, aber ehe ich auch nur Luft holen konnte, hatten diese jungen Provokateure einen außerordentlich geschickten und zwanglosen Übergang zu dem Fall mit den Bioreaktoren und »Kapitän Nemo« gefunden.

Ich ließ mir nichts anmerken, sondern die beiden in Fahrt kommen, und dann am Höhepunkt, als sie schon glaubten, ihr Chef sei reif, schlug ich ihnen vor, sich davonzuscheren. Und ich hätte sie hinausgeworfen, denn ich war schon ziemlich wütend sowohl auf sie als auch auf mich selbst, doch da kreuzte (wiederum ohne Voranmeldung) Aljonna auf. Das ist Schicksal, dachte ich und ging in die Küche. Es war ohnehin schon Zeit fürs Abendbrot, und selbst den jungen Provokateuren ist bekannt, daß in Gegenwart Dritter über unsere Angelegenheiten nicht gesprochen wird.

Das Abendessen wurde sehr nett. Die Provokateure vergaßen alles auf der Welt und plusterten sich auf, um Aljonna zu imponieren. Nachdem sie abgeblitzt waren, plusterte ich mich auf – einfach um die Sache im Fluß zu halten. Am Ende dieser Hahnenparade stand eine große Diskussion: wo wir als nächstes hingehen sollten. Sandro verlangte, daß wir zu den »Oktopoden« gingen, und das unverzüglich, weil die besten Sachen bei ihnen zu Beginn kämen. Andrej ereiferte sich wie ein waschechter Musikkritiker, seine Ausfälle gegen die »Oktopoden« waren leidenschaftlich und bemerkenswert inhaltlos; seine Theorie der modernen Musik frappierte durch Originalität und lief darauf hinaus, daß heute nacht die beste Gelegenheit wäre, seine neue Jacht »Weislieb« unter Segeln zu erproben. Ich war für Rätselraten oder, im äußersten Notfall, für Fakten. Aljonna hingegen, die mitbekommen hatte, daß ich an diesem Tag nirgendwohin gehen würde und überhaupt beschäftigt war, bekam schlechte Laune und fing an zu randalieren. »Zum Teufel mit den ›Oktopoden‹!« verlangte sie. »Übern Jordan damit! Wir wollen Krach machen!« Und so weiter.

Als die Diskussion gerade in vollem Gange war, läutete um 19.33 Uhr das Videofon. Andrej, der am nächsten bei dem Apparat saß, stukte den Finger gegen eine Taste. Der Bildschirm wurde hell, zeigte aber kein Bild. Und zu hören war auch nichts, weil Sandro gerade aus Leibeskräften brüllte: »Eilande, Eilande, Eilande! . . .« und mit grotesken Verrenkungen versuchte, den unnachahmlichen B. Tuareg nachzuahmen, während Aljonna sich ins Zeug legte und ihm mit dem »Lied ohne Worte« von Glier (oder vielleicht auch nicht von Glier) Paroli bot.

»Psst!« zischte ich, indes ich mich zum Videofon durchkämpfte.

Es wurde etwas leiser, doch der Apparat schwieg noch immer, und sein leerer Bildschirm leuchtete. Das war wohl kaum Seine Exzellenz, und ich beruhigte mich.

»Warten Sie, ich nehme den Apparat mit ins andere Zimmer«, sagte ich in das bläuliche Leuchten hinein.

Im Arbeitszimmer stellte ich das Videofon auf den Tisch, ließ mich in den Sessel fallen und sagte: »Also nun, hier ist es nicht so laut . . . Ich möchte Sie übrigens darauf hinweisen, daß ich Sie nicht sehen kann.«

»Verzeihung, ich habe vergessen . . .«, ließ sich eine tiefe

Männerstimme vernehmen, und auf dem Bildschirm erschien ein Gesicht – schmal, bläulichfahl, mit tiefen Falten von den Nasenflügeln bis zum Kinn. Eine niedrige breite Stirn, tiefliegende große Augen, schwarzes glattes, schulterlanges Haar.

Merkwürdig, ich erkannte ihn sofort, begriff aber nicht gleich, wer er war.

»Guten Tag, Mak«, sagte er. »Erkennen Sie mich?«

Ich brauchte ein paar Sekunden, um zu mir zu kommen. Ich war darauf nicht im mindesten vorbereitet.

»Erlauben Sie . . .«, sagte ich gedehnt und überlegte fieberhaft, wie ich mich verhalten sollte.

»Lew Abalkin«, half er meinem Gedächtnis nach. »Erinnern Sie sich? Saraksch. Die Blaue Schlange . . .«

»Mein Gott!« schrie der Journalist Kammerer. »Ljowa! Und mir hat man gesagt, daß Sie momentan nicht auf der Erde sind und niemand weiß, wann Sie wiederkommen . . . Oder sind Sie noch dort?«

Er lächelte. »Nein, ich bin schon hier . . . Aber ich störe anscheinend?«

»Ganz ausgeschlossen!« sagte der Journalist Kammerer durchdringend. Nicht der Journalist Kammerer, der Maja Glumowa besucht hatte, sondern eher jener, der bei dem Lehrer gewesen war. »Ich brauche Sie! Ich schreibe doch ein Buch über die Kopfler! . . .«

»Ja, ich weiß«, unterbrach er mich. »Deshalb rufe ich Sie ja auch an. Aber, Mak, ich habe doch schon lange nichts mehr mit den Kopflern zu tun.«

»Ebendas ist ohne Belang«, widersprach der Journalist Kammerer. »Wichtig ist, daß Sie der erste waren, der mit ihnen zu tun hatte.«

»Der erste waren ja wohl Sie.«

»Nein. Ich habe sie einfach entdeckt, und fertig. Außerdem hab' ich den Teil über mich selbst schon geschrieben. Auch über die neuesten Arbeiten Komows habe ich das Material beisammen. Sie sehen, Prolog und Epilog sind da, fehlt nur noch eine Kleinigkeit – der hauptsächliche Inhalt . . . Hören Sie, Ljowa, wir müssen uns unbedingt treffen. Bleiben Sie lange auf der Erde?«

»Nicht sehr lange«, sagte er. »Aber treffen werden wir uns unbedingt. Heute allerdings möchte ich nicht . . .«

»Nun, sagen wir, heute würde es mir auch nicht ganz passen«, beeilte sich der Journalist Kammerer beizupflichten. »Aber wie wäre es morgen?«

Eine Zeitlang musterte er mich schweigend. Mir wurde plötzlich bewußt, daß es mir partout nicht gelingen wollte, die Farbe seiner Augen festzustellen – gar zu tief lagen sie unter den überhängenden Brauen.

»Erstaunlich«, ließ er sich schließlich vernehmen. »Sie haben sich gar nicht verändert. Und ich?«

»Ehrlich?« vergewisserte sich der Journalist Kammerer, um überhaupt etwas zu sagen.

Lew Abalkin lächelte erneut.

»Ja«, sagte er. »Zwanzig Jahre ist es her. Und wissen Sie, Mak, ich erinnere mich dieser Zeit als der glücklichsten in meinem Leben. Alles lag noch vor mir, alles fing gerade erst an . . . Und wissen Sie, mir fällt diese Zeit gerade jetzt wieder ein, und ich denke: Was hatte ich doch für ein Glück, daß ich unter der Leitung solcher Leute wie Komow begonnen habe und solcher wie Sie, Mak . . .«

»Na, Lew, übertreiben Sie nicht«, sagte der Journalist Kammerer. »Was habe ich damit zu tun?«

»Was heißt – was haben Sie damit zu tun? Komow war der Leiter, Rowlingson und ich standen auf Abruf bereit, aber die ganze Koordination haben doch Sie erledigt!«

Der Journalist Kammerer riß die Augen auf. Ich auch, aber ich wurde darüber hinaus auch noch mißtrauisch.

»Na, Lew«, sagte der Journalist Kammerer. »Sie, mein Bester, haben, unerfahren wie Sie waren, offenbar nicht die Spur von den damaligen Unterstellungsverhältnissen begriffen. Das einzige, was ich seinerzeit für euch getan habe, war die Gewährleistung von Sicherheit, Transportmitteln und Proviant . . . und auch das nur . . .«

»Und Sie haben Ideen geliefert!« warf Lew Abalkin ein.

»Was für Ideen?«

»Die Idee, eine Expedition zur Blauen Schlange zu schicken, kam doch von Ihnen?«

»Nur insofern, als ich die Mitteil . . .«

»Richtig! Das wäre das erste. Die Idee, daß mit den Kopflern Progressoren arbeiten müssen und keine Tierpsychologen – das zweite!«

»Langsam, Lew! Das war Komows Idee! Und überhaupt wart ihr alle mir schnuppe! Ich hatte zu dieser Zeit einen Aufstand in Pandea! Die erste großangelegte Landeoperation des Inselimperiums! Gerade Ihnen muß doch klar sein, was ... Mein Gott! Ehrlich gesagt, ich hab' damals mit keinem Gedanken an euch gedacht. Sef hat sich damals mit euch befaßt, Sef, nicht ich! Erinnern Sie sich an den rothaarigen Eingeborenen?«

Lew Abalkin lachte und entblößte dabei seine gleichmäßigen weißen Zähne.

»Und da gibt's nichts zu grinsen!« sagte der Journalist Kammerer verärgert. »Schließlich bringen Sie mich in eine ganz dumme Lage! Eine Schande! Nein, nein, meine Lieben, ich hab' mich offensichtlich zur rechten Zeit an dieses Buch gemacht. Mit was für idiotischen Legenden das alles aber auch überwuchert ist!«

»Schon gut, ich lass' es sein«, sagte Abalkin. »Wir setzen diese Diskussion fort, wenn wir uns persönlich begegnen ...«

»Genau«, antwortete der Journalist Kammerer. »Bloß wird es da keine Diskussion geben. Hier ist nichts zu diskutieren. Sagen wir ...« Der Journalist Kammerer ließ die Finger über die Tasten des Tischspeichers tanzen. »Morgen Punkt zehn bei mir ... Oder paßt es Ihnen vielleicht besser ...«

»Lieber bei mir«, schlug Lew Abalkin vor.

»Dann diktieren Sie die Adresse«, kommandierte der Journalist Kammerer. Er war noch immer in Fahrt.

»Kurort ›Ossinuschka‹«, sagte Lew Abalkin. »Bungalow Nummer sechs.«

2. Juni '78

Einige Vermutungen über die Absichten Lew Abalkins

Sandro und Andrej entließ ich. Ganz offiziell. Ich mußte ein offizielles Gesicht machen und im offiziellem Ton sprechen, was mir übrigens völlig mühelos gelang, weil ich allein sein und in Ruhe nachdenken wollte.

Aljonna erfaßte meine Stimmung sofort, wurde still und versprach ohne Widerrede, nicht mit ins Arbeitszimmer zu kommen, sondern mir jede Störung vom Leibe zu halten. Soviel ich weiß, hat sie völlig falsche Vorstellungen von meiner Arbeit. Zum Beispiel ist sie überzeugt, meine Arbeit sei gefährlich. Aber gewisse Anfangsgründe hat sie gründlich begriffen. Insbesondere, wenn ich plötzlich zu tun habe, dann heißt das nicht, die Muse hätte mich unvermittelt geküßt oder ein blendender Einfall mich erleuchtet – es heißt einfach, daß eine dringende Aufgabe aufgetaucht ist, die wirklich unverzüglich gelöst werden muß.

Ich zog sie am Ohr, schloß mich im Arbeitszimmer ein und überließ es ihr, das Wohnzimmer aufzuräumen.

Woher hatte er meine Nummer erfahren? Das war einfach. Die Nummer hatte ich dem Lehrer gegeben. Außerdem konnte ihm Maja Glumowa von mir erzählt haben. Also hatte er ein weiteres Mal mit Maja Glumowa gesprochen oder sich doch noch entschlossen, den Lehrer zu besuchen. Trotz alledem. Zwanzig Jahre lang hatte er nichts von sich hören lassen, und jetzt wollte er ihn auf einmal besuchen.

Wozu? Zu welchem Zweck hatte er mich angerufen? Zum Beispiel aus einer sentimentalen Regung heraus. Die Erinnerungen an die erste richtige Arbeit. Die Jugendzeit, die glücklichste Zeit des Lebens. Hm. Zweifelhaft . . . Der altruistische Wunsch, dem Journalisten (und Erstentdecker der geliebten Kopfler) bei der Arbeit zu helfen, durchsetzt, sagen wir, mit gesundem Ehrgeiz. Wozu nennt er mir dann eine falsche Adresse? Aber vielleicht ist sie nicht falsch? Doch wenn sie nicht falsch ist, heißt das, er verbirgt sich gar nicht, also verwechselt Seine Exzellenz etwas . . . In der Tat, woraus folgt eigentlich, daß sich Lew Abalkin verborgen hält?

Rasch ließ ich mir vom Informatorium die Nummer geben und rief »Ossinuschka« an, Bungalow Nummer sechs. Niemand meldete sich. Wie zu erwarten war.

Schön, lassen wir das erst einmal. Was war die Hauptsache in unserem Gespräch gewesen? Übrigens, einmal hätte ich mich beinahe verplappert. Sich dafür die Zunge abzubeißen wäre noch zuwenig gewesen. ›Gerade Ihnen muß doch klar sein, was eine Landung der Flottengruppe Z bedeutet!‹ – ›Interessant, woher wissen Sie, Mak, etwas über die Flottengruppe Z, und vor allem: Wie kommen Sie eigentlich darauf, daß ich etwas darüber weiß?‹ Natürlich hätte er nichts dergleichen gesagt, aber sich sein Teil gedacht und alles durchschaut. Und nach einem derart schändlichen Reinfall wäre mir wirklich nichts weiter übriggeblieben, als mich in die Journalistik zurückzuziehen ... Gut, hoffen wir, daß er nichts gemerkt hat. Er hat auch nicht sonderlich viel Zeit gehabt, jedes meiner Worte zu analysieren und zu bewerten. Offensichtlich verfolgte er ein bestimmtes Ziel, und alles übrige, was damit nicht im Zusammenhang stand, dürfte er wohl überhört haben ...

Aber was wollte er denn erreichen? Wozu nur hat er versucht, mir seine eigenen Verdienste zuzuschreiben und die Verdienste Komows dazu? Und vor allem so geradezu, kaum daß er gegrüßt hatte ... Man könnte meinen, ich würde tatsächlich Legenden über meine Priorität in Umlauf setzen, daß alle grundlegenden Ideen in bezug auf die Kopfler einzig von mir stammten, als hätte ich mir alles angeeignet, und er hätte davon erfahren und mir zu verstehen gegeben, ich sei ein Lump. Sein Lächeln jedenfalls war zweideutig gewesen ... Aber das ist doch Unsinn! Daß gerade ich es war, der die Kopfler entdeckt hat, wissen jetzt nur die unmittelbar betroffenen Spezialisten, und auch die haben es sicherlich als bedeutungslos vergessen ...

Quatsch und Blödsinn, natürlich. Aber der Fakt bleibt: Soeben hat mich Lew Abalkin angerufen und mir mitgeteilt, daß seiner Ansicht nach ich, der Journalist Kammerer, der Begründer und die Koryphäe der modernen Wissenschaft von den Kopflern bin. Weiter hat unser Gespräch nichts Wesentliches enthalten. Alles übrige war höfliches Geschwafel. Am Schluß war da allerdings noch die (höchstwahrscheinlich) falsche Adresse ...

Es drängt sich natürlich noch eine zweite Version auf. Es mochte ihm völlig egal gewesen sein, wovon er sprach. Er konnte es sich erlauben, jeglichen Unsinn zu reden, weil er, einzig um mich zu sehen, angerufen hatte. Der Lehrer oder Maja Glumowa haben ihm gesagt: Für dich interessiert sich ein gewisser Maxim Kammerer. Aha? denkt der untergetauchte Lew. Sehr sonderbar! Kaum bin ich auf der Erde, und für mich interessiert sich Maxim Kammerer. Aber den hab' ich doch gekannt. Was ist das? Ein Zufall? Lew Abalkin glaubt nicht an Zufälle. Wollen wir diesen Mann doch mal anrufen und sehen, ob es wirklich derselbe Maxim Kammerer ist, der ehemalige Mak Sim ... Und wenn er es tatsächlich ist, wollen wir sehen, wie er sich verhält ...

Ich hatte das Gefühl, ins Schwarze getroffen zu haben. Er ruft an und schaltet für alle Fälle das Bild ab. Für den Fall nämlich, daß ich *nicht* Maxim Kammerer bin. Er sieht mich. Nicht ohne Verwunderung sicherlich, aber dafür mit offensichtlicher Erleichterung. Es ist der ganz gewöhnliche Maxim Kammerer, er hat eine Abendgesellschaft, ausgelassener Lärm, absolut nichts Verdächtiges. Je nun, wechseln wir ein Dutzend nichtssagende Phrasen, verabreden uns mit ihm und verschwinden . . .

Aber! Das war nicht die ganze Wahrheit und nicht allein die Wahrheit. Es gab da zwei kleine Haken. Erstens. Wozu brauchte er dann überhaupt das Gespräch aufzunehmen? Er hätte sehen können, hören, sich überzeugen, daß ich ich bin, und in aller Ruhe abschalten. Falsch verbunden, ein Zufall. Und fertig.

Und zweitens, ich war ja auch nicht von gestern. Ich hatte ja gesehen, daß er sich nicht einfach mit mir unterhielt. Er hatte auch noch meine Reaktion verfolgt. Wollte sich vergewissern, daß ich ich bin und in bestimmter Weise auf bestimmte Worte von ihm reagiere. Er redet offensichtlichen Unsinn und beobachtet aufmerksam, wie ich auf diesen Unsinn reagiere . . . Wiederum sonderbar. Auf offensichtlichen Unsinn reagieren alle Leute gleich. Folglich ist entweder in meinen Überlegungen ein Fehler, oder . . . oder aus Abalkins Sicht ist dieser Unsinn keineswegs unsinnig. Zum Beispiel, wenn Abalkin aus irgendwelchen mir völlig unbekannten Gründen tatsächlich annimmt, ich hätte bei der Erforschung der Kopfler eine außerordentlich große Rolle gespielt. Er ruft mich an, um diese seine Annahme zu überprüfen, und vergewissert sich anhand meiner Reaktion, daß die Annahme falsch ist.

Durchaus logisch, aber irgendwie seltsam. Was hat das alles mit den Kopflern zu tun? Allgemein gesagt, haben die Kopfler in Abalkins Leben eine geradezu fundamentale Rolle gespielt. Stopp!

Wenn man mich jetzt gebeten hätte, aus der Biographie dieses Menschen knapp das Wesentlichste darzulegen, würde ich gewiß sagen: Es hat ihm Spaß gemacht, mit den Kopflern zu arbeiten, er wollte nichts in der Welt lieber, als mit den Kopflern arbeiten, er hatte schon recht erfolgreich mit den Kopflern gearbeitet, aber man hat ihn aus unerfindlichen Gründen nicht mit den Kopflern arbeiten lassen . . . Zum Teufel, wäre es denn da verwunderlich, wenn ihm endlich die Geduld riß und er auf seinen Stab Z spuckte, auf die KomKon, auf die Disziplin, auf alles pfiff und zur Erde zurückkehrte, um ein für allemal zu klären, warum man ihn nicht die geliebte Arbeit tun läßt, wer – persönlich – ihn sein Leben lang stört, von wem er Vergeltung fordern kann für den Ruin seiner liebevoll gehegten Pläne, für sein bitteres Unverständnis gegenüber diesen Vorgängen, für die fünfzehn Jahre, die er an eine maßlose schwere und ungeliebte Arbeit verschwendet hat ... Und da war er eben zurückgekehrt!

War zurückgekehrt und sofort auf meinen Namen gestoßen. Und hatte sich erinnert, daß im Grunde ich bei seiner ersten Arbeit mit den Kopflern Pate gestanden hatte, und herausfinden wollen, ob ich nicht beteiligt war an dieser unerhörten Entfremdung eines Menschen von der geliebten Arbeit, und er hatte (mit Hilfe eines einfachen Tricks) herausgefunden, daß ich nicht beteiligt war, sondern mich, wie sich zeigte, mit der Abwehr von Landeoperationen beschäftigt hatte und überhaupt nicht im Bilde war.

So zum Beispiel ließ sich das Videofongespräch erklären. Aber nur dieses Gespräch und weiter nichts. Weder die dunkle Sache mit Tristan noch die dunkle Sache mit Maja Glumowa ließ sich damit erklären, und schon gar nicht der Grund, weswegen sich Lew Abalkin verbergen mußte. Ja zum Kuckuck, wenn meine Hypothese richtig wäre, müßte Lew Abalkin jetzt in der KomKon umgehen und wild auf alle, die ihn gekränkt hatten, einschlagen, wie man es von einem unbeherrschten Mann mit der nervlichen Organisation eines Künstlers erwarten konnte ... Freilich, etwas Vernünftiges war doch an meiner Hypothese, und es ergaben sich gewisse praktische Fragen. Ich beschloß, sie Seiner Exzellenz zu stellen, vorher aber galt es Sergej Pawlowitsch Fedossejew anzurufen.

Ich blickte auf die Uhr: 21.51. Blieb zu hoffen, daß der Alte sich noch nicht schlafen gelegt hatte.

Wie sich zeigte, hatte er sich tatsächlich noch nicht schlafen gelegt. Etwas befremdet, als könnte er mich nicht erkennen, schaute er vom Bildschirm auf den Journalisten Kammerer. Der Journalist Kammerer erging sich in Entschuldigungen, daß er zur Unzeit anrief. Die Entschuldigungen wurden akzeptiert, doch der Ausdruck des Befremdens wich nicht von seinem Gesicht.

»Ich habe buchstäblich nur ein, zwei Fragen an Sie, Sergej Pawlowitsch«, sagte der Journalist Kammerer besorgt. »Sie haben sich doch mit Abalkin getroffen?«

»Ja. Ich habe ihm Ihre Nummer gegeben.«

»Entschuldigen Sie, Sergej Pawlowitsch ... Er hat mich gerade angerufen ... und irgendwie sonderbar mit mir gesprochen ...« Der Journalist Kammerer hatte Mühe, die richtigen Worte zu finden. »Bei mir ist der Eindruck entstanden ... Ich weiß, es ist wahrscheinlich Unsinn, aber es kann ja alles mögliche passieren ... Letzten Endes konnte er Sie mißverstanden haben ...

Der Alte horchte auf. »Worum geht es?« fragte er.

»Sie haben ihm ja von mir erzählt ... Nun ja, über unser Gespräch ...«

»Natürlich. Ich verstehe Sie nicht. Solle ich es etwa nicht erzählen?«

»Nicht doch, darum geht es nicht. Anscheinend hat er Sie trotzdem falsch verstanden. Stellen Sie sich vor, wir haben einander fünfzehn Jahre lang nicht gesehen. Und da, kaum daß er guten Tag gesagt hat, fängt er an, mich mit so einem schmerzlichen Sarkasmus dafür zu loben, daß ich ... Kurzum, er hat mich de facto beschuldigt, seine Priorität bei der Arbeit mit den Kopflern für mich zu beanspruchen! Ich versichere Ihnen, ohne jeden, ohne den geringsten Anlaß ... Verstehen Sie, ich befasse mich mit dieser Sache nur als Journalist, als Popularisator, und nicht anders ...«

»Erlauben Sie, erlauben Sie, junger Mann!« Der Alte erhob die Hand. »Beruhigen Sie sich bitte. Selbstverständlich habe ich ihm nichts dergleichen gesagt. Schon allein deshalb nicht, weil ich von dieser Sache gar nichts verstehe ...«

»Nun ... vielleicht ... haben Sie etwas nicht genau genug formuliert ...«

»Erlauben Sie, ich habe überhaupt nichts dergleichen formuliert! Ich habe ihm gesagt, daß ein gewisser Kammerer ein Buch über ihn schreibt und sich um Material an mich gewandt hat. Der Journalist hat die und die Videonummer. Ruf ihn an. Schluß. Das ist alles, was ich ihm gesagt habe.«

»Also dann begreife ich es nicht«, sagte der Journalist Kammerer nahezu verzweifelt. »Ich dachte erst, er hätte Sie irgendwie falsch verstanden, aber wenn das nicht so ist ... Dann ist es krankhaft. Eine Manie. Überhaupt mögen sich diese Progressoren bei ihrer Arbeit ja ganz manierlich betragen, aber auf der Erde schlagen sie manchmal total über die Stränge ... Vielleicht, daß ihnen die Nerven durchgehen ...«

Der Alte zog die Brauen zusammen. »Nun ja, wissen Sie ...

Letzten Endes ist es nicht ausgeschlossen, daß mich Ljowa wirklich nicht ganz verstanden hat ... oder genauer gesagt, daß er etwas überhört hat ... Gesprochen haben wir nur so im Vorübergehen, ich war in Eile, es wehte ein starker Wind, die Kiefern rauschten laut, und Sie sind mir erst in letzter Minute eingefallen ...«

»Nicht doch, ich will nichts dergleichen sagen ...« Der Journalist Kammerer machte einen Rückzieher. »Vielleicht war ich es, der Lew nicht ganz verstanden hat ... Wissen Sie, mich hat nicht zuletzt auch sein Anblick erschüttert ... Er hat sich sehr verändert, ist irgendwie böse geworden ... Hatten Sie nicht auch den Eindruck, Sergej Pawlowitsch?«

Ja, Sergej Pawlowitsch hatte auch den Eindruck. Von der kaum verhohlenen Kränkung des treuherzigen und mitteilsamen Journalisten Kammerer genötigt und angestachelt, erzählte er nach und nach, immer wieder den Faden verlierend, voller Scham wegen seines Schülers und wegen mancher eigener Gedanken, wie ihr Gespräch verlaufen war.

Gegen 17 Uhr verließ S. P. Fedossejew mit dem Gleiter sein Gehöft »Mückenau« und nahm Kurs auf Swerdlowsk, wo er an der Sitzung eines Klubs teilnehmen wollte. Nach fünfzehn Minuten griff ihn ein wer weiß woher auftauchender Gleiter buchstäblich an und zwang ihn in einem wilden Kiefernwald zur Landung. Der Pilot des Gleiters war Lew Abalkin. Auf einer Lichtung inmitten rauschender Kiefern fand zwischen ihnen eine kurze Unterredung statt, die Lew Abalkin nach dem mir schon bekannten Schema gestaltete.

Kaum daß er guten Tag gesagt hatte, praktisch ohne seinen alten Lehrer zu Worte kommen zu lassen und ohne Zeit auf Umarmungen zu verschwenden, überschüttete er den Alten mit sarkastischer Dankbarkeit. Gehässig dankte er dem armen Sergej Pawlowitsch für die überaus großen Bemühungen, die dieser angeblich unternommen hatte, um die Kommission für Berufslenkung zu überzeugen, den Abiturienten Abalkin nicht ans Institut für Tierpsychologie zu schicken, wo der Abiturient aus Dummheit und Unerfahrenheit hin wollte, sondern auf die Progressoren-Schule, welch selbige Bemühungen von einem glänzenden Erfolg gekrönt waren und das weitere Leben Lew Abalkins so sorgenfrei und glücklich gemacht hatten.

Der erschütterte Greis verabreichte seinem ehemaligen Schüler für eine derart dreiste Verdrehung der Tatsachen natürlich eine Ohrfeige. Nachdem er ihn solcherart in den gehörigen Zustand schweigender Aufmerksamkeit versetzt hatte, erklärte er ihm ruhig, daß es in Wirklichkeit genau umgekehrt gewesen war. Kein anderer als er, S. P. Fedossejew, hatte Lew Abalkin für die Tierpsychologie ausersehen, schon mit dem Institut Absprachen getroffen und der Kommission die entsprechenden Empfehlungen vorgelegt. Kein anderer als er, S. P. Fedossejew, war, nachdem er von der aus seiner Sicht widersinnigen Entscheidung der Kommission erfahren hatte, mit mündlichen und schriftlichem Protest bis zum regionalen Rat für Volksbildung gegangen. Und kein anderer als er, S. P. Fedossejew, war schließlich in den Eurasischen Sektor bestellt und wie ein kleiner Junge gemaßregelt worden, weil er versucht hatte, eine Entscheidung der Berufslenkungskommission unqualifiziert zu desavouieren. (»Sie haben mir dort die Gutachten von vier Experten vorgelegt und schwarz auf weiß bewiesen, daß ich ein alter Trottel bin und der Vorsitzende der Lenkungskommission Dr. Serafimowitsch im Recht ist . . .«)

Als er diesen Punkt erreicht hatte, verstummte der Alte.

»Und was hat er darauf gesagt?« wagte der Journalist Kammerer zu fragen.

Der Alte kaute bekümmert auf seiner Lippe. »Dieser dumme Junge hat mir die Hand geküßt und ist zu seinem Gleiter gestürzt.«

Wir schwiegen eine Weile. Dann fügte der Alte hinzu: » Und da fielen Sie mir ein . . . Offen gesagt, ich hatte den Eindruck, daß er nicht darauf achtete . . . Vielleicht hätte ich ihm ausführlicher von Ihnen erzählen sollen, aber mir war nicht danach . . . Ich weiß nicht, warum, aber mir schien, als würde ich ihn nie wiedersehen . . .

2. Juni '78

Ein kurzes Gespräch

Seine Exzellenz war zu Hause. In einen strengen schwarzen Kimono gehüllt, thronte er hinter dem Schreibtisch und gab sich seiner Lieblingsbeschäftigung hin: Er betrachtete unter der Lupe eine der häßlichen kleinen Statuetten, die er sammelte.

»Exzellenz«, sagte ich, »ich muß wissen, ob Lew Abalkin auf der Erde mit noch jemandem Kontakt aufgenommen hat.«

»Hat er«, sagte seine Exzellenz und blickte mich, wie mir schien, interessiert an.

»Darf ich erfahren, mit wem?«

»Darfst du. Mit mir.«

Mir blieb die Sprache weg. Seine Exzellenz wartete einen Moment und befahl dann: »Berichte.«

Ich berichtete. Die beiden Gespräche wörtlich, meine Schlußfolgerungen in Kurzfassung, und zum Schluß fügte ich hinzu, daß meiner Meinung nach für die nächste Zeit Begegnungen Abalkins mit Komow, Rowlingson, Gorjatschow und anderen Leuten zu erwarten seien, die auf die eine oder andere Weise in Beziehung zu seiner Arbeit mit den Kopflern standen. Und auch ein Treffen mit diesem Doktor Serafimowitsch – dem damaligen Vorsitzenden der Kommission für Berufslenkung. Da seine Exzellenz schwieg und nicht den Kopf senkte, erlaubte ich mir eine Frage: »Kann ich erfahren, worüber er mit Ihnen gesprochen hat? Mich wundert sehr, daß er sich überhaupt bei Ihnen gemeldet hat.«

»Dich wundert das . . . Mich auch. Und ein Gespräch hat es zwischen uns nicht gegeben. Er hat dasselbe gemacht wie auch bei dir: das Bild nicht eingeschaltet. Hat sich an meinem Anblick ergötzt, mich wahrscheinlich erkannt und die Verbindung unterbrochen.«

»Warum glauben Sie eigentlich, daß er das war?«

»Weil er mich über einen Kanal angerufen hat, der nur einem einzigen Menschen bekannt war.«

»Dann hat vielleicht dieser Mensch . . .«

»Nein, das ist ausgeschlossen . . . Und was deine Hypothese betrifft, so trifft sie nicht zu. Lew Abalkin ist ein hervorragender Resident geworden, er hat diese Arbeit geliebt und hätte sie um keinen Preis gegen eine andere eingetauscht.«

»Obwohl für ihn nach dem Typus der nervlichen Organisation eine Arbeit als Progressor . . .«

»Das fällt nicht in deine Kompetenz«, sagte Seine Exzellenz scharf. »Laß dich nicht ablenken. Zur Sache. Den Befehl, Abalkin ausfindig zu machen und unter Beobachtung zu nehmen, hebe ich auf. Folge ihm auf seiner Spur. Ich will wissen, wo er sich aufhält, mit wem er sich trifft und worüber er spricht.«

»Verstanden. Und wenn ich trotzdem auf ihn stoße?«

»Dann läßt du dir ein Interview für dein Buch geben. Und berichtest mir anschließend. Nicht mehr und nicht weniger.«

2. Juni '78

Etliches über Geheimnisse

Gegen 23.30 Uhr duschte ich mich rasch ab, warf einen Blick ins Schlafzimmer und vergewisserte mich, daß Aljonna wie ein Stein schlief. Darauf kehrte ich ins Arbeitszimmer zurück.

Ich beschloß, mit Wepl zu beginnen. Wepl war natürlich kein Erdenmensch und nicht einmal ein Humanoid, und darum brauchte ich meine ganze Erfahrung und meine sämtliche, in aller Bescheidenheit gesagt, Raffinesse beim Umgang mit Informationskanälen, um die Angaben zu erhalten, die ich schließlich erhielt. Am Rande wäre zu bemerken, daß die überwiegende Mehrheit der Menschen auf diesem Planeten keine Ahnung von den tatsächlichen Möglichkeiten dieses achten (oder nun schon neunten?) Weltwunders hat – des Großen Gesamtplanetaren Informatoriums. Es ist freilich durchaus möglich, daß auch ich bei all meiner Erfahrung und Raffinesse nicht für mich in Anspruch nehmen darf, sein unermeßliches Gedächtnis vollkommen ausnutzen zu können.

Ich schickte elf Anfragen los – drei davon erwiesen sich als überflüssig – und erhielt im Ergebnis die folgende Information über den Kopfler Wepl.

Sein vollständiger Name war, wie sich zeigte, Wepl-Itrtsch. Seit dem Jahre '75 und bis zum heutigen Tage war er Mitglied der Ständigen Mission des Volkes der Kopfler auf der Erde. Nach seinen Funktionen in den Beziehungen zur irdischen Administration zu urteilen, war er eine Art Übersetzungsreferent der Mission, seine tatsächliche Position jedoch war unbekannt, da die Verhältnisse innerhalb des Missionskollektivs für die Erdenmenschen ein Buch mit sieben Siegeln blieben. Gewisse Angaben wiesen darauf hin, daß Wepl Oberhaupt einer Art Familienzelle innerhalb der Mission war, doch bestand bisher keinerlei Überblick über Größe und Zusammensetzung dieser Zelle, obwohl solche Faktoren anscheinend eine ziemlich große Rolle spielten bei der Entscheidung einer ganzen Reihe wichtiger Fragen diplomatischer Natur.

Überhaupt hatte sich über Wepl wie auch über die gesamte Mission eine Menge Faktenmaterial angesammelt. Einige der Fakten waren erstaunlich, aber alle gerieten sie mit der Zeit in Widerspruch zu neuen Fakten oder wurden von späteren Beobachtungen völlig widerlegt. Es sah so aus, als schicke sich unsere Xenologie an, vor diesem Rätsel die Hände zu heben (oder sie sinken zu lassen – ganz wie's beliebt). Und viele recht anständige Xenologen schlossen sich der Ansicht Rowlingsons an, der schon vor zehn Jahren in einer schwachen Minute gesagt hatte: »Ich glaube, die führen uns einfach an der Nase herum!«

Übrigens ging mich das alles wenig an. Ich durfte nur bei dem Folgenden die Worte Rowlingsons nicht vergessen.

Die Mission befand sich am Flusse Thelon in Kanada, nordwestlich von Baker Lake. Die Kopfler hatten, wie sich zeigte, volle Bewegungsfreiheit und nutzten sie recht ausgiebig, wenngleich sie kein anderes Transportmittel als Null-T anerkannten. Die Residenz für die Mission war streng nach einem Projekt errichtet worden, das die Kopfler selbst vorgelegt hatten; von dem Vergnügen, dort hineinzuziehen, hatten sie jedoch höflich Abstand genommen und sich statt dessen in der Umgebung in selbstverfertigten unterirdischen Räumen oder, schlicht gesagt, in Erdlöchern eingerichtet. Telekommunikation lehnten sie ab, und die Bemühungen unserer Ingenieure, die speziell für die bequeme Bedienung durch die Kopfler und für ihren Gehör- und Gesichtssinn eingerichtete Videogeräte hergestellt hatten, waren vertan. Die Kopfler akzeptierten nur persönliche Kontakte. Also würde ich nach Baker Lake fliegen müssen.

Nachdem ich mit Wepl fertig war, beschloß ich, doch noch den Doktor Serafimowitsch ausfindig zu machen. Das gelang mir ohne Mühe, das heißt, es gelang mir, Information über ihn zu bekommen. Er war nämlich vor zwei Jahrzehnten im Alter von hundertachtzehn Jahren verstorben. Der Doktor der Pädagogik, ständiges Mitglied des Eurasischen Rates für Volksbildung, Mitglied des Weltrates für Pädagogik Valeri Markowitsch Serafimowitsch. Schade.

Ich nahm mir Kornej Jašmaa vor. Der Progressor Kornej Janowitsch Jašmaa hatte als Adresse schon seit zwei Jahren die Villa »Jans Lager«, ein Dutzend Kilometer nördlich von Antonow in der Wolgasteppe. Bei ihm fand sich ein umfangreiches Dienstverzeichnis, aus dem hervorging, daß seine gesamte berufliche Tätigkeit mit dem Planeten Giganda in Verbindung stand. Das war offenbar ein sehr bedeutsamer Mann der Praxis und ein außergewöhnlicher Theoretiker auf dem Gebiet der experimentellen Geschichte, doch alle Einzelheiten seiner Laufbahn verschwanden sofort aus meinem Kopf, als ich zwei unauffällige Umstände bemerkte.

Der erste: Kornej Janowitsch Jašmaa war ein posthumer Sohn.

Der zweite: Kornej Janowitsch Jašmaa war am 6. Oktober '38 geboren. Die Eltern Kornej Jašmaas waren keine Mitglieder der Gruppe »Jormala«, sondern ein Ehepaar, das während des Experiments »Spiegel« tragisch ums Leben gekommen war.

Ich traute meinem Gedächtnis nicht und kramte in der Mappe nach. Es stimmte alles. Und selbstverständlich war da auch noch die Notiz auf der Rückseite des arabischen Textes: » . . . hat das Schicksal zwei von unseren Geschwistern zusammengeführt. Ich kann dir versichern, es ist ein reiner Zufall . . .« Ein Zufall. Nun, bei ihnen dort auf der Giganda mochte sich wirklich ein Zufall ereignet haben: Lew Abalkin, ein posthumer Sohn, geboren am 6. Oktober '38, traf sich mit Kornej Jašmaa, einem posthumen Sohn, geboren am 6. Oktober '38 . . . Aber bei mir hier – war es da auch ein Zufall? »Geschwister«. Von unterschiedlichen Eltern. »Wenn du's nicht glaubst, schau in 07 und 11.« So. »07« liegt vor mir. Also gibt es irgendwo in den Tiefen unserer Abteilung auch noch 11. Und logischerweise ist anzunehmen, daß es auch 01, 02 und so weiter gibt . . . Apropos, ein Minuspunkt für mich, daß ich nicht gleich auf diese sonderbare Chiffre aufmerksam geworden bin: 07. Bei uns werden die Fälle (freilich nicht in Mappen, sondern in den Kristallaufzeichnungen) für gewöhnlich entweder mit phantastischen Wortkombinationen oder mit den Namen von Gegenständen bezeichnet . . .

Was war das übrigens für ein Experiment »Spiegel«? Noch nie davon gehört . . . Der Gedanke daran lief irgendwie im Hintergrund ab, und ich tippte die Anfrage an das GGI fast automatisch ein. Die Antwort setzte mich in Erstaunen: »information nur für spezialisten. weisen sie bitte ihre zulassung vor.« Ich lehnte mich im Sessel zurück. Das war was! Zum erstenmal in meiner Praxis erwies sich die Zulassung der KomKon 2 als unzureichend, um eine Information vom GGI zu bekommen.

Und da fühlte ich ganz deutlich, daß ich die Grenzen meiner Kompetenz überschritten hatte. Mir war mit einemmal klar, daß ich ein gewaltiges und düsteres Geheimnis vor mir hatte, daß das Schicksal Abalkins auf all seinen Rätseln und Unannehmlichkeiten nicht einfach auf das Persönlichkeitsgeheimnis Abalkins hinauslief – es war mit den Schicksalen vieler anderer Menschen verschlungen, und an diese Schicksale zu rühren, durfte ich weder dienstlich noch als Mensch wagen.

Und es ging natürlich nicht darum, daß mir das GGI die Information über so ein Experiment »Spiegel« verweigerte. Ich war fest überzeugt, daß dieses Experiment mit dem Geheimnis nicht das mindeste zu tun hatte. Die Weigerung des GGI war einfach ein Riß in einer bestimmten Richtung, der mich zurückschauen ließ. Dieser Riß klärte gleichsam meinen Blick, ich sah sofort alles im Zusammenhang – das seltsame Verhalten Jadwiga Lekanowas, die ungewöhnliche Geheimhaltungsstufe, dieses ungewohnte »Behältnis für Dokumente«, die sonderbare Chiffre, die Weigerung Seiner Exzellenz, mich vollständig in den Fall einzuweihen, und sogar seine Anweisung zu Beginn, keinerlei Kontakte mit Abalkin aufzunehmen ... Und jetzt noch das phantastische Zusammentreffen der Daten und Umstände, unter denen Lew Abalkin und Kornej Jašmaa zur Welt gekommen waren.

Da war ein Geheimnis. Lew Abalkin war nur ein Teil dieses Geheimnisses. Und ich verstand jetzt, warum Seine Exzellenz diesen Fall gerade mir übertragen hatte. Es gab gewiß Leute, die völlig in dieses Geheimnis eingeweiht waren, doch die eigneten sich offenbar nicht für die Fahndung. Es gab genug Leute, die die Fahndung nicht schlechter als ich betrieben hätten, vielleicht sogar besser, aber Seine Exzellenz wußte zweifellos, daß die Fahndung früher oder später zu dem Geheimnis führen würde, und da war es wichtig, daß der Mensch ausreichend Feingefühl besaß, um rechtzeitig haltzumachen. Sollte aber das Geheimnis im Laufe der Fahndung sogar gelüftet werden, dann war es wichtig, daß Seine Exzellenz diesem Menschen vertraute wie sich selbst.

Und dabei war das Geheimnis Lew Abalkins zu allem auch noch ein Persönlichkeitsgeheimnis! Ganz schlecht. Das dunkelste Geheimnis, das sich nur denken ließ – nicht einmal die Person selbst durfte etwas davon ahnen ... Das einfachste Beispiel: die Information über eine unheilbare Krankheit der Person. Ein kompliziertes Beispiel: das Geheimnis um eine aus Unwissenheit begangene Tat, die nicht wiedergutzumachende Folgen hatte, wie es in grauer Vorzeit dem König Ödipus widerfahren war ...

Nun denn, Seine Exzellenz hatte richtig gewählt. Ich mag keine Geheimnisse. In unserer Zeit und auf unserem Planeten, glaube ich, haben alle Geheimnisse etwas Schmutziges. Ich gebe zu, daß viele davon durchaus sensationell sind und die Phantasie aufwühlen können, aber mir persönlich ist es immer unangenehm, in sie eingeweiht zu werden, und noch unangenehmer, völlig unschuldige Außenstehende in sie einzuweihen. Bei uns in der KomKon 2 steht die Mehrheit der Mitarbeiter auf demselben Standpunkt, und das ist sicherlich auch der Grund, weshalb bei uns nur äußerst selten etwas nach außen dringt. Aber meine Abscheu vor Geheimnissen übersteigt wohl doch das übliche Maß. Ich gebe mir sogar Mühe, niemals die übliche Wendung »ein Geheimnis lüften« zu benutzen, ich sage für gewöhnlich »ein Geheimnis ausgraben« und komme mir dabei vor wie ein Umweltreiniger, ein Müllmann im ursprünglichen Sinne des Wortes.

So wie jetzt zum Beispiel.

Aus dem Bericht Lew Abalkins

... In der Dunkelheit wird die Stadt flach wie ein alter Kupferstich. Trübe leuchtet der Schimmel in der Tiefe der Fensteröffnungen, auf den wenigen gepflasterten Freiflächen aber und auf dem Rasen blinken kleine leblose Regenbögen – dort haben sich über Nacht die Kelche unbekannter leuchtender Blumen geöffnet. In der Luft liegt ein schwacher, doch aufreizender aromatischer Geruch. Hinter den Dächern hervor erhebt sich der erste Mond und hängt über der Hauptstraße – eine große gezähnte Sichel, die die Stadt in unangenehmes orangefarbenes Licht taucht.

Bei Wepl erregt dieses Gestirn eine unerklärliche Abscheu. Alle paar Minuten blickt er es mißbilligend an und klappt dabei jedesmal krampfhaft die Schnauze auf und zu, als habe er das Verlangen zu heulen, beherrsche sich aber. Das ist um so seltsamer, als auf seinem heimatlichen Saraksch der Mond infolge der Lichtbrechung in der Atmosphäre unsichtbar ist, und gegenüber dem Erdenmond hat sich Wepl immer völlig indifferent verhalten, zumindest soviel mir bekannt ist.

Dann bemerken wir die Kinder.

Es sind zwei. Hand in Hand trotten sie leise den Fußweg entlang, als wollten sie sich in der Dunkelheit verbergen. Sie gehen in dieselbe Richtung wie Wepl und ich. Nach der Kleidung zu urteilen, Jungen. Der eine ist größer, so um die acht Jahre alt, der andere noch ganz klein, vielleicht vier oder fünf. Offensichtlich sind sie eben erst aus einer Seitenstraße gekommen, sonst hätte ich sie von weitem gesehen. Sie sind schon lange unterwegs, seit Stunden, sie sind sehr müde und können kaum einen Fuß vor den anderen setzen . . . Der Kleine geht schon gar nicht mehr, sondern schleppt sich an der Hand des Älteren dahin. Dem Älteren baumelt an einem breiten Trageriemen eine flache Tasche von der Schulter herab, er rückt sich immerfort zurecht, aber sie schlägt ihm trotzdem gegen die Knie.

Der Translator übersetzt mit trockener, leidenschaftsloser Stimme: »Müde, die Beine tun weh . . . Geh, hab' ich dir gesagt . . . Geh . . . Böser Mensch . . . Bist selber ein böser, schlechter Mensch . . . Schlange mit Rattenohren . . . Bist selber ein verfaulter Rattenschwanz . . .« So. Sie sind stehengeblieben. Der Jüngere windet seine Hand aus der des Älteren und setzt sich hin. Der Ältere zerrt ihn am Kragen hoch, aber der Jüngere setzt sich wieder, und da haut ihm der Ältere eine 'runter. Aus dem Translator strömt ein Schwall von »Ratten«, »Schlangen«, »stinkenden Tieren« und sonstiger Fauna. Dann beginnt der Jüngere laut zu heulen, und der Translator verstummt befremdet. Zeit, sich einzumischen.

»Guten Tag, Kinder«, sage ich nur mit den Lippen.

Ich bin dicht an sie herangekommen, aber erst jetzt bemerken sie mich. Der Kleine hört augenblicklich auf zu weinen – er schaut mich mit weit offenem Munde an. Der Ältere schaut auch, aber unter den Augenbrauen hervor, feindselig, und seine Lippen sind fest zusammengepreßt. Ich hocke mich vor ihm hin und sage: »Hab keine Angst. Ich bin gut. Ich tu' dir nichts zuleide.«

Ich weiß, daß die Lingare keine Intonation wiedergeben, und deshalb bemühe ich mich, einfache beruhigende Worte zu finden.

»Ich heiße Lew«, sage ich. »Ich sehe, ihr seid müde. Soll ich euch helfen?«

Der Ältere antwortet nicht. Er schaut noch immer unter den

Brauen hervor, sehr mißtrauisch und auf der Hut; der Kleine aber interessiert sich plötzlich für Wepl und wendet kein Auge von ihm – man sieht, wie er gleichzeitig ängstlich und neugierig ist. Wepl sitzt ein Stück abseits, sieht durch und durch gutartig aus und hält den Kopf mit der hohen Stirn abgewendet.

»Ihr seid müde«, sage ich. »Ihr wollt essen und trinken. Gleich gebe ich euch was Feines ...«

Da bricht es aus dem Älteren heraus. Sie sind überhaupt nicht müde, und sie brauchen nichts Feines. Gleich wird er diese Schlange mit Rattenohren zur Vernunft bringen, und sie werden weitergehen. Und wer sie nicht läßt, kriegt eine Kugel in den Wanst. So.

Sehr gut. Niemand denkt daran, sie nicht zu lassen. Aber wo wollen sie hin?

Wohin sie müssen, dahin werden sie eben gehen.

Aber trotzdem, wohin? Womöglich haben wir denselben Weg? Dann könnte man die Schlange mit Rattenohren auf den Schultern tragen ...

Letzten Endes renkt sich alles ein. Man ißt vier Tafeln Schokolade und trinkt zwei Flaschen Tonisator. In die kleinen Münder wird je eine halbe Tube Fruchtmasse ausgedrückt. Aufmerksam wird der Regenbogenanzug Lews untersucht, und Wepl läßt sich (nach kurzer, aber überaus energischer Diskussion) einmal (nur einmal!) streicheln (aber keinesfalls am Kopf, nur am Rücken). Bei Vanderhoeze an Bord schluchzt alles vor Rührung, und man hört ein vielstimmiges Lispeln.

Weiter stellt sich folgendes heraus.

Die Jungen sind Brüder, der Ältere heißt Ijadrudan, der Kleine Pritulatan. Sie haben ziemlich weit von hier (wo, läßt sich nicht genau feststellen) zusammen mit dem Vater in einem großen weißen Haus mit einem Bassin im Hof gewohnt. Bis vor kurzem wohnten bei ihnen zwei Tanten und noch ein Bruder, der älteste, er war achtzehn Jahre alt, aber sie sind alle gestorben. Danach hat der Vater die beiden nie mehr mitgenommen, wenn er Nahrung beschaffen ging, sondern ist selbst gegangen, allein, vorher waren sie aber immer mit der ganzen Familie unterwegs. Ringsumher gab es viel zu essen – dort, dort und dort auch (wo, läßt sich nicht genau feststellen). Wenn er allein fortging, hat der Vater jedesmal befohlen: Falls er bis zum Abend nicht zurückkehrt, müssen die beiden das *Buch* nehmen, auf die breite Straße hinausgehen und immer vorwärts und vorwärts bis zu einem schönen gläsernen Haus, das im Dunkeln leuchtet. Aber in das Haus hineingehen dürfen sie nicht – sie sollen sich danebensetzen und warten, bis Leute kommen und sie dorthin führen, wo Vati, Mutti und alle anderen sind. Warum nachts? Weil nachts keine schlechten Menschen auf der Straße sind. Sie sind nur am Tage da. Nein, wir haben nie welche gesehen, aber viele Male gehört, wie sie mit den Glöckchen klingeln, Musik machen und uns aus dem Haus locken wollen. Da haben der Vater und der große Bruder ihre Gewehre genommen und ihnen eine Kugel in den Wanst verpaßt ... Nein, sonst kennen sie niemanden und haben niemanden gesehen. Einmal freilich sind vor langer Zeit irgendwelche Leute mit Gewehren zu ihnen ins Haus gekommen und haben sich den ganzen Tag mit dem Vater und dem großen Bruder gestritten, und dann haben sich auch die Mutti und die beiden Tanten eingemischt. Sie haben alle laut geschrien, aber der Vater hat am Ende den Streit gewonnen, die Leute sind gegangen und nie wiedergekommen ...

Der kleine Pritulatan schläft auf der Stelle ein, sobald ich ihn auf den Arm genommen habe. Ijadrudan hingegen lehnt jegliche Hilfe ab. Er hat mir nur erlaubt, seine Tasche mit dem *Buch* geschickter anzubringen, und geht jetzt betont selbständig neben mir, die Hände in den Taschen. Wepl läuft voraus, ohne sich am Gespräch zu beteiligen. Mit seinem ganzen Habitus demonstriert er seine völlige Gleichgültigkeit gegenüber dem Geschehen, in Wirklichkeit aber beschäftigt ihn genauso wie uns alle die Vermutung, das Ziel der Jungen – ein großes leuchtendes Gebäude – könnte just unser Objekt »Fleck 96« sein.

Was in dem *Buch* steht, vermag Ijadrudan nicht wiederzugeben. In dieses *Buch* haben alle Erwachsenen jeden Tag alles eingetragen, was sich ereignet hatte. Wie Pritulatan von einer giftigen Ameise gebissen worden war. Wie plötzlich das Wasser aus dem Bassin abzufließen begann, der Vater es aber aufhielt. Wie die Tante gestorben war – sie hatte gerade eine Konservendose geöffnet, die Mutti schaut hin, und die Tante ist schon tot ... Ijadrudan hat dieses *Buch* nicht gelesen, er liest schlecht und ungern, ihm fehlt die Begabung. Pritulatan hingegen ist sehr begabt, aber noch klein und begreift nichts. Nein, langweilig war ihnen nie. Wie kann man sich langweilen in einem Haus mit fünfhundertundsieben Zimmern? Und in jedem Zimmer gab es eine Menge wundersamer Dinge, sogar solche, von denen nicht einmal der Vater sagen konnte, wozu sie dienten. Bloß Gewehre haben wir dort kein einziges gefunden. Gewehre sind jetzt rar. Vielleicht hätten wir im Nebenhaus ein Gewehr finden können, aber der Vater hat uns nicht schießen lassen. Er hat gesagt, das wäre nichts für uns. Aber wenn wir zu dem leuchtenden Haus gehen und die guten Menschen, die dort auf uns warten, uns mit zur Mutti nehmen, dann können wir schießen, soviel wir wollen . . . Aber vielleicht führst du uns zur Mutti? Warum hast du dann kein Gewehr? Du bist ein guter Mensch, doch ein Gewehr hast du nicht, der Vater hat aber gesagt, daß alle guten Menschen Gewehre haben . . .

»Nein«, sage ich. »Ich kann dich nicht zur Mutti führen. Ich bin fremd hier und würde selbst gern den guten Menschen begegnen.«

Wir kommen auf einen Platz. Das Objekt »Fleck 96« sieht aus der Nähe aus wie eine riesige altertümliche Schatulle von blauem Kristall in ihrer ganzen babarischen Großartigkeit, von zahllosen Edelsteinen und Halbedelsteinen funkelnd. Ein gleichmäßiges weißblaues Licht dringt aus ihrem Inneren und erleuchtet den rissigen, von einem schwarzen Filz aus Unkraut durchwachsenen Asphalt und die toten Häuserfronten, die den Platz begrenzen. Die Wände dieses erstaunlichen Gebäudes sind vollkommen durchsichtig, und drinnen funkelt und gleißt ein fröhliches Chaos von Rot, Gold, Grün, Gelb, so daß man nicht gleich den wie ein Tor breiten und einladend offenstehenden Eingang bemerkt, zu dem ein paar flache, ebene Stufen führen.

»Spielzeug!« flüstert Pritulatan andächtig, fängt an zu zappeln und will herunter.

Erst jetzt wird mir klar, daß die Schatulle gar nicht mit Kostbarkeiten gefüllt ist, sondern mit buntem Spielzeug, mit Hunderten und Tausenden bunter, überaus plumper Spielsachen – voll von unverhältnismäßig großen Puppen in grellen Farben, häßlichen Holzautos und einer Unmenge allerlei bunten Kleinkrams, der aus dieser Entfernung schwer zu erkennen ist.

Der kleine begabte Pritulatan fängt sofort an zu quengeln und zu betteln, daß alle in dieses Zauberhaus gehen sollen, es macht nichts, daß der Vati es verboten hat, wir schauen nur mal ganz kurz hinein, nehmen das Lastauto da, und dann warten wir gleich auf die guten Menschen . . . Ijadrudan versucht, ihn zum

Schweigen zu bringen, zuerst mit Worten, aber als das nicht hilft, verdreht er ihm das Ohr, und das Gequengel geht in unartikuliertes Heulen über. Der Translator schüttet ungerührt ganze Säcke voller »Schlangen mit Rattenohren« in die Umgebung aus, an Bord verlangt Vanderhoeze laut und aufgebracht, den Kleinen zu beruhigen und zu trösten, bis plötzlich alle einschließlich des begabten Pritulatan mit einemmal verstummen.

An der nächsten Ecke zeigt sich der bewaffnete Eingeborene von vorhin. Weich und lautlos, die Hände auf dem Gewehr, das ihm quer über die Brust hängt, kommt er über den blau schimmernden Asphalt direkt auf die Kinder zu. Wepl und mich würdigt er keines Blickes. Kräftig nimmt er den still gewordenen Pritulatan an die linke Hand, Ijadrudan, dessen Miene sich aufgehellt hat, an die rechte und führt sie fort, über den Platz geradewegs zu dem leuchtenden Gebäude – zur Mutti, zum Vati, zu der unbegrenzten Möglichkeit zu schießen, soviel das Herz begehrt.

Ich blicke ihnen nach. Alles scheint so abzulaufen, wie es soll, und gleichzeitig macht eine Kleinigkeit, irgendeine wesentliche Bagatelle das ganze Bild zunichte. Ein Wermutstropfen . . .

»Hast du's erkannt?« fragt Wepl.

»Was denn?« antworte ich gereizt, weil es mir partout nicht gelingen will, dieses unbekannte Fusselchen loszuwerden, welches das ganze Bild zerstört.

»Lösch in diesem Gebäude das Licht und schieß ein dutzendmal mit einer Kanone drauf . . .«

Ich höre ihn kaum. Ich begreife plötzlich, was da stört. Der Eingeborene geht mit den Kindern an den Händen, und ich sehe, wie das Gewehr im Takt der Schritte vor seiner Brust wie ein Pendel hin und her schwingt – von links nach rechts, von rechts nach links . . . Es kann nicht derart pendeln. So heftig kann kein schweres automatisches Gewehr von mindestens fünfzehn Pfund hin und her schaukeln. So kann ein Spielzeuggewehr schaukeln – eins aus Holz, aus Plast. Dieser »gute Mensch« hat ein falsches Gewehr . . .

Es gelingt mir nicht, den Gedanken zu Ende zu denken. Ein Spielzeuggewehr bei einem Eingeborenen. Die Eingeborenen sind Scharfschützen. Vielleicht ist das Spielzeuggewehr aus diesem Spielzeugpavillon . . . Lösch in diesem Pavillon das Licht und schieß ein dutzendmal mit einer Kanone drauf . . . Das ist ja genauso ein Pavillon . . . Nein, ich bringe keinen dieser Gedanken zu Ende.

Links poltern Ziegel herab, krachend zerschellt auf dem Trottoir ein hölzerner Rahmen. Über die häßliche Fassade eines fünfstöckigen Hauses, des dritten von der Ecke, gleitet schräg von oben nach unten über die schwarzen Fensteröffnungen ein breiter gelber Schatten – gleitet so leicht, so schwerelos, kaum zu glauben, daß er es ist, hinter dem Schichten von Putz und Ziegelbrocken von der Fassade stürzen. Vanderhoeze schreit etwas; furchterregend, zweistimmig kreischen auf dem Platz die Kinder, der Schatten aber ist schon auf dem Asphalt – unverändert schwerelos, halb durchsichtig, riesig. Der rasende Lauf der Dutzenden von Beinen ist kaum auszumachen, und inmitten dieses Flirrens hebt und senkt sich der dunkle gegliederte Körper, hält vor sich hoch erhoben die Greifscheren, auf denen regloser Lackglanz liegt . . . Der Scorcher findet sich von selbst in meiner Hand. Ich verwandle mich in einen automatischen Entfernungsmesser, mit nichts anderem beschäftigt, als die Entfernung zwischen der Krebsspinne und den kleinen Gestalten der Kinder zu messen, die schräg über den Platz davonstürzen. (Irgendwo ist da auch noch der Eingeborene mit seinem falschen Gewehr, er läuft ebenfalls aus Leibeskräften und bleibt dabei ein wenig hinter den Kindern zurück, aber ich achte nicht auf ihn.) Der Abstand verringert sich rapide, alles ist völlig klar, und als mich die Krebsspinne passiert, schieße ich.

In diesem Augenblick sind es bis zu ihr zwanzig Meter. Ich habe nicht allzuoft mit dem Scorcher schießen müssen und bin von dem Ergebnis überwältigt. Der rotviolette Blitz blendet mich für einen Moment, doch ich sehe noch, wie die Krebsspinne geradezu explodiert. Augenblicklich. Ganz und gar, von den Scheren bis zum Ende des Hinterbeins. Wie ein überhitzter Dampfkessel. Es ertönt ein kurzer Donner, das Echo kommt zurück und rollt über den Platz, an der Stelle des Ungeheuers aber breitet sich eine dichte, dem Anschein nach geradezu feste Wolke weißen Dampfes aus.

Alles ist vorüber. Die Dampfwolke läuft mit leisen Zischen auseinander, die panischen Schreie und das Trappeln verstummen in der Tiefe einer dunklen Seitenstraße, die kostbare Pavillon-Schatulle gleißt, als wäre nichts gewesen, mitten auf dem Platz noch immer in ihrer barbarischen Großartigkeit . . .

»Weiß der Teufel, was für ein schreckliches Vieh«, murmle ich. »Wo kommen die hier her – hundert Parsec von Pandora entfernt ... Und du, hast du wieder nichts gespürt?«

Wepl kommt nicht zum Antworten. Es ertönt ein Gewehrschuß, das Echo rollt über den Platz, und gleich darauf folgt ein zweiter. Ganz in der Nähe. Anscheinend hinter der Ecke. Na klar, in der Straße, wohin sie alle gerannt sind ...

»Wepl, halte dich links, bleib auf gleicher Höhe!« kommandiere ich schon im Laufen.

Ich verstehe nicht, was dort in der Seitenstraße vor sich geht. Wahrscheinlich hat noch eine Krebsspinne die Kinder angefallen ... Also war es doch kein Spielzeuggewehr? Und da treten aus dem Dunkel der Seitenstraße drei Männer, bleiben stehen und versperren uns den Weg. Zwei von ihnen sind mit richtigen automatischen Gewehren bewaffnet, und die beiden Läufe sind direkt auf mich gerichtet.

Alles ist sehr gut zu sehen im bläulichweißen Licht: ein hochgewachsener Alter in grauer Uniform mit funkelnden Knöpfen, zu beiden Seiten flankiert von zwei kräftigen Burschen mit Gewehren im Anschlag, die beiden stehen einen halben Schritt hinter ihm, tragen ebenfalls graue Uniformen und Gürtelriemen mit Patronentaschen.

»Sehr gefährlich ...«, sagt Wepl in der schnalzenden Sprache der Kopfler. »Ich wiederhole: sehr!«

Ich verlangsame meinen Lauf auf normales Schrittempo und zwinge mich mit einiger Anstrengung, den Scorcher im Halfter verschwinden zu lassen. Vor dem Alten bleibe ich stehen und frage: »Was ist mit den Kindern?«

Die Gewehrmündungen sind genau auf meinen Bauch gerichtet. In den Wanst. Die Burschen haben finstere und völlig erbarmungslose Gesichter.

»Mit den Kindern ist alles in Ordnung«, antwortet der Alte.

Seine Augen sind hell und geradezu fröhlich. Sein Gesicht zeigt nichts von der schweren Düsternis wie bei den bewaffneten Burschen. Das gewöhnliche faltendurchzogene Gesicht eines alten Mannes, sogar recht wohlgeformt. Aber vielleicht kommt es mir nur so vor, vielleicht liegt es daran, daß er statt eines Gewehrs einen blankpolierten Stab in der Hand hält, mit dem er sich leicht und nonchalant gegen den Schaft eines seiner hohen Stiefel klopft.

»Auf wen haben Sie geschossen?« frage ich.

»Auf den schlechten Menschen«, übersetzt der Translator die Antwort.

»Sie sind sicherlich diese guten Menschen mit den Gewehren?« frage ich.

Der Alte zieht die Brauen hoch. »Die guten Menschen? Was soll das heißen?«

Ich wiederhole, was mir Ijadrudan erklärt hat.

Der Alte nickt.

»Klar. Ja, wir sind diese guten Menschen.«

Er mustert mich von Kopf bis Fuß. »Aber bei euch läuft es, wie ich sehe, nicht übel . . . Eine kleine Übersetzungsmaschine auf dem Rücken . . . Wir hatten so etwas seinerzeit auch, aber groß, mehrere Zimmer voll . . . Und so eine Handfeuerwaffe hat es bei uns überhaupt nie gegeben. Geschickt haben Sie diesen schlechten Menschen erledigt! Wie mit einer Kanone. Sind Sie schon lange hier gelandet?«

»Gestern«, sage ich.

»Wir hingegen haben unsere Flugmaschinen doch nicht wieder in Gang bekommen. Niemand da, der es tun könnte.« Abermals mustert er mich unverhohlen. »Ja, ihr seid tüchtig. Aber bei uns hier ist alles zusammengebrochen, wie Sie sehen. Wie habt ihr es geschafft? Habt ihr sie zurückgeschlagen? Oder irgendein Mittel gefunden?«

»Zusammengebrochen ist bei Ihnen wirklich alles«, sage ich vorsichtig. »Einen ganzen Tag bin ich schon hier, und trotzdem begreife ich nichts . . .«

Mir ist klar, daß er mich für jemand anderen hält. Fürs erste kann das sogar gut sein. Aber unbedingt Vorsicht, äußerste Vorsicht . . .

»Ich weiß, daß Sie nichts begreifen«, sagt der Alte. »Und das ist zumindest sonderbar . . . Hat sich etwa bei euch nichts von alldem ereignet?«

»Nein«, antworte ich. »So etwas hat sich bei uns nicht ereignet.«

Der Alte stößt plötzlich einen langen Satz hervor, auf den der Translator unverzüglich reagiert: »Sprache nicht codiert.«

»Ich verstehe nicht«, sage ich.

»Sie verstehen nicht . . . Und ich dachte, ich beherrsche die Sprache von Transmontanien recht gut.«

»Ich bin nicht von dort«, entgegne ich. »Und bin nie dort gewesen.«

»Woher sind Sie dann?«

Ich fasse einen Entschluß.

»Das spielt jetzt keine Rolle«, sage ich. »Sprechen wir nicht von uns. Bei uns ist alles in Ordnung. Wir brauchen keine Hilfe. Sprechen wir von Ihnen. Ich habe kaum etwas begriffen, aber eins ist offensichtlich: Sie brauchen Hilfe. Was für welche? Was in erster Linie? Überhaupt, was geht hier bei Ihnen vor? Darüber werden wir jetzt sprechen. Und wir wollen uns setzen, ich bin schon den ganzen Tag auf den Beinen. Kann man sich bei Ihnen irgendwo hinsetzen und in Ruhe unterhalten?«

Eine Zeitlang schweift sein Blick über mein Gesicht.

»Sie wollen nicht sagen, wo Sie herkommen . . .«, läßt er sich schließlich vernehmen. »Nun denn, das ist Ihr Recht. Sie sind stärker. Aber es ist dumm. Ich weiß auch so – Sie sind vom Nördlichen Archipel. Ihr seid nur deshalb verschont geblieben, weil sie euch nicht bemerkt haben. Euer Glück. Aber ich wüßte gern, wo ihr die letzten vierzig Jahre über wart, während sie uns hier bei lebendigem Leibe verfaulen ließen? Habt euch ein schönes Leben gemacht, verflucht sollt ihr sein!«

»Ihr seid nicht die einzigen, über die ein Unglück gekommen ist«, entgegne ich ganz aufrichtig. »Jetzt seid eben ihr an der Reihe.«

»Sehr erfreut«, sagt er. »Kommen Sie mit, wir setzen und unterhalten uns.«

Wir betreten den Flur des Hauses gegenüber, steigen in den ersten Stock hinauf und finden uns in einem schmuddeligen Zimmer, in dem nichts steht als ein Tisch in der Mitte, ein riesiger Diwan an der Wand und zwei Schemel am Fenster. Die Fenster gehen auf den Platz hinaus, und das Zimmer ist vom weißblauen Licht des Pavillons erhellt. Auf dem Diwan schläft jemand, bis zum Kopf in eine schimmernde Decke gehüllt. Auf dem Tisch stehen Konservendosen und eine große Metallflasche.

Kaum daß er im Zimmer ist, sorgt der Alte für Ordnung. Er scheucht den Schläfer auf und aus dem Haus. Einer der finsteren jungen Männer erhält den Befehl, Posten zu beziehen, und setzt sich auf einen Schemel am Fenster, wo er dann die ganze Zeit über sitzen bleibt, ohne den Platz aus den Augen zu lassen. Der zweite finstere junge Mann macht sich geschickt ans Öffnen der

Konservendosen, und danach stellt er sich an die Tür, mit der Schulter an den Türrahmen gelehnt.

Mir wird Platz auf dem Diwan angeboten, anschließend werde ich mit dem Tisch eingeklemmt und mit Konservendosen umstellt. In der Metallflasche findet sich gewöhnliches Wasser, ziemlich sauberes, wenngleich mit einem Beigeschmack nach Eisen. Wepl wird auch nicht vergessen. Der Soldat, den der Alte vom Diwan vertrieben hatte, stellt eine offene Konservendose vor ihn auf den Fußboden. Wepl hat nichts dagegen. Er ißt freilich nichts davon, sondern geht zur Tür und setzt sich vorsorglich neben den Posten. Dabei kratzt er sich geflissentlich, schnauft und leckt sich – er gibt sich alle Mühe, einen gewöhnlichen Hund zu markieren.

Unterdessen nimmt der Alte den zweiten Schemel, setzt sich mir gegenüber, und die Verhandlungen beginnen.

Zuerst einmal stellt sich der Alte vor. Natürlich erweist er sich als Gatta'uch, und zwar nicht schlechthin als Gatta'uch, sondern als Gatta'uch-Okambomonom, was offentsichlich mit »Regent des gesamten Territoriums und der angrenzenden Bezirke« zu übersetzen ist. Ihm unterstehen die ganze Stadt, der Hafen und ein Dutzend Stämme, die im Umkreis von fünfzig Kilometern leben. Über die Vorgänge jenseits dieser Grenze hat er keine klare Vorstellung, nimmt aber an, daß es dort ungefähr ebenso aussieht. Die Gesamtbevölkerung seines Gebiets übersteigt gegenwärtig nicht die fünftausend. Es gibt im Gebiet weder Industrie noch eine halbwegs richtig organisierte Landwirtschaft. Es gibt allerdings ein Laboratorium in der Vorstadt. Ein gutes Laboratorium, seinerzeit eins der besten der Welt, und geleitet wird es bis zum heutigen Tage von Dra'udan persönlich (»Seltsam, daß Sie nie von ihm gehört haben . . . Er hat auch Glück gehabt – ist langlebig wie ich . . .«), aber es ist ihnen in diesen vierzig Jahren doch nicht gelungen, etwas zu erreichen. Und offensichtlich wird es auch nicht mehr gelingen.

»Und deshalb«, kommt der Alte zum Schluß, »wollen wir nicht drum herumreden und nicht feilschen. Ich habe nur eine Bedingung: Wenn es eine Heilung gibt, dann für alle. Ohne Ausnahmen. Wenn euch diese Bedingung zusagt, könnt ihr alle übrigen selbst stellen. Welche auch immer. Ich akzeptiere ohne Vorbehalte. Wenn aber nicht, dann laßt euch lieber nicht hier blicken. Wir werden hier natürlich alle krepieren, aber auch ihr werdet keine

Ruhe haben, solange noch einer von uns am Leben ist.«

Ich schweige. Ich warte immerzu auf einen Hinweis vom Stab. Irgendeinen wenigstens! Aber dort scheinen sie auch nichts zu begreifen.

»Ich möchte Sie daran erinnern«, sage ich schließlich, »daß ich nach wie vor nicht verstehe, was hier vorgeht.«

»Dann fragen Sie!« sagt der Alte heftig.

»Sie haben von Heilung gesprochen. Haben Sie eine Epidemie?«

Das Gesicht des Alten wird zu Stein. Er schaut mir lange in die Augen, stützt sich dann müde auf den Tisch und reibt sich mit den Fingern die Stirn. »Ich habe Ihnen doch schon gesagt: Wir wollen nicht drum herumreden. Wir haben doch nicht die Absicht zu feilschen. Sagen Sie klar und einfach: Habt ihr ein Allheilmittel? Wenn ja, dann diktiert die Bedingungen. Wenn nicht, dann haben wir nichts zu bereden.«

»So kommen wir nicht vom Fleck«, sage ich. »Gehen wir davon aus, daß ich absolut nichts über euch weiß. Daß ich diese vierzig Jahre verschlafen habe, zum Beispiel. Ich weiß nicht, was für eine Krankheit ihr habt, weiß nicht, welche Medizin ihr braucht ...«

»Und von der Invasion wissen Sie auch nichts?« sagt der Alte mit geschlossenen Augen.

»Fast nichts.«

»Und von der Allgemeinen Wegführung wissen Sie nichts?«

»Fast nichts. Ich weiß, daß alle fortgegangen sind. Ich weiß, daß irgendwie Besucher aus dem Kosmos damit zu tun haben. Mehr nicht.«

»Beß-uch-err aus dem Kos-mos«, wiederholt der Alte mühevoll auf russisch.

»Menschen vom Mond ... Menschen vom Himmel ...«, sage ich.

Er bleckt die kräftigen gelben Zähne. »Nicht vom Himmel und nicht vom Mond. Aus dem Erdinnern!« sagt er. »Etwas wissen Sie also doch ...«

»Ich habe die Stadt durchquert und vieles gesehen.«

»Und bei euch dort ist überhaupt nichts geschehen? Gar nichts?«

»Nichts dergleichen ist geschehen«, sage ich fest.

»Und ihr habt nichts gemerkt? Habt den Untergang der

Menschen nicht bemerkt? Hören Sie auf zu lügen! Was wollen Sie mit diesen Lügen erreichen?«

»Lew!« wispert unter meinem Helm Komows Stimme. »Spiel ihm die Variante ›Kretin‹ vor!«

»Ich bin Befehlsempfänger!« erkläre ich streng. »Ich weiß nur das, was ich zu wissen habe! Ich tue nur das, was mir befohlen wird! Wenn ich den Befehl erhalte zu lügen, dann lüge ich, aber jetzt habe ich keinen solchen Befehl.«

»Und wie lautet Ihr Befehl?«

»In Ihrem Bezirk eine Aufklärung durchführen und alle Umstände melden.«

»Was für ein dummes Zeug!« sagt der Alte müde und angeekelt. »Nun gut. Wie Sie wollen. Aus irgendeinem Grunde müssen Sie sich von mir erzählen lassen, was allgemein bekannt ist ... Schön. Hören Sie zu.«

Wie sich herausstellt, ist an allem eine Rasse widerlicher Nichtmenschen schuld, die sich in den Tiefen des Planeten entwickelt und vermehrt haben. Vor vier Jahrzehnten hat diese Rasse eine Invasion gegen die hiesige Menschheit unternommen. Die Invasion begann mit einer beispiellosen Pandemie, die die Nichtmenschen über den ganzen Planeten gleichzeitig gebracht hatten. Den Erreger der Pandemie zu finden ist bis zum heutigen Tage nicht gelungen. Diese Krankheit aber sieht so aus: Mit zwölf Jahren beginnen völlig normale Kinder rapide zu altern. Das Entwicklungstempo des menschlichen Organismus nimmt von dem kritischen Alter an in geometrischer Progression zu. Sechzehnjährige Jungen und Mädchen sehen wie vierzig aus, mit achtzehn setzt das Greisenalter ein, und den zwanzigsten Geburtstag überleben die wenigsten.

Die Pandemie wütete drei Jahre lang, bis die Nichtmenschen zum erstenmal ihre Existenz kundtaten. Sie schlugen allen Regierungen vor, eine Umsiedlung der Bevölkerung »in die Nachbarwelt«, das heißt, zu sich ins Erdinnere, zu organisieren. Sie versprachen, daß dort in der Nachbarwelt die Pandemie von selbst verschwinden würde, und da strömten Millionen und aber Millionen verängstigter Menschen in besondere Brunnen, aus denen natürlich seither niemand mehr zurückgekehrt ist. So war vor vierzig Jahren die hiesige Zivilisation untergegangen.

Natürlich hatten nicht alle es geglaubt und nicht alle sich ängstigen lassen. Ganze Familien und Familiengruppen waren geblieben, ganze religiöse Gemeinschaften. Unter den ungeheuerlichen Bedingungen der Pandemie kämpften sie weiterhin ihren aussichtslosen Kampf ums Dasein und um das Recht, so zu leben, wie die Vorfahren gelebt hatten. Doch die Nichtmenschen ließen auch diesen erbärmlichen Bruchteil von einem Prozent der ehemaligen Bevölkerung nicht in Frieden. Sie veranstalteten eine regelrechte Jagd auf die Kinder, auf diese letzte Hoffnung der Menschheit. Sie überschwemmten den Planeten mit »schlechten Menschen«. Anfangs waren das Imitationen von Menschen mit dem Aussehen lustiger angemalter Onkels, die mit Schellen klingelten und fröhliche Liedchen sangen. Die dummen Kleinen folgten ihnen freudig und verschwanden für immer in den bernsteinfarbenen »Gläsern«. Zur gleichen Zeit tauchten auf den wichtigsten Plätzen solche bei Nacht leuchtenden Spielzeugläden auf – das Kind ging hinein und verschwand spurlos.

»Wir haben getan, was wir konnten. Wir haben uns bewaffnet – die verlassenen Arsenale waren voll von Waffen. Wir haben unsere Kinder die ›schlechten Menschen‹ fürchten gelehrt und dann auch, sie mit dem Gewehr zu vernichten. Wir haben die Kabinen zerstört und die Spielzeugläden unter Beschuß genommen, bis wir begriffen haben, daß es klüger ist, Wachposten in der Nähe aufzustellen und unvorsichtige Kinder auf der Schwelle abzufangen. Aber das war nur der Anfang . . .«

Mit unerschöpflicher Erfindungsgabe warfen die Nichtmenschen immer neue Typen von Kinderjägern an die Oberfläche. Es erschienen die »Ungeheuer«. Es ist fast unmöglich, eins davon zu treffen, wenn es ein Kind angreift. Es erschienen leuchtende Riesenschmetterlinge – sie fielen auf das Kind herab, umschlangen es mit den Flügeln und verschwanden zusammen mit ihm. Diese Schmetterlinge waren überhaupt kugelfest. Schließlich die letzte Neuheit: Es sind Dreckskerle aufgetaucht, die sich nicht im mindesten von einem gewöhnlichen Soldaten unterscheiden lassen. Die nehmen einfach das nichtsahnende Kind bei der Hand und führen es weg. Manche von ihnen können sogar sprechen.

»Wir wissen, daß wir praktisch keine Überlebenschance haben. Die Pandemie hört nicht auf, aber darauf hatten wir anfangs unsere Hoffnung gesetzt. Nur einen von hunderttausend verschont die Krankheit. Mich zum Beispiel und Dra'udan . . . und noch einen Jungen – er ist vor meinen Augen groß geworden, er ist jetzt achtzehn und sieht aus wie achtzehn ... Wenn Sie das alles nicht gewußt haben, dann sollen Sie es wissen. Wenn Sie es wußten, dann beachten Sie, daß wir uns bestens über unsere Lage im klaren sind. Und wir sind bereit, jede von euren Bedingungen anzunehmen – für euch zu arbeiten, uns euch unterzuordnen ... Jede Bedingung außer einer. Wenn es eine Heilung gibt, dann für alle. Keinerlei Elite, keinerlei Auserwählte!«

Der Alte verstummt, greift nach dem Wasserbecher und trinkt gierig. Der Soldat an der Tür tritt von einem Fuß auf den anderen und gähnt, wobei er die Hand vor dem Mund hält. Er sieht wie fünfundzwanzig aus. Und wirklich? Dreizehn? Fünfzehn? Ein Halbwüchsiger ...

Ich sitze reglos da und bemühe mich, ein steinernes Gesicht zu bewahren. Im Unterbewußtsein habe ich etwas Derartiges erwartet, doch was ich soeben von einem Augenzeugen und Betroffenen gehört habe, will mir partout nicht in den Kopf. Die Fakten, die der Alte dargelegt hat, rufen bei mir keinen Zweifel hervor, aber es ist wie im Traum: Jedes Element für sich genommen ist sinnvoll, aber alles zusammen sieht völlig absurd aus. Vielleicht liegt es nur daran, daß mir eine vorgefaßte Meinung von den *Wanderern* in Fleisch und Blut übergegangen ist, die bei uns auf der Erde vorbehaltlos geteilt wird.

»Woher wissen Sie, daß es Nichtmenschen sind?« frage ich. »Haben Sie sie gesehen? Mit eigenen Augen?«

Der Alte krächzt. Sein Gesicht wird furchterregend.

»Die Hälfte meines sinnlosen Lebens würde ich dafür hingeben, wenigstens einen vor mir zu sehen«, bringt er heiser hervor. »Mit diesen Händen hier ... Selbst ... Aber ich habe sie natürlich nicht gesehen. Dafür sind sie zu vorsichtig und zu feige ... Ja, gewiß hat sie niemand gesehen außer diesen elenden Verrätern in der Regierung vor vierzig Jahren ... Und den Gerüchten nach sind sie überhaupt ohne Form, wie Wasser etwa oder Dampf ...«

»Dann verstehe ich nicht«, sage ich. »Wozu sollten Wesen, die keine Form haben, mehrere Milliarden Menschen zu sich unter die Erde locken?«

»Ja verdammt noch mal!« Der Alte hebt die Stimme. »Das sind doch *Nichtmenschen*! Wie kann unsereins beurteilen, was Nichtmenschen brauchen? Vielleicht Sklaven. Vielleicht Nahrung ... Oder vielleicht Baumaterial für ihre Dreckskerle ...

Wo ist da der Unterschied? Sie haben unsere Welt zerstört! Sie lassen uns auch jetzt nicht in Frieden, stellen uns nach wie Ratten . . .«

Und da verzerrt sich plötzlich fürchterlich sein Gesicht. Mit einer für sein Alter erstaunlichen Wendigkeit springt er zur gegenüberliegenden Wand zurück und stößt dabei krachend den Schemel beiseite. Ehe ich auch nur mit der Wimper zucken kann, hält er schon mit beiden Händen einen großen vernickelten Revolver und zielt genau auf mich. Die schläfrigen Posten sind munter geworden und tasten, ohne die Augen von mir zu wenden, mit ungeordenten Bewegungen nach ihren Gewehren, denselben Ausdruck von Mißtrauen und Angst in den mit einemmal ganz kindlichen Gesichtern.

»Was ist passiert?« frage ich, bemüht, jede Bewegung zu vermeiden.

Der vernickelte Lauf schwankt hin und her, und die Wachposten, die endlich ihre Gewehre gefunden haben, lassen einhellig die Verschlüsse klicken.

»Dein idiotischer Anzug ist doch noch in Aktion getreten«, sagt Wepl in seiner schnalzenden Sprache. »Du bist fast nicht zu sehen. Nur das Gesicht. Du hast keine Form, wie Wasser oder Dampf. Übrigens, der Alte hat schon nicht mehr die Absicht zu schießen. Oder soll ich ihn trotzdem ausschalten?«

»Nein«, sage ich auf russisch.

Der Alte hat endlich die Stimme wiedergefunden. Er ist weiß wie eine Wand und spricht stockend, aber natürlich nicht vor Angst, sondern vor Haß. Ein gewaltiger Alter immerhin.

»Verfluchter unterirdischer Wechselbalg!« sagt er. »Leg die Hände auf den Tisch! Die linke auf die rechte! So . . .«

»Das ist ein Mißverständnis«, sage ich gekränkt. »Ich bin kein Wechselbalg. Ich habe einen Spezialanzug. Er kann mich unsichtbar machen, nur funktioniert er schlecht.«

»Aha, ein Anzug?« höhnt der Alte. »Auf dem Nördlichen Archipel haben sie gelernt, Tarnkappen zu machen!«

»Auf dem Nördlichen Archipel haben sie eine Menge gelernt«, sage ich. »Stecken Sie bitte Ihre Waffe weg, und lassen Sie uns in Ruhe Klarheit schaffen.«

»Ein Dummkopf bist du«, sagt der Alte. »Hättest wenigstens einen Blick auf unsere Karte werfen können. Es gibt gar keinen Nördlichen Archipel . . . Ich hab' dich gleich durchschaut, hab' aber einfach nicht glauben können, daß jemand derart dreist ist.«

»Willst du dir das denn noch länger gefallenlassen?« sagt Wepl schnalzend. »Komm, du übernimmst den Alten und ich die beiden Jungen ...«

»Erschieß den Hund!« befiehlt der Alte einem Posten, ohne mich aus den Augen zu lassen.

»Dir zeig ich den ›Hund‹!« erklärt Wepl in der reinsten Sprache der Hiesigen. »Geschwätziger alter Bock!«

Da gehen den Jungen die Nerven durch, und es beginnt eine Schießerei ...

3. Juni '78

Erneut Maja Glumowa

Ich hatte mit der Lautstärke des Videofons des Guten zuviel getan. Der Apparat brüllte neben meinem Ohr wohltönend los, wie der Unbekannte in den kurzen Hosen auf dem Höhepunkt der Werbung um Mrs. Nickleby. Ich flog wie ein geölter Blitz aus dem Sessel und streifte dabei en passant die Empfangstaste. Der Anrufer war Seine Exzellenz. 7.30 Uhr.

»Genug geschlafen«, sagte er ziemlich gutmütig. »In deinem Alter pflegte ich überhaupt nicht zu schlafen.«

Wie lange werde ich mir wohl noch von ihm mein Alter vorhalten lassen müssen? Ich bin schon fünfundvierzig ... Und außerdem hatte er in meinem Alter wahrlich geschlafen. Er hatte auch heute noch etwas fürs Schlafen übrig.

»Ich hab' ja nicht geschlafen«, schwindelte ich.

»Um so besser«, sagte er. »Also kannst du unverzüglich an die Arbeit gehen. Mach diese Glumowa ausfindig. Bringe bei ihr folgendes in Erfahrung: Ob sie sich seit gestern mit Lew Abalkin getroffen hat. Ob Abalkin mit ihr über ihre Arbeit gesprochen hat. Wenn ja, was genau ihn daran interessiert hat. Ob er nicht den Wunsch geäußert hat, sie im Museum zu besuchen. Das ist alles. Nicht mehr und nicht weniger.«

Ich reagierte auf diesen Codesatz: »Bei der Glumowa in Erfahrung bringen, ob sie sich mit ihm noch einmal getroffen hat, ob sie über die Arbeit gesprochen haben, wenn ja, was ihn interessiert hat, ob er nicht das Museum besuchen wollte.«

»Jawohl! Du hast vorgeschlagen, die Legende zu ändern. Ich habe nichts dagegen. Die KomKon fahndet nach dem Progressor Abalkin, um von ihm Angaben über einen Unglücksfall zu erhalten. Die Untersuchung hängt mit einem Persönlichkeitsgeheimnis zusammen und wird deshalb nicht in der Öffentlichkeit geführt. Keine Einwände. Hast du Fragen?«

»Ich möchte gern wissen, was dieses Museum damit zu tun hat ...«, murmelte ich vor mich hin.

»Hast du etwas gesagt?« erkundigte sich Seine Exzellenz.

»Angenommen, sie haben nicht von diesem vermaledeiten Museum gesprochen. Kann ich in diesem Falle versuchen herauszubekommen, was sich bei der ersten Begegnung eigentlich zwischen den beiden ereignet hat?«

»Findet du das wichtig?«

»Sie nicht?«

»Ich nicht.«

»Sehr seltsam«, sagte ich und blickte zur Seite. »Wir wissen, was Abalkin von mir erfahren wollte. Wir wissen, was er von Fedossejew erfahren wollte. Aber wir haben nicht die geringste Vorstellung, was er bei der Glumowa bezweckte!«

Seine Exzellenz sagte: »Gut. Finde es heraus. Aber so, daß es die Klärung der Hauptfragen nicht stört. Und vergiß nicht, den Armbandsender anzulegen. Mach es am besten gleich, daß ich es sehe.«

Seufzend nahm ich den Sender aus dem Tischkasten und streifte ihn übers linke Handgelenk. Der Sender drückte.

»Gut so«, sagte Seine Exzellenz und legte auf.

Ich ging unter die Dusche. Aus der Küche ertönte ein Krachen und Scheppern – Aljonna machte sich am Müllschlucker zu schaffen. Es roch nach Kaffee. Ich duschte mich, dann frühstückten wir. Aljonna thronte in meinem Morgenrock mir gegenüber und ähnelte einem chinesischen Götzen. Sie erklärte, sie hätte heute einen Vortrag zu halten, und erbot sich, ihn mir zur Übung vorzutragen. Ich lehnte ab und berief mich auf die Umstände. »Wieder?« fragte sie mitfühlend und zugleich aggressiv. »Wieder«, gestand ich ein wenig herausfordernd. »Verdammt«, sagte sie. »Stimmt«, pflichtete ich ihr bei. »Dauert's lange?« erkundigte sie sich. »Ich hab' noch drei Tage Zeit«, sagte ich. »Und wenn du es nicht schaffst?« wollte sie wissen. »Dann ist alles aus«, antwortete ich. Sie warf mir einen Blick zu, und ich begriff, daß sie sich wieder alle möglichen Schrecken ausmalte. »Langweilige Sache das«, sagte ich, »mir reicht's. Ich bring diesen Fall zu Ende, und dann fahren wir beide irgendwohin, möglichst weit weg.« – »Ich kann nicht«, sagte sie traurig. »Hast du es denn nicht satt?« fragte ich. »Gibst dich doch mit Unsinn ab ...« Das war genau das, was ich sagen mußte. Augenblicklich wurde sie kratzbürstig und schickte sich an zu beweisen, daß sie sich nicht mit Unsinn abgab, sondern mit ungeheuer interessanten und wichtigen Dingen. Letzten Endes kamen wir überein, in einem Monat nach Nowaja Semlja zu fahren. Das war gerade Mode ...

Wieder im Arbeitszimmer, wählte ich im Stehen die Nummer der Wohnung Glumowas. Niemand meldete sich. Es war 7.51 Uhr. Ein strahlend sonniger Morgen. Bei diesem Wetter konnte höchstens unser »Elefant« bis um acht schlafen. Maja Glumowa war gewiß schon zur Arbeit gegangen und der sommersprossige Toivo in sein Internat zurückgekehrt.

Ich legte mir mein Tagesprogramm zurecht. In Kanada war es jetzt spät am Abend. Soviel ich weiß, haben die Kopfler eine überwiegend nächtliche Lebensweise, so daß nichts Schlimmes passieren würde, wenn ich in drei, vier Stunden dorthin aufbräche ... Übrigens, wie stand es heute um den Null-T? Ich verlangte die Auskunft. Der Null-Transport hatte seit vier Uhr morgens seine normale Funktion wiederaufgenommen. Ich würde heute also sowohl Wepl als auch Kornej Jašmaa aufsuchen können.

Ich ging in die Küche, trank noch eine Tasse Kaffee und begleitete Aljonna aufs Dach zum Gleiter. Wir verabschiedeten uns mit übertriebener Herzlichkeit: Bei ihr fing das Vortragsfieber an. Ich winkte ihr eifrig nach, bis sie außer Sicht war, und kehrte dann ins Arbeitszimmer zurück.

Was mochte er wohl an diesem Museum finden? Ein Museum wie jedes andere auch ... Eine gewisse Beziehung zur Arbeit der Progressoren, insbesondere auf Saraksch, hatte es freilich ... Da fielen mir die über die ganze Iris geweiteten Pupillen Seiner Exzellenz ein. War er etwa damals wirklich erschrocken? War es mir etwa gelungen, Seiner Exzellenz einen Schreck einzujagen? Und womit? Mit der gewöhnlichen und überhaupt zufälligen Mitteilung, daß die Freundin Abalkins im Museum für Außerirdische Kulturen arbeitet ... in der Spezialabteilung für Objekte ungeklärter Bestimmung ... Moment! Die Spezialabteilung hatte er selbst genannt. Ich hatte gesagt, daß die Glumowa im Museum für Außerirdische Kulturen arbeitet, und er hatte mir erklärt: in der Spezialabteilung für Objekte ungeklärter Bestimmung ... Ich erinnerte mich an die Zimmerfluchten, vollgestellt, behängt, verbaut, angefüllt mit Wunderdingen, die abstrakten Skulpturen oder topologischen Modellen ähnelten ... Und Seine Exzellenz nahm an, ein Stabsoffizier des Imperiums, der hundert Parsec weit von hier etwas angestellt hatte, könnte sich wenigstens für etwas in diesen Zimmern interessieren ...

Ich wählte die Nummer von Glumowas Arbeitszimmer und war für einen Augenblick verdattert. Vom Bildschirm lächelte mich freundlich Grischa Serossowin an, genannt Wolodja, aus der vierten Untergruppe meiner Abteilung. Ein paar Sekunden lang beobachtete ich den sukzessiven Wechsel des Ausdrucks in Grischas rotwangigem Gesicht. Freundliches Lächeln, Verwirrung, die offizielle Bereitschaft, eine Anweisung entgegenzunehmen, und schließlich wieder freundliches Lächeln. Jetzt etwas steif. Der Junge war zu verstehen. Wenn ich schon verdattert war, dann mußte er einfach ein wenig die Fassung verlieren. Natürlich hatte er alles andere erwartet, als auf dem Bildschirm seinen Abteilungsleiter zu erblicken, aber im großen und ganzen kam er durchaus zufriedenstellend damit zurecht.

»Guten Tag«, sagte ich. »Rufen Sie doch bitte Maja Toivowna an den Apparat.«

»Maja Toivowna ...« Grischa schaute sich um. »Wissen Sie, sie ist nicht da. Ich glaube, sie ist heute noch nicht gekommen. Soll ich ihr etwas ausrichten?«

»Bestellen Sie ihr, daß Kammerer angerufen hat, der Journalist. Sie müßte sich meiner erinnern. Aber Sie – sind Sie neu in der Abteilung? Irgendwie hab' ich Sie ...«

»Ja, ich bin erst seit gestern hier ... Eigentlich gehöre ich nicht dazu, ich arbeite an den Exponaten ...«

»Aha ...«, sagte ich. »Nun denn ... Danke. Ich ruf wieder an.«

Soso. Seine Exzellenz ergreift Maßnahmen. Es sieht so aus, als wäre er schlechthin sicher, daß Lew Abalkin im Museum auftaucht. Und zwar in der Abteilung für ebendiese Objekte. Versuchen wir zu verstehen, warum er ausgerechnet Grischa ausgewählt hat. Grischa ist bei uns noch ziemlich grün. Aber intelligent, reaktionsschnell. Als Exobiologe ausgebildet. Vielleicht ist es das. Ein junger Exobiologe nimmt die erste selbständige Forschungsarbeit in Angriff. Etwas wie »Die Abhängigkeit zwischen der Topologie des Artefakts und der Biostruktur eines vernunftbegabten Wesens«. Alles läuft still, friedlich, elegant, anständig. Außerdem ist Grischa auch noch der Abteilungsmeister im Subaks . . .

Schön. Das habe ich anscheinend verstanden. Angenommen. Die Glumowa dürfte irgendwo aufgehalten worden sein. Zum Beispiel könnte sie sich irgendwo mit Lew Abalkin unterhalten. Apropos, der hat ja für heute um zehn Uhr ein Treffen mit mir verabredet. Hat sicherlich gelogen, aber falls ich tatsächlich zu diesem Treffen fliegen muß, ist es jetzt an der Zeit, ihn anzurufen und sich zu erkundigen, ob sich seine Pläne nicht etwa geändert haben. Und ohne Zeit zu verlieren, rief ich sofort in »Ossinuschka« an.

Der Bungalow Nummer sechs meldete sich unverzüglich, und ich erblickte auf dem Bildschirm Maja Glumowa.

»Ach, Sie sind's . . .«, sagte sie angewidert.

Es läßt sich nicht beschreiben, welche Kränkung, welche Enttäuschung ihr im Gesicht stand. Sie sah merklich schlechter aus als am Vortage – die Wangen waren eingesunken, die Augen umschattet, kränklich und weit geöffnet, die Lippen fiebrig. Und erst eine Sekunde später, als sie sich langsam vom Bildschirm zurücklehnte, bemerkte ich, daß ihr schönes Haar sorgsam und nicht ohne Koketterie geordnet war und über dem hochgeschlossenen grauen Kleid von strenger Eleganz auf ihrer Brust die bewußte Bernsteinkette lag.

»Ja, ich bin's . . .«, sagte der Journalist Kammerer etwas ratlos. »Guten Morgen. Ich wollte eigentlich . . . Also, ist Lew zu Hause?«

»Nein«, sagte sie.

»Er hat nämlich ein Treffen mit mir vereinbart . . . Ich wollte . . .«

»Hier?« erkundigte sie sich lebhaft und rückte wieder näher an den Bildschirm. »Wann?«

»Um zehn. Ich wollte mich einfach für alle Fälle vergewissern . . . Aber nun ist er nicht da . . .«

»Und er hat es mit Ihnen genau verabredet? Wie hat er es gesagt?« fragte sie ganz kindlich, während sie mich gierig ansah.

»Wie hat er es gesagt?« wiederholte der Journalist Kammerer

langsam. Das heißt, nun schon nicht mehr der Journalist Kammerer, sondern ich. »Also, Maja Toivowna. Machen wir uns keine falschen Hoffnungen. Höchstwahrscheinlich wird er nicht kommen.«

Jetzt blickte sie mich an, als traute sie ihren Augen nicht. »Wie das . . . Woher wissen Sie?«

»Warten Sie auf mich«, sagte ich. »Ich erzähle Ihnen alles. In ein paar Minuten bin ich da.«

»Was ist mit ihm passiert?« schrie sie durchdringend und furchterregend auf.

»Ihm fehlt nichts. Machen Sie sich keine Sorgen. Warten Sie, ich komme gleich . . .«

Zwei Minuten fürs Anziehen. Drei Minuten bis zur nächsten Null-T-Kabine. Verdammt, eine Schlange vor der Kabine . . . Freunde, ich bitte Sie sehr, lassen Sie mich vor, es ist sehr wichtig . . . Danke, vielen Dank! . . . So. Eine Minute für die Suche nach dem Index. Was die dort in der Provinz für Indexzahlen haben! Fünf Sekunden, um den Index zu wählen. Und ich trete aus der Kabine ins leere, mit Balken verkleidete Klubhaus-Vestibül eines Kurorts. Stehe noch eine Minute lang auf der breiten Vortreppe und blicke mich um. Aha, dort muß ich hin . . . Ich breche geradewegs durch das Gestrüpp von Ebereschen und Brennesseln. Bloß nicht dem Doktor Goannek übern Weg laufen . . .

Sie erwartete mich im Vorraum – sie saß an dem niedrigen Tischchen mit dem Bärchen und hielt das Videofon auf den Knien. Als ich eintraf, sah ich unwillkürlich zu der angelehnten Wohnzimmertür hin, und sofort beeilte sie sich zu sagen: »Wir werden uns hier unterhalten.«

»Wie Sie wollen«, antwortete ich.

Betont gelassen schaute ich mir Wohnzimmer, Küche und Schlafzimmer an. Überall war sauber aufgeräumt, und natürlich war niemand darin. Aus den Augenwinkeln sah ich, wie sie reglos dasaß, die Hände aufs Videofon gelegt, und vor sich hin starrte.

»Wen haben Sie gesucht?« fragte sie kalt.

»Ich weiß nicht«, gestand ich aufrichtig. »Uns steht einfach ein heikles Gespräch bevor, und ich wollte mich vergewissern, daß wir allein sind.«

»Wer sind Sie?« wollte sie wissen. »Aber lügen Sie bloß nicht wieder.«

Ich präsentierte ihr die Legende Nummer zwei, gab die Erklärung über das Persönlichkeitsgeheimnis ab und fügte hinzu, daß ich mich für die Lügen nicht zu entschuldigen gedachte – ich hatte einfach versucht, meine Angelegenheit zu erledigen, ohne sie in unnötige Aufregung zu versetzen.

»Und jetzt haben Sie also beschlossen, nicht länger mit mir zu fackeln?«

»Was sollte ich denn Ihrer Meinung nach tun?«

Sie gab keine Antwort.

»Hier sitzen Sie nun und warten«, sagte ich. »Aber er kommt ja doch nicht. Er führt Sie an der Nase herum. Uns alle führt er an der Nase herum, und ein Ende ist nicht abzusehen. Aber die Zeit vergeht.«

»Warum glauben Sie, daß er nicht hierher zurückkehren wird?«

»Weil er sich verborgen hält«, erklärte ich. »Weil er alle belügt, mit denen er zu sprechen hat.«

»Wozu haben Sie denn hier angerufen?«

»Ja, weil ich ihn partout nicht finden kann!« sagte ich schon etwas wütend. »Ich muß jede Gelegenheit ergreifen, selbst die idiotischste ...«

»Was hat er getan?« fragte sie.

»Ich weiß nicht, was er getan hat. Vielleicht nichts. Ich suche ihn nicht, weil er etwas getan hat. Ich suche ihn, weil er der einzige Zeuge eines großen Unglücks ist. Und wenn wir ihn nicht ausfindig machen, werden wir nie erfahren, was sich dort zugetragen hat ...«

»Wo – dort?«

»Das spielt keine Rolle«, sagte ich ungeduldig.

»Dort, wo er im Einsatz ist. Nicht auf der Erde. Auf dem Planeten Saraksch.«

Es war ihr anzusehen, daß sie zum erstenmal etwas von dem Planeten Saraksch hörte. »Warum verbirgt er sich denn?« fragte sie leise.

»Das wissen wir nicht. Er befindet sich am Rande eines psychischen Zusammenbruchs. Man kann sagen, er ist krank. Vielleicht leidet er unter irgendwelchen Wahnvorstellungen. Vielleicht ist das eine Art fixe Idee.«

»Krank ...«, sagte sie und wiegte still den Kopf. »Vielleicht ... Vielleicht aber auch nicht ... Was wollen Sie von mir?«

»Haben Sie ihn noch einmal gesehen?«

»Nein«, sagte sie. »Er hat versprochen anzurufen, hat es aber nicht getan.«

»Warum warten Sie denn hier auf ihn?«

»Ja, wo soll ich denn sonst auf ihn warten?«

In ihrer Stimme lag so viel Leid, daß ich den Blick abwandte und eine Weile schwieg. Dann fragte ich: »Und wo wollte er Sie anrufen? Auf Arbeit?«

»Sicherlich ... Ich weiß nicht. Beim erstenmal hat er mich auf Arbeit angerufen.«

»Er hat Sie im Museum angerufen und gesagt, daß er zu Ihnen kommen würde?«

»Nein. Er hat mich sofort zu sich gerufen. Hierher. Ich habe einen Gleiter genommen und bin losgeflogen.«

»Maja Toivowna«, sagte ich. »Mich interessieren alle Einzelheiten Ihrer Begegnung ... Sie haben ihm von sich erzählt, von Ihrer Arbeit. Er hat Ihnen von seiner berichtet. Versuchen Sie sich zu erinnern, wie das gewesen ist.«

Sie schüttelte den Kopf. »Nein. Wir haben über nichts dergleichen gesprochen ... Natürlich, das mutet wirklich seltsam an ... Wir hatten uns so viele Jahre nicht gesehen ... Erst später, schon zu Hause, ist mir aufgegangen, daß ich schließlich doch nichts über ihn erfahren hatte ... Denn ich hatte ihn ja gefragt: Wo warst du, was hast du gemacht ... aber er hat abgewinkt und geschrien, das wäre alles Unsinn, dummes Zeug ...«

»Also hat er Sie ausgefragt?«

»Aber nicht doch! Das hat ihn alles nicht interessiert ... Wer ich bin, wie ich lebe ... allein oder mit jemandem zusammen ... wofür ich lebe ... Er war wie ein kleiner Junge ... Ich will nicht darüber sprechen.«

»Maja Toivowna, Sie sollen nicht darüber sprechen, worüber Sie nicht sprechen wollen ...«

»Ich will über gar nichts sprechen!«

Ich stand auf, ging in die Küche und brachte ihr Wasser. Gierig trank sie das ganze Glas aus und goß dabei Wasser auf ihr graues Kleid.

»Das geht niemanden etwas an«, sagte sie, als sie mir das Glas zurückgab.

»Sprechen Sie nicht darüber, was niemanden etwas angeht«, sagte ich und setzte mich wieder. »Wonach hat er Sie ausgefragt?«

»Ich sage Ihnen doch: Er hat mich überhaupt nicht ausgefragt! Er hat erzählt, Erinnerungen ausgegraben, gezeichnet, sich gestritten ... wie ein kleiner Junge ... Stellen Sie sich vor, er kann sich an alles erinnern! Fast an jeden einzelnen Tag! Wo er stand, wo ich stand, was Rex gesagt hat, wie Wolf dreinblickte ... Ich konnte mich an nichts erinnern, er aber schrie auf mich ein und zwang mich, mein Gedächtnis anzustrengen, und ich erinnerte mich ... und wie er sich freute, wenn mir etwas einfiel, was er selbst nicht mehr wußte ...«

Sie verstummte.

»Das alles betraf die Kindheit?« erkundigte ich mich, nachdem ich eine Weile gewartet hatte.

»Ja gewiß! Ich habe Ihnen doch gesagt, daß das niemanden etwas angeht, nur ihn und mich! ... Er war in der Tat wie von Sinnen ... Ich hatte schon keine Kraft mehr, schlief ein, er aber weckte mich und schrie mir ins Ohr: Und wer ist damals von der Wippe gefallen! Und wenn ich mich erinnerte, umschlang er mich mit den Armen, lief mit mir durchs Haus und brüllte: Richtig, genauso ist alles gewesen, richtig!«

»Und er hat Sie nicht ausgefragt, was jetzt mit dem Lehrer ist, mit den Schulfreunden?«

»Ich erkläre Ihnen doch in einem fort: Er hat mich nach nichts und nach niemandem ausgefragt! Sind Sie imstande, das zu begreifen? Er hat erzählt, Erinnerungen hervorgeholt und verlangt, daß auch ich mich erinnerte ...«

»Ja, ich begreife, ich begreife«, sagte ich. »Und was meinen Sie, was gedachte er weiter zu tun?«

Sie schaute mich an wie den Journalisten Kammerer. »Gar nichts begreifen Sie«, sagte sie.

Und im allgemeinen hatte sie natürlich recht. Die Antworten auf die Fragen Seiner Exzellenz hatte ich erhalten: Abalkin interessierte sich *nicht* für die Arbeit der Glumowa, Abalkin beabsichtigte *nicht,* sich ihrer zum Eindringen ins Museum zu bedienen. Aber ich konnte wirklich überhaupt nicht begreifen, welches Ziel Abalkin verfolgte, als er diese Stunden der Erinnerung veranstaltete. Sentimentalität ... ein Tribut an eine kindliche Liebe ... Rückkehr in die Kindheit ... Daran glaubte ich nicht. Es war ein praktisches Ziel gewesen, im voraus gut durchdacht, und Abalkin hatte es erreicht, ohne in der Glumowa den geringsten Verdacht zu wecken. Mir war klar, daß die

Glumowa selbst von diesem Ziel nichts wußte. Schließlich hatte auch sie nicht begriffen, was da wirklich vor sich gegangen war . . .

Und noch eine Frage blieb mir zu klären. Nun gut. Sie hatten sich Erinnerungen hingegeben, sich geliebt, getrunken, sich wieder erinnert, waren eingeschlafen, aufgewacht, hatten sich wieder geliebt und waren wieder eingeschlafen . . . Was aber hatte die Glumowa dann in solche Verzweiflung getrieben, an den Rand der Hysterie? Selbstverständlich, hier tat sich ein überaus weites Feld für die unterschiedlichsten Annahmen auf. Zum Beispiel im Zusammenhang mit den Gewohnheiten eines Stabsoffiziers des Inselimperiums. Aber es konnte auch etwas anderes sein. Und dieses andere mochte sich für mich durchaus als recht wertvoll erweisen. Hier verharrte ich unentschlossen: Entweder ich ließ etwas im Hintergrund, das vielleicht sehr wichtig war, oder ich entschloß mich zu einer widerlichen Taktlosigkeit, auf die Gefahr hin, im Ergebnis nichts Wesentliches herauszufinden . . .

Ich faßte einen Entschluß.

»Maja Toivowna«, sagte ich, nach Kräften bemüht, die Worte fest auszusprechen.

»Sagen Sie, was war die Ursache für Ihre Verzweiflung, deren unfreiwilliger Zeuge ich bei unserer vorigen Begegnung gewesen bin?«

Während ich diesen Satz hervorbrachte, wagte ich nicht, ihr in die Augen zu sehen. Ich hätte mich nicht gewundert, wenn sie mir auf der Stelle befohlen hätte, mich davonzuscheren, oder mir sogar einfach das Videofon auf den Kopf gedroschen hätte. Doch sie tat keins von beiden.

»Ich war ein dummes Ding«, sagte sie ziemlich ruhig. »Ein hysterisches dummes Ding. Mir ist es damals so vorgekommen, als hätte er mich ausgequetscht wie eine Zitrone und mich dann weggeworfen. Jetzt ist mir aber klar: ihm steht der Sinn tatsächlich nicht nach mir. Zur Zurückhaltung bleibt ihm weder die Zeit noch die Kraft, Ich habe immerzu Erklärungen von ihm verlangt, aber er konnte mir ja nichts erklären. Er weiß ja sicherlich, daß Sie nach ihm suchen . . .«

Ich erhob mich.

»Vielen Dank, Maja Toivowna«, sagte ich. »Mir scheint, Sie haben unsere Absichten nicht richtig verstanden. Niemand will ihm Böses. Wenn Sie ihm begegnen sollten, versuchen Sie bitte, ihm diesen Gedanken begreiflich zu machen.«

Sie gab keine Antwort.

3. Juni '78

Etliches über die Eindrücke Seiner Exzellenz

Vom Abhang her war zu sehen, daß sich Doktor Goannek aus Mangel an Patienten dem Fischfang widmete. Das traf sich gut, denn zu seiner Blockhütte mit dem Null-T-Abort war es näher als zum Klubhaus. Der Weg dorthin führte allerdings, wie sich herausstellte, an einer Imkerei vorbei, die ich während meines ersten Besuchs in der Eile übersehen hatte, so daß ich mich jetzt in Sicherheit bringen mußte, indem ich allerlei dekorative Flechtzäune übersprang und dabei nicht minder dekorative irdene Töpfe verschiedener Formen umstieß. Übrigens ging alles glimpflich ab. Ich lief die Außentreppe mit dem geschnitzten Gelände hinauf, drang in die bekannte gute Stube ein und rief, ohne mich zu setzen, Seine Exzellenz an.

Ich hatte geglaubt, mit einem kurzen Rapport davonzukommen, aber das Gespräch geriet ziemlich lang, so daß ich das Videofon auf die Treppe hinaustragen mußte, damit mich der gesprächige und leicht zu kränkende Doktor Goannek nicht überraschte.

»Warum sitzt sie dort?« fragte Seine Exzellenz nachdenklich.

»Sie wartet.«

»Hat er sich mit ihr verabredet?«

»Soviel ich weiß, nein.«

»Die Ärmste . . .«, murmelte Seine Exzellenz. Dann fragte er: »Kommst du zurück?«

»Nein«, sagte ich. »Mir sind noch dieser Jašmaa und die Residenz der Kopfler geblieben.«

»Wozu dies?«

»In der Residenz«, antwortete ich, »hält sich gegenwärtig ein Kopfler namens Wepl-Itrtsch auf, derselbe, der gemeinsam mit Abalkin an der Operation ›Tote Welt‹ teilgenommen hat.«

»So.«

»Soviel ich aus dem Bericht Abalkins entnehmen konnte, sind zwischen den beiden gewisse nicht ganz gewöhnliche Beziehungen entstanden . . .«

»In welchem Sinne – nicht gewöhnlich?«

Ich geriet in Verlegenheit und suchte nach Worten. »Ich würde riskieren, es als Freundschaft zu bezeichnen. Exzellenz . . . Entsinnen Sie sich dieses Berichts?«

»Ich entsinne mich. Ich verstehe, was du sagen willst. Aber beantworte mir diese eine Frage: Wie hast du herausgefunden, daß sich der Kopfler Wepl auf der Erde befindet?«

»Nun . . . Das war ziemlich schwierig. Erstens . . .«

»Das reicht«, unterbrach er mich und schwieg abwartend.

Ich kam nicht sofort darauf, aber immerhin. In der Tat. Mir, dem Mitarbeiter der KomKon 2, war es bei all meiner soliden Erfahrung im Umgang mit dem GGI ziemlich schwergefallen, Wepl ausfindig zu machen. Was sollte man da erst von dem einfachen Progressor Abalkin sagen, der zudem zwanzig Jahre lang im Tiefen Raum zugebracht hatte und vom GGI nicht mehr Ahnung hatte als ein zwanzigjähriger Student!

»Einverstanden«, sagte ich. »Sie haben natürlich recht. Und trotzdem müssen Sie zugeben: Diese Aufgabe ist durchaus zu lösen. Wenn man nur will.«

»Ich stimme dir zu. Aber es geht nicht nur darum. Ist dir noch nicht in den Sinn gekommen, daß er Steine ins Gebüsch wirft?«

»Nein«, gestand ich aufrichtig.

Steine ins Gebüsch werfen bedeutet in der Übersetzung aus unserem Idiom: jemanden auf eine falsche Spur lenken, gefälschte Indizien unterschieben, kurzum, den Leuten etwas vormachen. Selbstverständlich konnte man theoretisch durchaus annehmen, daß Lew Abalkin ein bestimmtes Ziel verfolgte und all diese Eskapaden mit der Glumowa, dem Lehrer und mir nur meisterhaft organisiertes falsches Material waren, über dessen Sinn wir uns endlos die Köpfe zerbrechen, darauf unsere Zeit verschwenden und so hoffnungslos von der Hauptsache abkommen sollten.

»Sieht nicht so aus«, sagte ich entschieden.

»Aber ich habe den Eindruck, daß es so aussieht«, sagte Seine Exzellenz.

»Sie haben natürlich den besseren Überblick«, erwiderte ich trocken.

»Zweifellos«, bestätigte er. »Aber leider ist das nur ein Eindruck. Fakten habe ich nicht. Sollte ich mich jedoch *nicht* irren, dann dürfte es ziemlich unwahrscheinlich sein, daß er sich in seiner Lage an Wepl erinnert, eine Menge Kraft daransetzt, ihn ausfindig zu machen, auf die andere Hemisphäre stürzt, dort irgendeine Komödie abzieht – und alles nur, um noch einen Stein ins Gebüsch zu werfen. Stimmst du mir zu?«

»Sehen Sie, Exzellenz, ich kenne seine Lage nicht, und sicherlich ist das auch der Grund, daß ich Ihren Eindruck nicht teile.«

»Und was ist dein Eindruck?« erkundigte er sich mit unerwartet großem Interesse.

Ich gab mir Mühe, meinen Eindruck in Worte zu fassen: »Alles mögliche, nur keine Steine ins Gebüsch. In seinen Schritten gibt es eine bestimmte Logik. Sie stehen im Zusammenhang. Mehr noch, er benutzt immer dieselbe Methode. Er verschwendet weder Zeit noch Kraft, um sich neue Methoden auszudenken – schockiert den anderen mit irgendeiner Behauptung und hört sich dann an, was dieser Schockierte zusammenstottert ... Er will etwas in Erfahrung bringen, etwas über sein Leben ... Genauer, über sein Schicksal. Etwas, was man vor ihm geheimgehalten hat ...« Ich schwieg einen Moment und sagte dann: »Exzellenz, er hat irgendwie erfahren, daß er von einem Persönlichkeitsgeheimnis betroffen ist.«

Jetzt schwiegen wir beide. Auf dem Bildschirm schwankte die Glatze mit den Sommersprossen hin und her. Ich fühlte, daß ich einen historischen Augenblick erlebte. Das war einer der überaus seltenen Fälle, in dem meine Argumente (nicht die von mir beschafften Fakten, sondern tatsächlich Argumente, logische Schlüsse) Seine Exzellenz veranlaßten, die eigenen Vorstellungen zu überprüfen.

Er hob den Kopf und sagte: »Gut. Besuch Wepl. Aber behalte im Auge, daß du am meisten hier gebraucht wirst, bei mir.«

»Zu Befehl«, sagte ich und fragte: »Und was ist mit Jašmaa?«

»Er ist nicht auf der Erde.«

»Wieso denn?« sagte ich. »Er ist auf der Erde. In ›Jans Lager‹, in der Gegend von Antonow.«

»Seit drei Tagen befindet er sich schon auf der Giganda.«

»Klar«, sagte ich und gab mir größte Mühe, ironisch zu sein. »So ein Zufall aber auch! Ist am selben Tage wie Abalkin geboren, auch ein posthumes Kind, auch mit einer Nummer versehen ...«

»Gut, gut«, murmelte Seine Exzellenz. »Laß dich nicht ablenken.«

Der Bildschirm erlosch. Ich trug das Videofon an seinen Platz zurück und ging in den Hof hinunter. Dort schlug ich mich vorsichtig durch das hohe Ebereschengebüsch und trat direkt aus dem hölzernen Abort Doktor Goanneks hinaus in den nächtlichen Regen am Ufer des Flusses Thelon.

3. Juni '78

Der Wachtposten am Flusse Thelon

Der Fluß rauschte durch das Plätschern des Regens hindurch unsichtbar irgendwo ganz in der Nähe, unter dem Steilhang, unmittelbar vor mir aber glänzte feucht eine leichte Metallbrükke, über der ein großes Tableau in Lincos leuchtete: *Territorium des Volkes der Kopfler.* Es mutete etwas sonderbar an, wie die Brücke unmittelbar im hohen Gras ihren Anfang nahm – es gab keine Zufahrt zu ihr, nicht einmal einen kümmerlichen Trampelpfad. Zwei Schritte von mir entfernt drang Licht aus dem einsamen Fensterchen eines runden, flachen Gebäudes vom Kasernen-Kasematten-Typ. Der Geruch, der von ihm herüberwehte, erinnerte mich an den unvergessenen Saraksch – rostiges Eisen, Aas, lauernder Tod. Wahrlich, seltsame Flecken findet man doch bei uns auf der Erde. Man denkt, man ist zu Hause, kennt hier schon alles, und alles ist vertraut und freundlich – aber nein, früher oder später stößt man unbedingt auf etwas, was partout in kein Bild paßt . . . Schön. Welche Gedanken weckt dieses Gebäude in dem Journalisten Kammerer? Oh! Wie sich zeigt, hat er sich darüber bereits eine durchaus bestimmte Meinung gebildet.

Der Journalist Kammerer machte in der gerundeten Wand eine Tür ausfindig, stieß entschlossen dagegen und fand sich in einem kuppelförmigen Zimmer, in dem nichts als ein Tisch stand, hinter welchem, den Kopf auf die Fäuste gestützt, ein langhaariger Jüngling saß, der mit seinen Locken und dem sanften schmalen Antlitz Alexander Blok ähnelte und sich dank seiner preziösen Phantasie in einen leuchtendbunten mexikanischen Poncho gewandet hatte. Die blauen Augen des Jünglings trafen den Journalisten Kammerer mit einem Blick, dem jegliches Interesse abging und der von gelinder Müdigkeit zeugte.

»Eine Architektur habt ihr hier aber auch!« ließ sich der

Journalist Kammerer vernehmen, während er sich die Regentropfen von den Schultern schüttelte.

»Aber ihnen gefällt's«, erwiderte Alexander B. gleichgültig, ohne seine Haltung zu ändern.

»Nicht möglich!« sagte der Journalist Kammerer sarkastisch und schaute sich nach einer Sitzgelegenheit um.

Freie Stühle gab es in dem Raum ebensowenig wie Sessel, Sofas, Liegen und Bänke. Der Journalist Kammerer blickte Alexander B. an. Alexander B. betrachtete ihn mit unverminderter Gleichgültigkeit, ohne auch nur den Schatten eines Bemühens erkennen zu lassen, freundlich oder zumindest höflich zu sein. Das war seltsam. Genauer gesagt, ungewohnt. Aber man spürte, daß es der hiesigen Ordnung der Dinge entsprach.

Der Journalist Kammerer war schon im Begriff, den Mund aufzutun, um sich vorzustellen, aber da ließ plötzlich Alexander B. mit einer Art müder Ergebenheit die langen Wimpern auf seine bleichen Wangen sinken und begann mit der mechanischen Penetranz eines Transportkybers auswendig seinen Text aufzusagen: »Lieber Freund! Leider haben Sie den Weg hierher völlig vergebens zurückgelegt. Sie werden hier absolut nichts finden, was Sie interessieren könnte. Alle Gerüchte, denen Sie gefolgt sind, als Sie sich zu uns aufmachten, sind maßlos übertrieben. Das Territorium des Volkes der Kopfler ist nicht im entferntesten als eine Art Unterhaltungs- und Bildungskomplex zu betrachten. Die Kopfler – ein bemerkenswertes, durchaus originelles Volk – sagen von sich: ›Wir sind für das Wissen, aber nicht für die Neugier.‹

Die Mission der Kopfler repräsentiert hier als diplomatisches Organ ihr Volk und ist kein Objekt für inoffizielle Kontakte, schon gar nicht für eitle Neugier. Verehrter Freund! Das Passendste, was Sie jetzt tun können, ist, sich auf den Rückweg zu machen und allen Ihren Bekannten eindringlich den wahren Stand der Dinge darzulegen!«

Alexander B. verstummte und hob matt die Wimpern. Der Journalist Kammerer weilte noch immer vor ihm, und offensichtlich verwunderte ihn das nicht im geringsten.

»Bevor wir uns verabschieden, werde ich selbstverständlich alle Ihre Fragen beantworten.«

»Und aufstehen müssen Sie dabei nicht?« erkundigte sich der Journalist Kammerer.

Ein Funke von Leben erschien in den blauen Augen, »Offen gesagt, ja«, bekannte Alexander B. »Aber ich hab' mich gestern am Knie gestoßen, es tut immer noch höllisch weh, also entschuldigen Sie bitte . . .«

»Gewiß«, sagte der Journalist Kammerer bereitwillig und setzte sich auf die Tischkante. »Wie ich sehe, haben Sie viel unter den Neugierigen zu leiden.«

»Während meines Dienstes sind Sie die sechste Gruppe.«

»Ich bin mutterseelenallein!« widersprach der Journalist Kammerer.

»Gruppe ist ein Sammelbegriff«, erläuterte Alexander B. und wurde dabei noch lebhafter. »Na, zum Beispiel wie ein Kasten. Ein Kasten Bier. Eine Partie Kattun. Oder eine Schachtel Pralinen. Es kann ja vorkommen, daß in der Schachtel nur noch eine Praline übriggeblieben ist. Mutterseelenallein«.

»Ihre Erläuterungen befriedigen mich vollauf«, sagte der Journalist Kammerer. »Aber ich bin nicht aus Neugier hier. Ich habe hier zu tun.«

»Dreiundachtzig Prozent aller Gruppen«, antwortete Alexander B. unverzüglich, »haben just hier zu tun. Die letzte Gruppe – fünf Exemplare einschließlich minderjähriger Kinder und eines Hundes – wünschte hier mit den Leitern der Mission eine Vereinbarung über Unterricht in der Kopflersprache zu treffen. Aber in der überwiegenden Mehrheit sind es Sammler von Xenofolklore. Ein Zug der Zeit! Alle sammeln Xenofolklore. Ich sammle auch Xenofolklore. Aber die Kopfler haben keine Folklore! Das ist doch eine Ente! Der Spaßvogel Long Müller hat ein Büchlein in der Manier Ossians herausgebracht, und alle sind ganz verrückt geworden . . . ›O struppige Bäume, tausendschwänzige, die ihr verbergt eure Gedanken voll Gram in warmen und flaumigen Stämmen! Tausendmal tausend Schwänze habt ihr und nicht einen einzigen Kopf . . .‹ Dabei kennen die Kopfler den Begriff des Schwanzes überhaupt nicht! Der Schwanz ist bei ihnen ein Orientierungsorgan, und wenn man schon adäquat übersetzen wollte, käme man nicht auf Schwanz, sondern auf Kompaß . . . ›O tausendkompässige Bäume!‹ Aber ich sehe, Sie sind kein Folklorist . . .«

»Nein«, gestand der Journalist Kammerer aufrichtig. »Ich bin etwas viel Schlimmeres. Ich bin Journalist.«

»Sie schreiben ein Buch über die Kopfler?«

»In gewissem Sinne. Ja und?«

»Nichts. Bitte sehr. Sie sind nicht der erste und nicht der letzte. Haben Sie die Kopfler jemals zu Gesicht bekommen?«

»Ja, natürlich.«

»Auf dem Bildschirm?«

»Nein. Es ist nämlich so, daß ich es war, der sie auf dem Saraksch entdeckt hat ...«

Alexander B. erhob sich sogar. »Dann sind Sie Kammerer?«

»Zu Diensten.«

»Nicht doch, ich bin zu Ihren Diensten, Doktor! Befehlen Sie, fordern Sie, ordnen Sie an ...«

Augenblicklich fiel mir das Gespräch Kammerers mit Abalkin ein, und ich beeilte mich, klarzustellen: »Ich habe sie bloß entdeckt und weiter nichts. Ich bin überhaupt kein Fachmann auf diesem Gebiet. Und im Moment interessieren mich nicht die Kopfler als solche, sondern ein einziger von ihnen, der Missionsdolmetscher. Wenn Sie also nichts dagegen haben ... Ich gehe jetzt zu ihnen hin?«

»Aber bitte sehr, Doktor!« Alexander B. warf die Hände empor. »Sie haben wohl gedacht, wir sitzen hier sozusagen auf Wache? Nichts dergleichen! Bitte, gehen Sie nur! Das machen überhaupt viele. Man erklärt einem, daß die Gerüchte halt übertrieben sind, er nickt, verabschiedet sich, und kaum daß er draußen ist – husch über die Brücke ...«

»Und?«

»Nach einer Weile kommt er wieder. Sehr enttäuscht. Gesehen hat er nichts und niemand. Wald, Hügel, Bodenspalten, eine bezaubernde Landschaft – das ist freilich alles da, aber keine Kopfler. Erstens haben die Kopfler eine nächtliche Lebensweise, zweitens leben sie unterirdisch, und die Hauptsache – sie treffen sich nur mit jenen, mit denen sie es wollen. Und gerade für diesen Fall haben wir hier Dienst – sozusagen als Verbindungsleute ...«

»Was heißt ›wir‹?« erkundigte sich der Journalist Kammerer. »Die KomKon?«

»Ja. Praktikanten. Wir haben abwechselnd Dienst. Über uns geht die Verbindung nach beiden Seiten ... Welchen von den Dolmetschern wollen Sie?«

»Ich brauche Wepl-Itrtsch.«

»Versuchen wir's. Kennt er Sie?«

»Wohl kaum. Aber sagen Sie ihm, daß ich mit ihm über Lew

Abalkin sprechen möchte, den kennt er gewiß.«

»Das möchte ich meinen!« sagte Alexander B. und zog den Selektor zu sich heran.

Der Journalist Kammerer (und, zugegeben, auch ich selbst) beobachtete mit Entzücken, das in andächtiges Staunen überging, wie dieser junge Mann mit dem sanften Antlitz des romantischen Dichters plötzlich wild die Augen verdrehte und, die eleganten Lippen zu einer unglaublichen Röhre geformt, zu schnalzen, krächzen und glucksen begann wie dreiunddreißig Kopfler auf einmal (in einem nächtlichen toten Wald, an einer aufgerissenen Betonstraße unter dem trübe phosphoreszierenden Himmel Sarakschs), und solche Töne schienen sehr angebracht in diesem gewölbten kasemattenleeren Raum mit den rauhen, nackten Wänden. Dann verstummte der junge Mann und neigte den Kopf, lauschte den Serien von Antwortschnalzern und -glucksern, und seine Lippen mitsamt dem Unterkiefer blieben weiterhin in sonderbarer Bewegung, als hielte er sie in ständiger Bereitschaft, das Gespräch fortzusetzen. Dieser Anblick war eher unangenehm, und bei all seinem andächtigen Staunen hielt es der Journalist Kammerer doch für rücksichtsvoller, den Blick abzuwenden.

Das Gespräch dauerte übrigens nicht allzulange. Alexander B. lehnte sich auf dem Stuhl zurück, massierte sich zärtlich den Unterkiefer mit den schlanken blassen Fingern und erklärte etwas außer Atem: »Er scheint einverstanden zu sein. Ich will Ihnen freilich nicht zuviel Hoffnung machen. Ich bin keineswegs sicher, daß ich alles richtig verstanden habe. Zwei Sinnebenen habe ich erfaßt, aber ich glaube, da war noch eine dritte . . . Kurzum, gehen Sie über die Brücke, dort finden Sie einen Pfad. Der Pfad führt in den Wald. Da wird er Sie treffen. Genauer, er wird Sie sich ansehen . . . Nein. Wie soll ich es sagen . . . Wissen Sie, es ist nicht so schwer, einen Kopfler zu verstehen, wie ihn zu übersetzen. Zum Beispiel dieser Reklamespruch: ›Wir sind für das Wissen, aber nicht für die Neugier.‹ Das ist übrigens ein Muster für eine gute Übersetzung. ›Wir sind nicht für die Neugier‹ kann man so auffassen, daß ›wir nicht ohne Zweck neugierig sind‹, aber gleichzeitig heißt es: ›Wir sind für euch nicht von Interesse.‹ Verstehen Sie?«

»Ich verstehe«, sagte der Journalist Kammerer und ließ sich vom Tisch gleiten. »Er wird sich mich ansehen und dann entscheiden, ob ich ein Gespräch wert bin. Vielen Dank für die Mühe.«

»Was denn für Mühe? Es ist mir eine angenehme Pflicht ... Warten Sie, nehmen Sie meinen Umhang, draußen regnet es ...«

»Danke, nicht nötig«, sagte der Journalist Kammerer und trat in den Regen hinaus.

3. Juni '78

Der Kopfler Wepl-Itrtsch

Nach Ortszeit war es drei Uhr morgens, der Himmel ringsumher war verhangen, der Wald dicht, und diese nächtliche Welt schien mir grau, flach und trübe zu sein wie eine schlechte alte Fotografie.

Natürlich hatte er mich als erster entdeckt und mich sicherlich fünf Minuten lang, vielleicht sogar zehn, in einiger Entfernung begleitet, im dichten Unterholz verborgen. Als ich ihn endlich bemerkte, erfaßte er das fast augenblicklich und erschien plötzlich vor mir auf dem Pfad.

»Hier bin ich«, erklärte er.

»Ich sehe«, sagte ich.

»Wir werden hier sprechen.«

»Gut.«

Sofort setzte er sich hin, ganz wie ein Hund, der mit dem Herrchen spricht – ein großer, dicker, großköpfiger Hund mit kleinen aufgerichteten dreieckigen Ohren, mit großen runden Augen unter der massigen breiten Stirn. Seine Stimme klang etwas heiser, und er sprach ohne den geringsten Akzent, so daß nur die kurzen abgehackten Wendungen und eine etwas übertrieben exakte Artikulation in seiner Rede den Fremden verrieten. Und außerdem ging ein Geruch von ihm aus. Aber nicht nach nassem Hundefell, wie man hätte erwarten können, es war eher ein anorganischer Geruch – so etwas wie erhitztes Kolophonium. Ein sonderbarer Geruch, der eher zu einem Mechanismus als zu einem Lebewesen gehörte. Auf dem Saraksch hatten die Kopfler, wie ich mich erinnerte, ganz anders gerochen.

»Was willst du?« fragte er geradezu.

»Hat man dir gesagt, wer ich bin?«

»Ja. Du bist Journalist. Du schreibst ein Buch über mein Volk.«

»Das stimmt nicht ganz. Ich schreibe ein Buch über Lew Abalkin. Du kennst ihn.«

»Mein ganzes Volk kennt Lew Abalkin.«

Das war neu.

»Und was denkt denn dein Volk über Lew Abalkin?«

»Mein Volk denkt nicht über Lew Abalkin. Es kennt ihn.«

Es hatte den Anschein, als begännen hier irgendwelche linguistischen Sümpfe.

»Ich wollte fragen: Wie steht dein Volk zu Lew Abalkin?«

»Es kennt ihn. Jeder einzelne. Von der Geburt an bis zum Tod.«

Ich beriet mich mit dem Journalisten Kammerer, und wir beschlossen, dieses Thema vorerst beiseite zu lassen. Wir fragten: »Was kannst du über Lew Abalkin erzählen?«

»Nichts«, gab er kurz zur Antwort.

Gerade das hatte ich am meisten befürchtet. Hatte es in so hohem Maße gefürchtet, daß ich im Unterbewußtsein selbst die Möglichkeit einer solchen Situation ausgeschlossen hatte und nun nicht im mindesten darauf vorbereitet war. Ich geriet aufs Erbärmlichste in Verwirrung, er aber hob einen Vorderfuß an die Schnauze und machte sich daran, geräuschvoll zwischen den Krallen zu knabbern. Nicht nach Hundeart, sondern so, wie es mitunter unsere Katzen tun.

Indes, ich hatte genügend Selbstbeherrschung. Mir ging rechtzeitig auf, daß dieser Hunde-Sapiens, hätte er wirklich gar nichts mit mir zu tun haben wollen, einer Begegnung einfach ausgewichen wäre.

»Ich weiß, daß Lew Abalkin dein Freund ist«, sagte ich. »Ihr habt zusammen gelebt und gearbeitet. Sehr viele Menschen der Erde würden gern wissen, was über Lew Abalkin sein Freund und Mitarbeiter, der Kopfler, denkt.«

»Wozu?« Auch seine Frage war kurz.

»Eine Erfahrung«, antwortete ich.

»Eine nutzlose Erfahrung.

»Es gibt keine nutzlosen Erfahrungen.«

Jetzt machte er sich an die andere Pfote, und nach ein paar Sekunden knurrte er undeutlich: »Stell konkrete Fragen.«

Ich überlegte.

»Mir ist bekannt, daß du zum letztenmal vor fünfzehn Jahren mit Abalkin zusammen gearbeitet hast. Hattest du danach mit anderen Erdenmenschen zu arbeiten?«

»Ja. Oft.«

»Hast du einen Unterschied gespürt?«

Als ich diese Frage stellte, tat ich es eigentlich ohne eine besondere Absicht. Doch Wepl erstarrte plötzlich, ließ dann langsam die Pfote sinken und hob den Kopf mit der hohen Stirn. In seinen Augen flammte für einen Moment ein düsterroter Schein auf. Aber es verging keine Sekunde, und er machte sich wieder ans Benagen seiner Krallen.

»Schwer zu sagen«, knurrte er. »Die Arbeiten sind unterschiedlich, die Menschen auch. Schwer.«

Er wich aus. Wovor? Meine unschuldige Frage hatte ihn gleichsam zum Stolpern gebracht. Eine ganze Sekunde lang hatte er die Fassung verloren. Oder lag es wieder an der Linguistik? Überhaupt ist die Linguistik eine feine Sache. Gehen wir also zum Angriff über. Frontal.

»Du hast dich mit ihm getroffen«, erklärte ich. »Er hat dir erneut eine Arbeit angeboten. Bist du einverstanden?«

Das konnte bedeuten: ›Wenn du dich mit ihm treffen würdest und er dir erneut eine Arbeit anböte – wärst du einverstanden?‹ Oder auch: ›Du trafst dich mit ihm, und er (wie mir bekannt geworden ist) bot dir eine Arbeit an. Gabst du ihm eine Zusage?‹ Linguistik. Zugegeben, es war ein ziemlich armseliges Manöver, doch was blieb mir anders übrig?

Und die Linguistik half mir schließlich auch weiter.

»Er bot mir keine Arbeit an«, widersprach Wepl.

»Worüber habt ihr denn dann gesprochen?« wunderte ich mich, um den Erfolg auszubauen.

»Über Vergangenes«, warf er hin. »Für niemanden von Belang.«

»Was meinst du«, fragte ich und wischte mir in Gedanken den Schweiß der Anstrengung von der Stirn, »hat er sich in diesen fünfzehn Jahren sehr verändert?«

»Das ist ebensowenig von Belang.«

»Nein, das ist durchaus von Belang. Ich habe ihn vor kurzem auch gesehen und festgestellt, daß er sich sehr verändert hat. Aber ich bin ein Erdenmensch, und ich muß deine Meinung wissen.«

»Meine Meinung: ja.«

»Siehst du! Und worin hat er sich deiner Ansicht nach verändert?«

»Er interessiert sich nicht mehr für das Volk der Kopfler.«

»So?« Ich war ehrlich erstaunt. »Aber mit mir hat er gerade nur über die Kopfler gesprochen . . .«

Wieder trat der rote Schein in seine Augen. Ich faßte das so auf, daß meine Worte ihn abermals verwirrt hatten.

»Was hat er dir gesagt?« fragte er.

»Wir haben uns gestritten, wer von den Erdenmenschen mehr für die Kontakte mit den Kopflern getan hat.«

»Und außerdem?«

»Nichts. Nur darüber.«

»Wann war das?«

»Vorgestern. Aber warum meinst du, daß er sich nicht mehr für das Volk der Kopfler interessiert?«

Plötzlich erklärte er: »Wir verlieren Zeit. Stell keine leeren Fragen. Stell richtige Fragen.«

»Gut. Ich stelle eine richtige Frage. Wo ist er jetzt?«

»Ich weiß nicht.«

»Was hatte er für Absichten?«

»Ich weiß nicht.«

»Was hat er dir gesagt? Für mich ist jedes seiner Worte wichtig.«

Und da nahm Wepl eine sonderbare, ich würde sogar sagen, eine unnatürliche Haltung ein: Er ließ sich auf federnden Beinen zu Boden sinken, reckte den Hals hervor und fixierte mich von unten her. Dann wiegte er den gewichtigen Kopf langsam hin und her und begann zu sprechen, wobei er die Worte deutlich artikulierte: »Hör aufmerksam zu, versteh es richtig und merk es dir lange. Das Volk der Erde mischt sich nicht in die Angelegenheiten des Volkes der Kopfler. Das Volk der Kopfler mischt sich nicht in die Angelegenheiten des Volkes der Erde. So war es, so ist es und so wird es sein. Die Angelegenheit Lew Abalkins ist eine Angelegenheit des Volkes der Erde. Das ist beschlossen. Und darum: Such nicht, was nicht ist. Das Volk der Kopfler wird Lew Abalkin niemals Asyl gewähren.«

Das war ja nun was! Ich platzte heraus: »Er hat um Asyl gebeten? Bei euch?«

»Ich habe nur gesagt, was ich gesagt habe: Das Volk der Kopfler wird Lew Abalkin niemals Asyl gewähren. Weiter nichts. Hast du das verstanden?«

»Ich habe es verstanden. Aber das interessiert mich nicht. Ich wiederhole die Frage: Was hat er zu dir gesagt?«

»Ich werde antworten. Aber erst wiederhole du die Hauptsache, die ich gesagt habe.«

»Gut, ich wiederhole. Das Volk der Kopfler mischt sich nicht in die Angelegenheiten Abalkins und verweigert ihm Asyl? Richtig?«

»Richtig. Und das ist die Hauptsache.«

»Antworte jetzt auf meine Frage.«

»Ich antworte. Er hat mich gefragt, ob es einen Unterschied zwischen ihm und den anderen Menschen gibt, mit denen ich zusammengearbeitet habe. Die gleiche Frage, die du mir gestellt hast.«

Kaum hatte er zu Ende gesprochen, machte er kehrt und glitt ins Gebüsch. Kein Zweig, kein Blatt regte sich, er jedoch war schon nicht mehr da. Verschwunden.

Dieser Wepl! ». . . Ich habe ihm die Sprache beigebracht und wie man die Versorgungslinie benutzt. Ich habe keinen Schritt von ihm getan, als er an seinen sonderbaren Krankheiten litt . . . Ich habe seine schlechten Manieren erduldet, mich mit seinen unverblümten Äußerungen abgefunden und ihm Dinge verziehen, die ich niemandem auf der Welt verzeihe . . . Wenn nötig, werde ich für Wepl wie für einen Erdenmenschen kämpfen, wie für mich selbst. Und Wepl? Ich weiß nicht . . .« Ach dieser Wepl-Itrtsch.

3. Juni '78

Seine Exzellenz ist zufrieden

»Sehr interessant!« sagte Seine Exzellenz, als ich mit meinem Bericht fertig war. »Du hast recht daran getan, Mak, auf dem Besuch in diesem Tiergarten zu bestehen.«

»Ich verstehe nicht«, erwiderte ich und löste verärgert stachlige Kletten von dem feuchten Hosenstoff. »Sehen Sie darin irgendeinen Sinn?«

»Ja.«

Ich starrte ihn an. »Glauben Sie allen Ernstes, daß Lew Abalkin um Asyl gebeten haben könnte?«

»Nein. Das glaube ich nicht.«

»Von was für einem Sinn ist dann die Rede? Oder ist das wieder ein Stein, den er ins Gebüsch wirft?«

»Vielleicht. Aber darum geht es nicht. Es ist unwichtig, was Lew Abalkin gemeint hat. Die Reaktion der Kopfler – die ist wichtig. Übrigens, zerbrich du dir darüber nicht den Kopf. Du hast mir eine wichtige Information gebracht. Danke. Ich bin zufrieden. Sei auch du zufrieden.«

Ich widmete mich erneut den Kletten. Man mochte sagen, was man wollte, er war zweifellos zufrieden. Seine grünen Äuglein leuchteten geradezu, sogar im Halbdunkel des Arbeitszimmers war es zu sehen. Genauso hatte er dreingeschaut, als ich, jung, fröhlich und voller Eifer, ihm gemeldet hatte, daß wir den Stillen Proscht endlich auf frischer Tat ertappt hätten und er unten im Wagen mit einem Knebel im Munde säße, bereit und fertig zur Benutzung. Ich war es gewesen, der den Stillen gefaßt hatte, jedoch ohne zu ahnen, was dem Wanderer völlig klar gewesen war: daß die Sabotage jetzt ein Ende hätte und die Geleitzüge mit dem Getreide schon am nächsten Tag zur Hauptstadt aufbrechen würden . . .

Und genauso war ihm offensichtlich auch jetzt etwas klar, wovon ich nichts ahnte, aber ich verspürte nicht einmal die elementarste Befriedigung. Niemanden hatte ich gefaßt, niemand wartete mit einem Knebel im Mund aufs Verhör, statt dessen jagte auf der riesigen, freundlichen Erde ein rätselhafter Mann mit einem kaputten Schicksal hin und her, ohne zu sich zu kommen, jagte hin und her wie vergiftet und vergiftete selbst jeden, auf den er traf, mit Verzweiflung und Kränkung, verriet andere und wurde selbst ein Opfer von Verrat . . .

»Ich mache dich nochmals darauf aufmerksam, Mak«, sagte plötzlich Seine Exzellenz leise. »Er ist gefährlich. Und er ist es um so mehr, als er es selbst nicht weiß.«

»Ja, wer ist er denn, zum Teufel?« fragte ich. »Ein wahnsinniger Androide?«

»Ein Android kann kein Persönlichkeitsgeheimnis haben«, sagte Seine Exzellenz. »Laß dich nicht ablenken.«

Ich steckte die Kletten in die Anoraktasche und richtete mich im Sitzen auf.

»Du kannst jetzt nach Hause gehen«, sagte Seine Exzellenz. »Bis Punkt neunzehn Uhr bist du frei. Danach halte dich in der Nähe, innerhalb der Stadt, und erwarte meinen Ruf. Möglicherweise wird er heute nacht versuchen, ins Museum einzudringen.

Dort werden wir ihn fassen.«

»Gut«, sagte ich ohne eine Spur von Enthusiasmus.

Er betrachtete mich unverhohlen abschätzend. »Ich hoffe, du bist in Form«, sagte er noch. »Wir werden ihn zu zweit fassen, und ich bin schon zu alt für derlei Übungen.«

4. Juni '78

Das Museum für Außerirdische Kulturen. Nachts

Um 1.08 Uhr piepste der Armbandsender an meinem Handgelenk, und Seine Exzellenz flüsterte eilig: »Mak, das Museum, Haupteingang, schnell ...«

Ich klappte das Kabinendach zu, um nicht vom Luftzug getroffen zu werden, und schaltete das Triebwerk auf Schnellstart. Der Gleiter zischte in den gestirnten Himmel. Drei Sekunden bremsen. Zweiundzwanzig Sekunden Gleitflug und Orientierung. Der Sternenplatz ist leer. Vor dem Haupteingang auch niemand. Seltsam ... Aha. Aus der Null-T-Kabine an der Ecke des Museums erscheint eine schwarze hagere Figur. Gleitet zum Haupteingang. Seine Exzellenz.

Die Maschine landete lautlos vor dem Haupteingang. Unverzüglich leuchtete auf dem Pult ein Signallämpchen auf, und die sanfte Stimme des Kyberinspektors sprach vorwurfsvoll: »Die Landung von Gleitern auf dem Sternenplatz ist nicht erlaubt ...« Ich klappte das Kabinendach zurück und sprang auf das Pflaster. Seine Exzellenz machte sich schon an der Tür zu schaffen und hantierte mit einem Magnetdietrich. »Die Landung von Gleitern auf dem Sternenplatz ...«, verkündete der Kyberinspektor penetrant.

»Stopf ihm den Mund«, preßte Seine Exzellenz zwischen den Zähnen hervor, ohne sich umzuwenden.

Ich schlug das Kabinendach zu. In derselben Sekunde öffnete sich der Haupteingang.

»Mir nach!« befahl Seine Exzellenz und tauchte in der Finsternis unter.

Ich folgte ihm. Ganz wie in alten Zeiten.

Er eilte vor mir in mächtigen lautlosen Sprüngen dahin, lang, hager, eckig, wieder leicht und gewandt, in Schwarz gehüllt, dem Schatten eines mittelalterlichen Dämons ähnlich, und mir schoß der Gedanke durch den Kopf, daß so eine Exzellenz gewiß keiner von unseren heutigen Grünschnäbeln zu Gesicht bekommen hatte, so hatten ihn höchstens der alte Elefant, Pjotr Angelow und ich gesehen – vor anderthalb Jahrzehnten.

Er führte mich auf einer komplizierten, verschlungenen Route von Saal zu Saal, von Korridor zu Korridor, orientierte sich dabei unfehlbar zwischen Ständen und Vitrinen, zwischen Statuen und Attrappen, die grotesken Mechanismen ähnelten, und zwischen Mechanismen und Apparaten, die wie groteske Statuen aussahen. Nirgends war Licht – offenbar war die Automatik vorher abgeschaltet worden –, aber er irrte sich kein einziges Mal und kam nicht vom Weg ab, obwohl ich wußte, daß er nachts wesentlich schlechter sah als ich. Er hatte sich gründlich auf diesen nächtlichen Exkurs vorbereitet, unsere Exzellenz, und bislang lief bei ihm alles sehr, sehr ordentlich, wenn man von der Atmung absah. Er atmete zu laut, aber da war eben nichts zu machen. Die Jahre. Das verdammte Alter.

Plötzlich hielt er inne, und kaum daß ich neben ihm stand, krallte er die Finger in meine Schulter. Im ersten Moment bekam ich einen Schreck, sein Herz könnte ihm zu schaffen machen, doch sogleich begriff ich: Wir waren angelangt, und er wartete einfach, bis er wieder zu Atem käme.

Ich schaute mich um. Leere Tische. Die Wände entlang Regale voller exoplanetarer Wunderdinge. Xenografische Projektoren an der entfernteren Schmalseite. Das alles hatte ich schon gesehen. Ich war hier gewesen. Es war das Arbeitszimmer von Maja Toivowna Glumowa. Da stand ihr Tisch, und in diesem Sessel hatte der Journalist Kammerer gesessen . . .

Seine Exzellenz ließ meine Schulter los, trat zu den Regalen, bückte sich und ging die Reihen entlang, ohne sich wieder aufzurichten – er hielt nach etwas Ausschau. Dann blieb er stehen, hob mit Mühe etwas an und ging zu dem Tisch, der unmittelbar vorm Eingang stand. Den Körper leicht zurückgeneigt, trug er in den gesenkten Händen einen langen Gegenstand – eine Art flachen Klotz mit abgerundeten Ecken. Vorsichtig, ohne die geringste Erschütterung, stellte er diesen Gegenstand auf den Tisch, verharrte einen Augenblick lang reglos und lauschte, und dann zog er plötzlich wie ein Zauberkünstler aus der Brusttasche ein ziemlich langes Schaltuch mit Fransen. Mit einer geschickten Bewegung faltete er es auseinander und warf es über diesen Klotz. Dann kehrte er zu mir zurück, beugte sich zu meinem Ohr herab und flüsterte kaum hörbar: »Wenn er dieses Tuch berührt – faß ihn. Wenn er uns vorher bemerkt – faß ihn. Stell dich hier hin.«

Ich nahm auf der einen Seite der Tür Aufstellung, Seine Exzellenz auf der anderen.

Anfangs hörte ich nichts. Ich stand da, den Rücken an die Wand gepreßt, schätzte mechanisch die Varianten für den weiteren Verlauf der Ereignisse ab und blickte auf das Tuch, das über den Tisch gebreitet war. Interessant, was wohl Lew Abalkin dazu bewegen mag, es zu berühren. Wenn er schon diesen Klotz gar so dringend braucht, wie soll er dann erfahren, daß der Klotz unter dem Tuch verborgen ist? Und was ist das für ein Klotz? Sieht aus wie ein Futteral für einen tragbaren Intravisor. Oder für irgendein Musikinstrument. Das heißt, dafür wohl kaum. Zu schwer. Ich begreife nichts. Das ist offensichtlich ein Köder, aber wenn es ein Köder ist, dann nicht für einen Menschen . . .

Da hörte ich Lärm. Ich muß sagen, es war ein gründlicher Lärm: irgendwo im Innern des Museums war etwas Großes, Metallisches umgestürzt und dabei auseinandergefallen. Augenblicklich fiel mir die gigantische Rolle Stacheldraht ein, die die Mädchen vor kurzem so sorgsam mit ihren Molekularlötkolben bearbeitet hatten. Ich blickte seine Exzellenz an. Seine Exzellenz lauschte ebenfalls und war ebenfalls irritiert.

Das Klingen, Scheppern und Klirren verstummte allmählich, und es wurde wieder still. Sonderbar. Daß ein Progressor, ein Profi, ein Meister in der Kunst, sich unbemerkt zu bewegen, ein Ninza, blindlings in eine derart sperrige Vorrichtung laufen sollte? Unglaublich. Freilich, er kann mit dem Ärmel an einem einzigen hervorstehenden kleinen Stachel hängengeblieben sein . . . Nein, das kann er nicht. Ein Progressor kann das nicht. Oder der Progressor ist hier, auf der gefahrlosen Erde, schon ein bißchen sorglos geworden . . . Zweifelhaft. Im übrigen werden wir ja sehen. Jetzt ist er jedenfalls auf einem Bein stehend erstarrt und horcht, und so wird er an die fünf Minuten lang horchen . . .

Er dachte gar nicht daran, auf einem Bein zu stehen und zu horchen. Er kam offensichtlich näher, und seine Fortbewegung wurde von einer ganzen Kakophonie lauter Geräusche begleitet, die unterschiedlichster Art und völlig unpassend für einen Progressor waren. Er zog die Beine nach und schlurfte lärmend mit den Schuhsohlen. Er stieß an Türbalken und Wände. Einmal lief er gegen ein Möbelstück und ließ eine Serie unverständlicher Ausrufe voller Zischlaute vom Stapel. Und als auf die Bildschirme der Projektoren ein schwacher Widerschein von elektrischem Licht fiel, verwandelten sich meine Zweifel in Gewißheit.

»Das ist nicht er«, sagte ich ziemlich laut zu Seiner Exzellenz.

Seine Exzellenz nickte. Er sah irritiert und verbissen aus. Jetzt stand er seitlich zur Wand, mit dem Gesicht zu mir, breitbeinig und etwas nach vorn geneigt, und man konnte sich leicht vorstellen, wie er in einer Minute den falschen Progressor mit beiden Händen am Kragen packen, ihn gleichmäßig durchschütteln und ihm ins Gesicht brüllen würde: »Wer bist du, und was machst du hier, elender Hundesohn?«

Und so deutlich malte ich mir dieses Bild aus, daß ich mich anfangs nicht einmal wunderte, als er mit der linken Hand den schwarzen Anorak zurückschlug und mit der Rechten seine geliebte 26er »Herzog« in die Brusttasche schob – als mache er die Hände frei zum Zupacken und Durchschütteln.

Als mir jedoch zum Bewußtsein kam, daß er die ganze Zeit über mit diesem achtschüssigen sicheren Tod in der Hand dagestanden hatte, wurde ich förmlich starr. Das konnte nur eins bedeuten: Seine Exzellenz war bereit, Lew Abalkin zu töten. Ja, zu töten, denn Seine Exzellenz zog die Waffe niemals, um jemanden zu erschrecken, um zu drohen oder überhaupt Eindruck zu machen – nur um zu töten.

Ich war so perplex, daß ich alles um mich herum vergaß. Aber da drang ein breiter Strahl hellen Lichtes in das Arbeitszimmer, und zum letztenmal am Türrahmen anstoßend, trat der falsche Abalkin herein.

Im Grunde hatte er sogar eine gewisse Ähnlichkeit mit Lew Abalkin: stämmig, wohlproportioniert, nicht besonders groß, mit schulterlangem schwarzem Haar. Er trug einen weiten weißen Anzug und hielt vor sich eine Taschenlampe Marke »Tourist«, und in der anderen Hand hatte er einen kleinen Koffer oder auch eine große Aktentasche. Als er eintrat, blieb er stehen, ließ den Strahl der Taschenlampe über die Regale schweifen und sprach: »Nun, hier scheint es zu sein.«

Seine Stimme kratzte, und der Ton war gewollt munter. In diesem Ton sprechen Menschen mit sich selbst, wenn sie sich ein bißchen fürchten, unsicher sind, sich ein wenig schämen, kurzum, wenn ihnen nicht wohl ist in ihrer Haut. »Mit einem Bein im Straßengraben«, wie man in Honti sagt.

Jetzt sah ich, daß es eigentlich ein alter Mann war. Vielleicht sogar älter als Seine Exzellenz. Er hatte eine lange spitze Nase mit einem kleinen Höcker darauf, ein langes spitzes Kinn, eingefallene Wangen und eine hohe, sehr weiße Stirn. Er ähnelte nicht einmal so sehr Lew Abalkin als vielmehr Sherlock Holmes. Vorerst konnte ich von ihm mit vollkommener Gewißheit nur eins sagen: Diesen Menschen hatte ich nie zuvor im Leben gesehen.

Nachdem er sich flüchtig umgeschaut hatte, trat er an den Tisch, stellte auf das geblümte Tuch unmittelbar neben unseren Klotz sein Köfferchen und machte sich daran, im Lichte der Taschenlampe die Regale zu betrachten, ohne Eile und methodisch, Bord für Bord, Sektion für Sektion. Dabei brummte er unablässig etwas in seinen Bart, aber zu verstehen waren nur einzelne Worte: ». . . Nun, das ist allgemein bekannt . . . hmm-hmm-hmm . . . Gewöhnliches Illisium . . . hmm-hmm-hmm . . . Trödel über Trödel . . . hmm-hmm . . . Haben's versteckt, verkramt, verborgen . . . hmm-hmm-hmm . . .«

Seine Exzellenz verfolgte alle diese Manipulationen, die Hände auf dem Rücken verschränkt, und auf seinem Gesicht stand der sehr ungewohnte und ihm überhaupt nicht eigene Ausdruck einer hoffnungslosen Müdigkeit oder vielleicht auch einer müden Langeweile, als hätte er vor sich etwas, dessen er unendlich überdrüssig, das ihm fürs ganze Leben verleidet und dabei unlöslich mit ihm verbunden war, dem er sich schon lange unterworfen hatte, nachdem er längst an den Versuchen verzweifelt war, es loszuwerden. Ich muß gestehen, anfangs war ich etwas verwundert, wieso er denn eine derart natürliche Absicht aufgegeben hatte – den anderen mit beiden Händen am Kragen zu packen und genüßlich durchzurütteln. Doch als ich jetzt Seiner Exzellenz ins Gesicht blickte, begriff ich: Es wäre sinnlos gewesen. Ob man den da durchschüttelte oder nicht – es würde nichts ausmachen, alles würde wie eh und je weitergehen: der würde herumkriechen und herumkramen, sich etwas in den Bart brummen, mit einem Bein im Straßengraben stehen, in Museen Exponate umstürzen und sorgfältig vorbereitete und durchdachte Operationen zunichte machen.

Als der Greis die entfernteste Sektion erreicht hatte, atmete

Seine Exzellenz tief durch, trat an den Tisch, setzte sich auf die Kante neben das Köfferchen und sagte mürrisch: »Na, was suchen Sie denn da, Bromberg? Die Zünder?«

Der alte Bromberg schrie piepsig auf und schreckte zur Seite, wobei er einen Stuhl umwarf. »Wer ist da?« kreischte er los und fuchtelte fieberhaft mit dem Lichtstrahl um sich. »Wer?«

»Ja, ich bin es doch, ich!« antwortete Seine Exzellenz noch mürrischer. »Hören Sie schon auf zu zittern!«

»Wer? Sie? Was zum Teufel . . . !« Der Lichtstrahl traf auf Seine Exzellenz. »Ah, Sikorsky! Hab' ich's mir doch gedacht! . . .«

»Nehmen Sie die Lampe weg«, befahl Seine Exzellenz und schirmte das Gesicht mit der Hand ab.

»Hab' ich's mir doch gedacht, daß das Ihre faulen Tricks sind!« schrie der alte Bromberg los. »Mir war gleich klar, wer hinter diesem ganzen Theater steckt!«

»Nehmen Sie die Lampe weg, oder ich schlag sie in Stücke!« sagte Seine Exzellenz scharf.

»Schreien Sie mich gefälligst nicht an!« kreischte Bromberg, lenkte den Strahl aber zur Seite. »Und wagen Sie ja nicht, meine Tasche anzurühren!«

Seine Exzellenz stand auf und ging auf ihn zu.

»Kommen Sie mir nicht zu nahe!« schrie Bromberg. »Ich bin für Sie kein kleiner Junge! Daß Sie sich nicht schämen! Schließlich sind Sie ein alter Mann!«

Seine Exzellenz trat zu ihm, nahm ihm die Taschenlampe aus der Hand und stellte sie aufs nächste Tischchen, mit dem Reflektor nach oben.

»Setzen Sie sich, Bromberg«, sagte er. »Wir müssen miteinander sprechen.«

»Diese Gespräche mit Ihnen . . .«, brummte Bromberg und setzte sich.

Erstaunlich, aber jetzt war er völlig ruhig. Ein munterer, geachteter alter Mann. Ich glaube, er war sogar fröhlich.

4. Juni '78

Isaac Bromberg. Die Schlacht der eisernen Alten

»Versuchen wir, uns in Ruhe zu unterhalten«, schlug Seine Exzellenz vor.

»Versuchen wir's, versuchen wir's!« erwiderte Bromberg aufgeräumt. »Aber was ist das für ein junger Mann, der die Wand an der Tür festhält? Haben Sie sich einen Leibwächter zugelegt?«

Seine Exzellenz antwortete nicht gleich. Vielleicht hatte er die Absicht gehabt, mich fortzuschicken. ›Maxim, du kannst gehen‹ – und ich wäre natürlich gegangen. Doch es hätte mich gekränkt, und Seiner Exzellenz war das selbstverständlich klar. Es ist durchaus möglich, daß er auch noch andere Gründe hatte. Jedenfalls deutete er lässig in meine Richtung und sagte: »Das ist Maxim Kammerer, Mitarbeiter der KomKon. Maxim, das ist Doktor Isaac Bromberg, Wissenschaftshistoriker.«

Ich verbeugte mich, und Bromberg erklärte augenblicklich: »Hab' ich's mir doch gedacht. Klar, Sie hatten Angst, Sie könnten Mann gegen Mann nicht mit mir fertig werden, Sikorsky ... Setzen Sie sich, setzen Sie sich, junger Mann, machen Sie's sich bequem. Soweit ich Ihren Chef kenne, wird es ein langes Gespräch ...«

»Setz dich, Mak«, sagte Seine Exzellenz.

Ich nahm in dem mir schon bekannten Besuchersessel Platz.

»Also, ich erwarte Ihre Erklärungen, Sikorsky«, ließ sich Bromberg vernehmen. »Was hat dieser Hinterhalt zu bedeuten?«

»Wie ich sehe, haben Sie sich arg erschrocken.«

»Was für ein Unsinn!« ereiferte sich Bromberg auf der Stelle. »Welch dummes Zeug! Gott sei Dank gehöre ich nicht zu den Schreckhaften! Und wenn mir schon jemand einen Schrecken einjagen kann, Sikorsky ...«

»Aber Sie haben so fürchterlich drauflosgeschrien und so viel Möbel umgeworfen ...«

»Na wissen Sie, wenn Ihnen jemand nachts in einem absolut leeren Gebäude etwas ins Ohr ...«

»Es gibt absolut keinen Grund, nachts durch absolut leere Gebäude zu gehen ...«

»Erstens geht Sie das absolut nichts an, Sikorsky, wo ich wann hingehe! Und zweitens, wann sollte ich es Ihrer Meinung nach denn sonst tun? Am Tage läßt man mich nicht herein. Am Tage finden hier irgendwelche verdächtigen Renovierungen statt, irgendwelche unsinnigen Wechsel der Ausstellungen ... Hören Sie, Sikorsky, geben Sie's zu: Das ist alles Ihr Werk – das Museum zu schließen! Ich habe dringend gewisse Daten im Gedächtnis aufzufrischen. Ich erscheine hier. Man läßt mich nicht herein. Mich! Ein Mitglied des wissenschaftlichen Rates dieses Museums! Ich rufe den Direktor an: Was ist los? Der Direktor, der liebe Grant Hotschikjan, in gewissem Sinne mein Schüler ... Der Ärmste windet sich, der Ärmste ist rot vor Scham über sich selbst und vor mir ... Aber er kann nichts machen, er hat sein Wort gegeben! Ihn haben ziemlich angesehene Leute gebeten, und er hat sein Wort gegeben! Interessant, wer hat ihn wohl gebeten? Vielleicht ein gewisser Rudolf Sikorsky? Nein! O nein! Niemand hat hier von einem Rudolf Sikorsky auch nur gehört! Aber ich bin nicht zu täuschen! Mir war sofort klar, wessen Ohren da hinter den Kulissen hervorschauen! Und trotzdem wüßte ich gern, Sikorsky, warum Sie schon eine geschlagene Stunde schweigen und nicht auf meine Frage antworten? Was wollten Sie damit erreichen, frage ich! Das Museum zu schließen! Der schändliche Versuch, aus dem Museum Exponate zu entwenden, die ihm gehören! Nächtliche Hinterhalte! Und wer, zum Teufel, hat hier die Elektrizität abgeschaltet! Ich weiß nicht, was ich hätte tun sollen, wenn ich nicht die Taschenlampe im Gleiter gehabt hätte! Ich hab' mir hier eine Beule gestoßen, daß Sie der Teufel hol! Und dort drüben hab' ich etwas umgeworfen! Ich kann nur hoffen – will hoffen! –, daß es bloß eine Attrappe war ... Und beten Sie zu Gott, Sikorsky, daß es bloß eine Attrappe gewesen ist, denn wenn es ein Original war, werden Sie mir es selbst wieder zusammensetzen! Bis zum letzten Vedding! Und wenn sich dieser letzte Vedding nicht anfindet, werden Sie sich brav auf die Tagora begeben ...«

Ihm versagte die Stimme, und er begann krampfhaft zu keuchen, wobei er sich mit beiden Fäusten gegen die Brust klopfte.

»Erhalte ich noch Antwort auf meine Fragen?« japste er wütend in Atemnot.

Ich saß da wie im Theater, und das alles machte auf mich einen eher komischen Eindruck, doch da schaute ich auf Seine Exzellenz und war starr vor Verwunderung.

Seine Exzellenz, der Wanderer, Rudolf Sikorsky, dieser Eisklotz, dieses reifbedeckte Granitmonument von Kaltblütigkeit und Selbstbeherrschung, dieser unfehlbare Mechanismus zum Hervorpumpen von Informationen – er hatte einen puterroten Kopf bekommen, er atmete schwer, er preßte krampfhaft die knochigen, sommersprossigen Fäuste zusammen und öffnete sie wieder, und seine berühmten Ohren glühten und zuckten, daß es unheimlich anzusehen war. Er hatte sich freilich noch in der Gewalt, aber sicherlich wußte nur er allein, was ihn das kostete.

»Ich möchte gern wissen, Bromberg«, sagte er mit erstickter Stimme, »wozu Sie die Zünder brauchen.«

»Ach, das möchten Sie gern wissen!« zischte Dr. Bromberg giftig und beugte sich plötzlich vor, blickte Seiner Exzellenz aus derart geringer Entfernung ins Gesicht, daß seine lange Nase beinahe zwischen die Zähne meines Chefs geriet. »Und was möchten Sie noch gern über mich wissen? Vielleicht interessiert Sie mein Stuhl? Oder zum Beispiel, worüber ich mich unlängst mit Pilguj unterhalten habe?«

Die Erwähnung des Namens Pilguj in diesem Zusammenhang gefiel mir nicht. Pilguj befaßte sich mit den Biogeneratoren, und meine Abteilung befaßte sich schon den zweiten Monat mit Pilguj. Seine Exzellenz übrigens schenkte der Erwähnung Pilgujs keine Beachtung. Er lehnte sich selbst nach vorn, und zwar so plötzlich, daß Bromberg gerade noch zurückfahren konnte.

»Um Ihren Stuhl kümmern Sie sich gefälligst selbst!« fauchte er. »Ich jedoch möchte wissen, warum Sie sich erlauben, nachts in das Museum einzubrechen, und warum Sie Ihre Krallen nach den Zündern ausstrecken, obwohl man Ihnen klipp und klar gesagt hat, daß die nächsten paar Tage über ...«

»Sie wollen wohl mein Verhalten kritisieren? Ha! Wer! Sikorsky! Mich! Wegen Einbruchs! Ich möchte wissen, wie Sie selbst in dieses Museum eingedrungen sind! Ah? Antworten Sie!«

»Das tut nichts zur Sache, Bromberg!«

»*Sie* sind ein Einbrecher, Sikorsky!« verkündete Bromberg und zeigte mit seinem langen, knochigen Finger auf Seine Exzellenz. »Bis zum Einbruch sind Sie herabgesunken!«

»Sie sind bis zum Einbruch herabgesunken, Bromberg!« brüllte Seine Exzellenz los. »Sie! Ihnen ist vollkommen klar und unzweideutig gesagt worden: Das Museum ist gesperrt! Jeder normale Mensch hätte an Ihrer Stelle ...«

»Wenn ein normaler Mensch auf einen neuerlichen Akt geheimer Machenschaften stößt, so ist es seine Pflicht . . .«

»Seine Pflicht ist, ein wenig seine grauen Zellen zu bemühen, Bromberg! Seine Pflicht ist es, sich klarzuwerden, daß er nicht im Mittelalter lebt. Wenn er auf ein Geheimnis gestoßen ist, dann ist das nicht jemandes Laune und kein böser Wille . . .«

»Ja, es ist keine Laune und kein böser Wille, sondern Ihre erschütternde Selbstsicherheit, Sikorsky, Ihre lachhafte, wahrlich mittelalterliche, idiotisch-fanatische Überzeugung, daß es gerade Ihnen gegeben sei zu entscheiden, was verborgen und was offen sein soll! Sie sind ein Greis, Sikorsky, haben aber immer noch nicht begriffen, daß das vor allem unmoralisch ist!«

»Ich finde es lächerlich, mit einem Menschen über Moral zu sprechen, der bis zum Einbruch geht, nur um seinen kindischen Widerspruchsgeist zu befriedigen! Sie sind nicht einfach ein Greis, Bromberg, Sie sind ein armseliges Alterchen, das in die Kindheit zurückgefallen ist! . . .«

»Wunderbar!« sagte Bromberg und war plötzlich wieder ruhig. Er steckte die Hand in die Tasche seines weißen Anzugs, holte einen glänzenden Gegenstand hervor und legte ihn geräuschvoll vor Seiner Exzellenz auf den Tisch. »Hier ist mein Schlüssel. Wie jedem Mitarbeiter dieses Museums steht mir ein Schlüssel für den Diensteingang zu, und den habe ich benutzt, um hierherzukommen . . .«

»Mitten in der Nacht und entgegen dem Verbot des Direktors?« Seine Exzellenz hatte keinen Schlüssel, sondern nur einen Magnetdietrich, und ihm blieb nur noch der Angriff.

»Mitten in der Nacht, aber immerhin mit einem Schlüssel! Und wo ist Ihr Schlüssel, Sikorsky? Zeigen Sie mir bitte Ihren Schlüssel!«

»Ich habe keinen Schlüssel! Ich brauche auch keinen! Ich bin dienstlich hier, und nicht, weil mich der Hafer sticht, Sie alter, hysterischer Dummkopf!«

Und da ging's los! Ich bin sicher, daß die Wände dieses bescheidenen Arbeitszimmers noch nie zuvor solche Ausbrüche heiseren Brüllens vernommen hatten, vermischt mit krächzenden Schreien. Solche Epitheta. Solche Bacchanalien von Gefühlen. Solch absurde Argumente und noch absurdere Gegenargumente. Ja, was heißt die Wände! Letzten Endes waren es nur die Wände einer stillen akademischen Institution fern von den Leidenschaften des Lebens. Aber ich, ein längst nicht mehr ganz junger Mann, der geglaubt hatte, schon alles mögliche kennengelernt zu haben, selbst ich hatte noch nie und nirgends dergleichen gehört, jedenfalls nicht von Seiner Exzellenz.

Alle Augenblicke versank das Schlachtfeld völlig im Rauch, in dem der Gegenstand des Streites schon nicht mehr auszumachen war und nur allerlei »verantwortungslose Schwätzer«, »feudale Mantel-und-Degen-Ritter«, »gesellschaftliche Provokateure«, »kahlköpfige Geheimagenten«, »verkalkte Dogmatiker« und »verkappte Kerkermeister der Ideen« wie glühende Kanonenkugeln hin und her schwirrten. Nun, und die weniger exotischen »alten Esel«, »Giftmorcheln« und »Marasmatiker« aller Arten hagelten drein wie Schrapnells . . .

Mitunter jedoch riß der Rauchvorhang auf, und dann eröffneten sich meinem erstaunten und gebannten Blick fürwahr frappierende Retrospektiven. Mir wurde dabei klar, daß das Gefecht, dessen zufälliger Zeuge ich wurde, nur einer von den zahllosen, der Welt verborgenen Zusammenstößen in einem lautlosen Krieg war, der bereits zu einer Zeit begonnen hatte, als meine Eltern gerade aus der Schule kamen.

Ziemlich schnell fiel mir ein, wer dieser Isaac Bromberg war. Selbstverständlich hatte ich schon früher von ihm gehört, vielleicht sogar schon damals, als ich noch als grüner Junge in der Gruppe für Freie Suche arbeitete. Eins seiner Bücher – »Wie es wirklich war« – hatte ich zweifellos gelesen: Es war die Geschichte des »Alptraums von Massachusetts«. Ich erinnerte mich, daß mir das Buch nicht gefallen hatte – zu stark war es als Pamphlet angelegt, zu eifrig riß der Autor die romantischen Hüllen von dieser wirklich schrecklichen Geschichte, und zuviel Raum widmete er der detaillierten Diskussion über die politischen Prinzipien des Herangehens an gefährliche Experimente, einer Diskussion, die mich damals nicht im mindesten interessiert hatte.

In gewissen Kreisen war Brombergs Name freilich bekannt und ziemlich geachtet. Man konnte ihn als »Ultralinken« einer gewissen Bewegung der Jiyuisten bezeichnen, die noch von Lamondois gegründet worden war und das Recht der Wissenschaft auf schrankenlose Entwicklung proklamierte.

Die Extremisten dieser Bewegung predigten Prinzipien, die sich auf den ersten Blick völlig natürlich ausnahmen, sich in der

Praxis jedoch auf Schritt und Tritt als undurchführbar erwiesen, welcher Entwicklungsstand der menschlichen Zivilisation auch gegeben sein mochte (ich erinnere mich an den gewaltigen Schock, den ich erlitt, als ich mich mit der Geschichte der Zivilisation auf der Tagora bekannt machte, wo diese Prinzipien seit der unvordenklichen Zeit ihrer Ersten Industriellen Revolution unbeirrt befolgt worden waren).

Jede gesellschaftliche Entdeckung, die sich verwirklichen läßt, wird auch unbedingt verwirklicht. Mit diesem Prinzip ist schwer zu streiten, obwohl auch hier eine ganze Reihe von Vorbehalten auftaucht. Aber was macht man mit einer Entdeckung, wenn sie schon verwirklicht ist? Antwort: Man hält ihre Folgen unter Kontrolle. Sehr schön. Und wenn wir nicht alle diese Folgen voraussehen? Und wenn es schließlich vollkommen klar ist, daß wir einfach außerstande sind, selbst die offensichtlichsten und unangenehmsten Folgen unter Kontrolle zu halten? Wenn dazu völlig unvorstellbare Energiemengen und moralische Anstrengungen nötig sind (wie es übrigens auch bei der Massachusettsmaschine der Fall war, wo vor den Augen der verblüfften Forscher eine neue nichtmenschliche Zivilisation der Erde entstand und Kraft sammelte)?

Die Forschungen einstellen! befiehlt in solchen Fällen für gewöhnlich der Weltrat.

Auf gar keinen Fall! proklamieren als Antwort die Extremisten. Die Kontrolle verstärken? Ja. Die Leistung aufs nötige Maß reduzieren? Ja. Ein Risiko eingehen? Ja! Schließlich, »wer nicht trinkt und wer nicht raucht, stirbt gesund und unverbraucht« (aus dem Auftritt des Patriarchen der Extremisten J. G. Prenson). Aber nur keine Verbote! Moralisch-ethische Verbote sind in der Wissenschaft furchtbarer als jede ethische Erschütterung, die im Ergebnis selbst der riskantesten Wendungen des wissenschaftlichen Fortschritts aufgetreten ist oder auftreten könnte. Zweifellos ein in seiner Dynamik beeindruckender Standpunkt, der unter jungen Wissenschaftlern vorbehaltlose Befürworter findet, aber verteufelt gefährlich, wenn dergleichen Prinzipien ein bedeutender und begabter Fachmann vertritt, der unter seinem Einfluß ein dynamisches talentiertes Kollektiv und erhebliche Energieressourcen versammelt hat.

Gerade solche praktischen Extremisten machten die Hauptkundschaft unserer KomKon 2 aus. Der alte Bromberg indes war ein theoretischer Extremist, und ebendarum war er wohl nie in meinen Gesichtskreis geraten. Dafür hatte er Seiner Exzellenz, wie ich nun sah, ein Leben lang schwer im Magen gelegen, auf der Leber und auf der Galle.

Unsere Arbeit ist derart, daß wir von der KomKon 2 niemals irgend jemandem irgend etwas verbieten. Dafür kennen wir uns einfach nicht genug in der modernen Wissenschaft aus. Die Verbote erläßt der Weltrat. Unsere Aufgabe aber besteht darin, diese Verbote zu verwirklichen und zu verhindern, daß Informationen durchsickern, denn gerade das führt in solchen Fällen auf Schritt und Tritt zu den unheimlichsten Folgen.

Offensichtlich wollte oder konnte Bromberg das nicht einsehen. Der Kampf um die Vernichtung aller und jeglicher Barrieren auf dem Wege der Verbreitung von wissenschaftlicher Information war buchstäblich zu einer fixen Idee geworden. Er verfügte über ein phantastisches Temperament und eine unerschöpfliche Energie. Seine Beziehungen in der Welt der Wissenschaft waren ohne Zahl, und er brauchte nur zu hören, daß irgendwo die Ergebnisse vielversprechender Forschungen auf Eis gelegt wurden, schon verfiel er in zoologische Raserei und stürzte los, um zu entlarven, bloßzustellen und Hüllen herunterzureißen. Mit ihm war definitiv nichts zu machen. Er akzeptierte keine Kompromisse, deshalb konnte man sich nicht mit ihm einigen, er erkannte keine Niederlagen an, deshalb konnte man ihn nicht besiegen. Er war unlenkbar wie ein kosmischer Kataklysmus.

Doch offenbar braucht selbst die höchste und abstrakteste Idee einen recht konkreten Angriffspunkt. Und zu diesem Angriffspunkt, zur konkreten Verkörperung der Kräfte der Finsternis und des Bösen, gegen die er focht, wurde für ihn die KomKon 2 im allgemeinen und Seine Exzellenz im besonderen. »KomKon 2!« zischte er giftig, sprang auf Seine Exzellenz zu und sofort wieder zurück. »O ihr Jesuiten! Eine jedem bekannte Abkürzung zu nehmen – Kommission für Kontakte mit anderen Zivilisationen! Edel, groß! Ruhmreich! Und dahinter euer stinkendes Kontor zu verstecken! Kommission für Kontrolle, sieh einer an! Ein Komplott von Konservativen, aber keine Kommission für Kontrolle! Eine Komplette Konspiration!«

Seine Exzellenz war seiner dieses halbe Jahrhundert hindurch maßlos überdrüssig geworden. Und zwar, soviel ich verstand, im wörtlichen Sinne überdrüssig – wie man einer Stechfliege oder einer aufdringlichen Mücke überdrüssig wird. Selbstverständlich vermochte Bromberg unserer Sache nicht ernstlich zu schaden. Das stand einfach nicht in seiner Macht. Aber dafür stand es in seiner Macht, unablässig zu summen und zu brummen, zu lärmen und zu zirpen, einen aus der Arbeit zu reißen, keine Ruhe zu geben, kleine, giftige Stiche auszuteilen, die strikte Einhaltung aller Formalitäten zu fordern und die öffentliche Meinung gegen die Zunahme des Formkrams zu mobilisieren, mit einem Wort – einen bis zur völligen Erschöpfung zu ermüden. Ich würde mich nicht wundern, wenn sich herausstellte, daß sich Seine Exzellenz vor zwanzig Jahren in das blutige Wirrwarr auf dem Saraksch gestürzt hätte, nur um sich ein wenig von Bromberg zu erholen. Mir tat Seine Exzellenz auch deswegen leid, weil er als prinzipienfester und dazu im höchsten Maße gerechter Mensch sich offensichtlich völlig darüber im klaren war, daß Brombergs Tätigkeit, abgesehen von ihrer Form, auch eine positive soziale Funktion erfüllte: Es war noch eine Art gesellschaftliche Kontrolle – die Kontrolle über die Kontrolle.

Was nun jedoch den giftigen alten Bromberg anging, so war der augenscheinlich völlig bar selbst des elementarsten Gerechtigkeitssinnes und wischte unsere ganze Arbeit einfach weg, hielt sie für unbedingt schädlich, haßte sie feurig und aufrichtig. Dabei waren die Formen, die dieser Haß annahm, derart anrüchig, die Manieren dieses verbohrten Greises so hochgradig unerträglich, daß Seine Exzellenz bei all seiner Kaltblütigkeit und übermenschlichen Selbstbeherrschung völlig das Gesicht verlor und sich in einen zänkischen, dummen und boshaften Schreihals verwandelte, und das offenbar jedesmal, wenn er so Auge in Auge mit Bromberg zusammentraf. »Sie sind ein lahmer Ignorant!« krächzte er mit überdrehter Stimme. »Sie parasitieren auf den Irrtümern der Großen! Selbst sind Sie nicht imstande, auch nur einen Kopf zu erfinden, wollen aber über die Zukunft der Wissenschaft urteilen! Sie bringen die Sache, die Sie um jeden Preis verteidigen wollen, ja nur in Mißkredit, ergötzen sich an billigen Anekdoten . . .«

Man sah, daß die beiden Alten ziemlich lange nicht aufeinandergeprallt waren und jetzt mit besonderer Wut die angestauten Vorräte an Gift und Galle übereinander ausgossen. Der Anblick war in vielerlei Beziehung lehrreich, wenngleich er im schreienden Gegensatz zu den weithin bekannten Thesen stand, daß der

Mensch von Natur aus gut ist und daß er stolz klingt. Am ehesten ähnelten sie nicht Menschen, sondern zwei alten, abgerissenen Kampfhähnen. Zum erstenmal wurde mir bewußt, daß Seine Exzellenz schon im hohen Greisenalter stand.

Aber so unästhetisch es war, überschüttete mich dieses Schauspiel doch mit einer ganzen Lawine unschätzbarer Informationen. Viele Anspielungen verstand ich einfach nicht – die Rede war offensichtlich von längst abgeschlossenen und vergessenen Fällen. Einige der erwähnten Geschichten waren mir gut bekannt. Etliches jedoch hörte und begriff ich zum erstenmal.

Ich erfuhr zum Beispiel, was es mit der Operation »Spiegel« auf sich hatte. Das erwies sich als die Bezeichnung für globale, streng geheime Manöver zur Abwehr einer möglichen Aggression von außen (vermutlich einer Invasion der *Wanderer*), die vor vier Jahrzehnten stattgefunden hatte. Von dieser Operation wußte buchstäblich nur eine Handvoll Leute, und die Millionen Menschen, die an ihr teilgenommen hatten, ahnten das nicht einmal. Ungeachtet aller Vorsichtsmaßnahmen waren, wie das bei Angelegenheiten globalen Ausmaßes fast immer der Fall ist, ein paar Menschen ums Leben gekommen. Einer der Leiter dieser Operation und verantwortlich für die Geheimhaltung war Seine Exzellenz.

Ich erfuhr, wie der Fall »Mißgeburt« entstanden war. Bekanntlich hatte Jonathan Pereira aus eigener Initiative seine Arbeit auf dem Gebiet der theoretischen Eugenik eingestellt.

Als er dieses ganze Gebiet stillegte, war der Weltrat im Grunde gerade Pereiras Empfehlungen gefolgt. Wie sich nun zeigte, hatte unser lieber Bromberg Wind davon bekommen und daraufhin Einzelheiten von Pereiras Theorie feurig herumerzählt, mit dem Resultat, daß fünf verteufelt begabte Draufgänger aus dem Schweitzer-Laboratorium in Bamako ihr Experiment mit einer neuen Variante des Homo superior in Angriff nahmen und um ein Haar zu Ende geführt hätten.

Die Geschichte mit den Androiden war mir in groben Zügen schon früher bekannt gewesen, vor allem weil sie immer als klassisches Beispiel eines unlösbaren ethischen Problems angeführt wird. Es war jedoch interessant, zu erfahren, daß Dr. Bromberg die Androidenfrage keineswegs für sekretiert hielt. Das Problem »Subjekt oder Objekt?« existiert im gegebenen Fall für ihn überhaupt nicht. Das Persönlichkeitsgeheimnis der Gelehrten, die sich mit den Androiden befaßt hatten, ist ihm schnuppe, und das Recht der Androiden auf ein Persönlichkeitsgeheimnis hält er für Nonsens und Katachrese. Alle Details dieser Geschichte müssen der Nachwelt zur Lehre veröffentlicht und die Arbeiten mit den Androiden fortgeführt werden ... Und so weiter.

Unter den Geschichten, von denen ich nie zuvor etwas vernommen hatte, zog eine meine Aufmerksamkeit auf sich. Es ging um einen Gegenstand, den sie bald Sarkophag, bald Brutkasten nannten. Mit diesem Sarkophag-Brutkasten brachten sie in ihrem Streit auf irgendeine unmerkliche Weise »Zünder« in Zusammenhang – offensichtlich dieselben, um derentwillen Bromberg hier aufgetaucht war und die jetzt vor mir auf dem Tisch lagen, mit dem geblümten Schaltuch bedeckt. Die Zünder wurden übrigens nur beiläufig erwähnt, jedoch mehrmals; in der Hauptsache aber wogte das Wortgefecht um den »Rauchvorhang widerlicher Geheimhaltung«, mit dem Seine Exzellenz den Sarkophag-Brutkasten umgeben hatte. Ebendiese Geheimhaltung war schuld daran, daß Doktor Soundso, der einzigartige Ergebnisse in der Anthropometrie und Physiologie der Cro-Magnon-Menschen erzielt hatte, diese Ergebnisse unter Verschluß halten mußte und so die Entwicklung der Paläanthropologie verzögert wurde. Und ein anderer Doktor Soundso, der das Funktionsprinzip des Sarkophag-Brutkastens herausgefunden hatte, sah sich in der zweideutigen Lage eines Menschen, dem die wissenschaftliche Öffentlichkeit die Erfindung dieses Prinzips zuschrieb, weshalb er die Wissenschaft überhaupt aufgegeben hatte und jetzt mittelmäßige Landschaften pinselte ...

Ich horchte auf. Die Zünder standen im Zusammenhang mit dem geheimnisvollen Sarkophag. Wegen der Zünder war Bromberg hier aufgekreuzt. Die Zünder hatte Seine Exzellenz als Köder für Abalkin ausgelegt. Ich hörte mit verdoppelter Aufmerksamkeit zu, in der Hoffnung, daß die Alten im Eifer des Gefechts noch etwas ausplaudern würden und ich endlich etwas Wesentliches über Lew Abalkin erführe. Aber ich hörte dieses Wesentliche erst, als sie sich wieder beruhigt hatten.

4. Juni '78

Lew Abalkin. Bei Dr. Bromberg

Sie beruhigten sich mit einem Male, gleichzeitig, als wären bei beiden die letzten Reste von Energie versiegt. Sie verstummten. Hörten auf, einander mit feurigen Blicken zu durchbohren. Bromberg atmete tief aus, holte ein altmodisches Taschentuch hervor und begann sich Gesicht und Hals abzuwischen. Ohne ihn anzublicken, faßte sich Seine Exzellenz in die Brusttasche (ich erschrak – nach der Pistole etwa?), holte eine Kapsel hervor, ließ ein weißes Kügelchen auf seine Handfläche rollen und legte es sich unter die Zunge, die Kapsel aber bot er Bromberg an.

»Ich denke gar nicht dran!« erklärte Bromberg und wandte sich demonstrativ ab.

Seine Exzellenz hielt ihm weiter die Kapsel hin. Bromberg schaute sie wie ein Hahn aus den Augenwinkeln an. Dann sagte er pathetisch: »Das Gift, das dir ein Weiser reicht, nimm an, doch nimm den Balsam nicht aus Narrenhand . . .«

Er nahm die Kapsel und ließ auch auf seine Handfläche ein weißes Kügelchen rollen.

»Ich brauch' das nicht!« verkündete er und warf sich das Kügelchen in den Mund. »Noch nicht . . .«

»Isaac«, sagte Seine Exzellenz und schluckte. »Was werden Sie machen, wenn ich tot bin?«

»Cachucha tanzen«, sagte Bromberg düster. »Reden Sie kein dummes Zeug.«

»Isaac«, sagte Seine Exzellenz. »Wozu brauchen Sie denn nun die Zünder? – Warten Sie, fangen Sie nicht alles von vorn an. Ich gedenke keineswegs, mich in Ihre persönlichen Angelegenheiten zu mischen. Wenn Sie sich vorige oder nächste Woche für die Zünder interessiert hätten, würde ich Ihnen niemals diese Frage stellen. Aber Sie brauchen sie ausgerechnet heute. Ausgerechnet in der Nacht, in der ganz jemand anders ihretwegen hätte herkommen müssen. Wenn das einfach ein Zufall ist, dann sagen Sie's, und wir trennen uns. Ich hab' Kopfschmerzen . . .«

»Und wer sollte wegen der Zünder herkommen?« fragte Bromberg mißtrauisch.

»Lew Abalkin«, sagte Seine Exzellenz müde.

»Wer ist das?«

»Sie kennen Lew Abalkin nicht?«

»Ich höre den Namen zum erstenmal«, erwiderte Bromberg.

»Glaub' ich«, sagte Seine Exzellenz.

»Das möchte ich meinen!« entgegnete Bromberg hochmütig.

»Ihnen glaube ich«, sagte Seine Exzellenz. »Aber ich glaube nicht an Zufälle ... Hören Sie, Isaac, ist das denn so schwer – einfach und ohne Verrenkungen zu erzählen, warum Sie gerade heute wegen der Zünder gekommen sind ...«

»Mir paßt das Wort ›Verrenkungen‹ nicht!« sagte Bromberg zänkisch, aber bereits weniger hitzig als zuvor.

»Ich nehme es zurück«, sagte Seine Exzellenz.

Bromberg begann wieder, sich mit dem Taschentuch abzuwischen. »Ich habe keine Geheimnisse«, erklärte er. »Sie wissen, Rudolf, daß ich alle und jegliche Geheimnisse verabscheue. Sie selbst haben mich in eine Situation gebracht, in der ich mich verrenken und Komödie spielen muß. Dabei ist alles sehr einfach. Heute morgen hat mich jemand aufgesucht ... Brauchen Sie unbedingt den Namen?«

»Nein.«

»Ein junger Mann. Worüber ich mit ihm gesprochen habe, tut nichts zur Sache, wie ich annehme. Das Gespräch hatte ziemlich privaten Charakter. Aber während der Unterhaltung bemerkte ich bei ihm hier« – Bromberg tippte mit dem Finger auf die Innenseite des rechten Ellenbogens – »ein ziemlich seltsames Muttermal. Ich habe ihn sogar gefragt: ›Was ist das – eine Tätowierung?‹ Sie wissen, Rudolf, Tätowierungen sind mein Hobby ... ›Nein‹, gab er zur Antwort. ›Es ist ein Muttermal.‹ Am ehesten gleicht es dem Buchstaben Sh in kyrillischer Schrift oder, sagen wir, dem japanischen Zeichen ›sanju‹ – ›dreißig‹. Fällt Ihnen dabei nichts ein, Rudolf?«

»Doch«, sagte Seine Exzellenz.

Mir fiel dabei auch etwas ein, etwas, was ich vor kurzem gesehen hatte, was mir sonderbar und zugleich unwesentlich erschienen war.

»Was denn, sind Sie sofort draufgekommen?« fragte Bromberg neiderfüllt.

»Ja«, sagte Seine Exzellenz.

»Ich nicht gleich. Der junge Mann war schon längst wieder gegangen, und ich saß immer noch da und versuchte mich zu erinnern, wo ich so ein Zeichen schon einmal gesehen hatte ... Und zwar nicht schlechthin ein ähnliches, sondern haargenau das gleiche. Schließlich fiel es mir ein. Ich mußte mich vergewissern, verstehen Sie? Ich habe keine einzige Reproduktion zur Hand. Ich stürze ins Museum – es ist geschlossen . . .«

»Mak«, sagte Seine Exzellenz, »sei so gut und reich uns das Ding unter dem Schal.«

Ich tat wie befohlen.

Der Klotz war schwer und fühlte sich warm an. Ich stellte ihn vor Seine Exzellenz auf den Tisch. Seine Exzellenz zog ihn zu sich heran, und jetzt sah ich, daß es in der Tat ein Futteral aus glattpoliertem Material von leuchtender Bernsteinfarbe war, mit einer kaum sichtbaren, ideal geraden Linie, die den leicht konvexen Deckel von der massiven Basis trennte. Seine Exzellenz versuchte den Deckel anzuheben, doch seine Finger glitten ab, und es wurde nichts.

»Lassen Sie mich mal«, sagte Bromberg ungeduldig. Er schob Seine Exzellenz beiseite, packte den Deckel mit beiden Händen, hob ihn ab und legte ihn daneben.

Diese Dinger also nannten sie offenbar »Zünder«: graue dicke runde Scheiben von vielleicht siebzig Millimetern im Durchmesser, die in einer Reihe in akkuraten Fassungen lagen. Insgesamt gab es elf Zünder, zwei weitere Fassungen waren leer, und man konnte sehen, daß sie am Grunde von weißlichem Flaum bedeckt waren, der Schimmel ähnelte und dessen Härchen sich merklich bewegten, als wären sie lebendig, und sie waren wohl auch in gewissem Sinne lebendig.

Vor allem jedoch sprangen mir die ziemlich komplizierten Hieroglyphen auf der Oberfläche der Zünder ins Auge, auf jedem eine und alle unterschiedlich. Sie waren groß, rosabraun, leicht verwaschen, als hätte man sie mit farbiger Tinte auf feuchtes Papier gezeichnet. Und eine davon erkannte ich sofort: das leicht verwischte kyrillische Sh oder, wenn man so will, das japanische Zeichen »sanju« – das kleine Original der vergrößerten Kopie auf der Rückseite von Blatt Nr. I in der Mappe Nr. 7. Dieser Zünder war der dritte von links, von mir aus gesehen, und Seine Exzellenz, den langen Zeigefinger darauf gerichtet, fragte: »Der?«

»Ja, ja«, antwortete Bromberg ungeduldig und schob die Hand meines Chefs weg. »Stören Sie nicht. Sie verstehen gar nichts . . .«

Er krallte die Fingernägel in die Ränder des Zünders und

begann ihn mit vorsichtigen Bewegungen gleichsam aus der Fassung herauszuschrauben, wobei er murmelte: »Hier geht es überhaupt nicht darum ... Denken Sie etwa, ich könnte es verwechseln ... Welch ein Unsinn ...« Und schließlich zog er den Zünder aus der Fassung und hob ihn vorsichtig immer höher über das Futteral, und es war zu sehen, wie die dicke graue runde Scheibe weißliche Fäden hinter sich herzog, die dünner wurden, einer nach dem anderen durchrissen, und als der letzte gerissen war, drehte Bromberg die Scheibe mit der Unterseite zuoberst, und ich erblickte dort zwischen den vibrierenden halbdurchsichtigen Härchen dieselbe Hieroglyphe, nur schwarz, klein und sehr deutlich, als wäre sie in das graue Material eingeprägt.

»Ja!« sagte Bromberg. »Größe, Einzelheiten, Proportionen. Verstehen Sie, sein Muttermal ähnelt diesem Zeichen nicht einfach nur – es ist völlig identisch ...« Er blickte Seine Exzellenz durchdringend an. »Hören Sie, Rudolf, eine Hand wäscht die andere. Wie ist das – haben Sie sie alle gezeichnet?«

»Natürlich nicht.«

»Also hatten sie das von Anfang an?« fragte Bromberg und klopfte sich mit dem Finger auf die rechte Handwurzel.

»Nein. Diese Zeichen sind an ihnen erschienen, als sie zehn, zwölf Jahre alt waren.«

Bromberg schraubte den Zünder vorsichtig zurück in die Fassung und ließ sich befriedigt in den Sessel zurücksinken. »Nun ja«, erklärte er. »So hatte ich das alles auch aufgefaßt ... Alsdann, Herr Polizeipräsident, was ist Ihre ganze Geheimhaltung wert? Seine Nummer habe ich, und sobald der goldfingrige Phöbus die Gipfel dieser eurer architektonischen Mißgeburten erhellt, werde ich mich ungesäumt mit ihm in Verbindung setzen, und wir werden uns nach Herzenslust unterhalten ... Und versuchen Sie nicht, es mir auszureden, Sikorsky!« schrie er los und fuchtelte Seiner Exzellenz mit dem Finger vor der Nase herum. »Er ist von selbst zu mir gekommen, und ich habe selbst – verstehen Sie? – selbst mit diesem meinem alten Kopf herausgefunden, wer vor mir steht, und jetzt gehört er mir! Ich bin nicht in Ihre lausigen Geheimnisse eingedrungen! Ein bißchen Glück, ein bißchen Findigkeit ...«

»Gut, gut«, sagte Seine Exzellenz. »In Gottes Namen. Keinerlei Einwände. Er gehört Ihnen, treffen Sie sich mit ihm, unterhalten Sie sich. Aber nur mit ihm, bitte. Mit keinem anderen.«

»Nna . . .«, ließ sich Bromberg mit ironischem Zweifel vernehmen.

»Überhaupt, tun Sie, was Ihnen beliebt«, sagte Seine Exzellenz plötzlich. »Das hat jetzt alles nichts zu bedeuten . . . Sagen Sie, Isaac, worüber haben Sie mit ihm gesprochen?«

Bromberg faltete die Hände überm Bauch und drehte Däumchen. Die Siege, die er über Seine Exzellenz errungen hatte, waren so groß und offensichtlich, daß er sich ohne Zweifel Großmut leisten konnte.

»Ich muß gestehen, das Gespräch war ziemlich verworren«, sagte er. »Inzwischen ist mir natürlich klargeworden, daß mir dieser Cromagnide einfach etwas vorgemacht hat . . .«

Heute oder, genauer gesagt, gestern früh war ein junger Mann von vierzig, fünfundvierzig Jahren bei ihm erschienen und hatte sich als Alexander Dymok vorgestellt, Konfigurator für Landwirtschaftsautomaten. Mittelgroß, sehr blasses Gesicht, langes glattes schwarzes Haar wie ein Indianer. Er beklagte sich, er versuche schon seit Monaten vergeblich, die Umstände herauszufinden, unter denen seine Eltern verschwunden waren. Er legte Bromberg eine überaus rätselhafte und in ihrer Rätselhaftigkeit verteufelt verführerische Legende dar, die er angeblich selbst stückchenweise zusammengetragen hatte, ohne auch nur die unwahrscheinlichsten Gerüchte zu verschmähen. Bromberg hatte diese Legende in allen Einzelheiten notiert, sie jetzt wiederzugeben, schien jedoch kaum sinnvoll. Eigentlich hatte Alexander Dymoks Besuch ein einziges Ziel verfolgt: ob nicht Bromberg, der Welt bedeutendster Kenner verbotener Wissenschaft, wenigstens ein bißchen Licht in diese Geschichte bringen könnte.

Der Welt bedeutendster Kenner Bromberg zog seine Kartothek zu Rate, fand aber nichts über das Ehepaar Dymok. Der junge Mann war über diesen Umstand merklich betrübt und schon im Begriff zu gehen, als ihm ein glücklicher Einfall kam. Es wäre nicht ausgeschlossen, sagte er, daß seine Eltern überhaupt nicht Dymok geheißen hätten. Es wäre auch nicht ausgeschlossen, daß seine ganze Legende nichts mit der Wirklichkeit gemein hätte. Vielleicht könnte Dr. Bromberg versuchen, sich zu erinnern, ob in der Wissenschaft nicht irgendwelche rätselhaften und später von der Veröffentlichung ausgeschlossenen Ereignisse in den Jahren um Alexander Dymoks Geburtsdatum (Februar '36) vorgefallen wären, denn seine Eltern hätte er im Alter von einem oder zwei Jahren verloren ...

Der Kenner Bromberg griff wieder zu seiner Kartothek, diesmal zum chronologischen Teil. Im Zeitabschnitt '33 bis '39 fand er insgesamt acht verschiedene Vorfälle, darunter auch die Geschichte mit dem Sarkophag-Brutkasten. Gemeinsam mit Alexander Dymok gingen sie jeden dieser Vorfälle sorgsam durch und kamen zu der Folgerung, daß keiner davon mit dem Schicksal des Ehepaars Dymok im Zusammenhang stehen konnte.

Und daraus »zog ich alter Dummkopf den Schluß, daß mir das Schicksal eine Geschichte geschenkt hätte, die mir seinerzeit völlig entgangen war. Können Sie sich das vorstellen? Nicht irgend so eins von Ihren lausigen Verboten, sondern das Verschwinden zweier Biochemiker! Also das hätte ich Ihnen niemals verziehen, Sikorsky!« Und noch zwei geschlagene Stunden lang fragte Bromberg Alexander Dymok aus, verlangte von ihm, er solle sich an die winzigsten Einzelheiten erinnern, an jedes, selbst das unsinnigste Gerücht, nahm ihm das feierliche Versprechen ab, sich einer Tiefen-Mentoskopie zu unterziehen, so daß der junge Mann die letzte Stunde hindurch offensichtlich nichts sehnlicher wünschte, als möglichst schnell das Weite zu suchen ...

Und schon ganz gegen Ende der Unterredung bemerkte Bromberg rein zufällig das »Muttermal«. Dieses Muttermal, das doch anscheinend mit der Sache gar nichts zu tun hatte, setzte sich aus unerklärlichen Gründen in Brombergs Kopf fest. Der junge Mann war längst gegangen. Bromberg hatte schon etliche Anfragen an das GGI gerichtet und mit zwei, drei Fachleuten über das Ehepaar Dymok gesprochen (erfolglos), doch dieses verdammte Mal ging ihm immer noch im Kopf herum. Erstens war sich Bromberg völlig sicher, daß er es irgendwo und irgendwann schon einmal gesehen hatte, und zweitens wurde er das Gefühl nicht los, daß von diesem Mal und von etwas, was damit in Verbindung stand, in seinem Gespräch mit Alexander Dymok die Rede gewesen war. Und erst als er das gesamte Gespräch Satz für Satz aufs peinlichste im Gedächtnis rekonstruiert hatte, kam er endlich auf den Sarkophag, erinnerte sich an die Zünder, und eine frappierende Vermutung, wer Alexander Dymok in Wahrheit gewesen sein mochte, ging ihm auf.

Seine erste Regung war, den Jungen unverzüglich anzurufen

und ihm mitzuteilen, daß das Rätsel seiner Herkunft gelöst sei. Aber die ihm, Bromberg, eigene wissenschaftliche Gründlichkeit erforderte zuvor absolute Gewißheit, die keine anderen Lesarten zuließ. Er, Bromberg, hatte schon viel unglaublichere Zufälle erlebt. Deshalb rief er zuerst einmal Hals über Kopf im Museum an . . .

»Alles klar«, sagte Seine Exzellenz finster. »Besten Dank, Isaac. Jetzt weiß er also von dem Sarkophag . . .«

»Und warum sollte er nicht davon wissen?« rief Bromberg.

»In der Tat«, sprach Seine Exzellenz langsam. »Warum eigentlich nicht?«

Das Persönlichkeitsgeheimnis Lew Abalkins

Am 21. Dezember '37 landete eine Abteilung der Fährtensucher unter der Leitung von Boris Fokin auf einem Felsplateau auf einem kleinen namenlosen Planeten im System von EN 9173 mit dem Auftrag, die hier bereits im vorigen Jahrhundert entdeckten Ruinen zu untersuchen, die den *Wanderern* zugeschrieben wurden.

Am 24. Dezember zeigten die Intravisions-Aufnahmen unter den Ruinen einen ausgedehnten Raum mehr als drei Meter tief im Felsgestein.

Am 25. Dezember drang Boris Fokin gleich beim ersten Versuch und ohne unvorhergesehene Zwischenfälle in diesen Raum vor. Er war in Form einer Halbkugel von zehn Metern Radius angelegt. Diese Halbkugel war mit Elektrin verkleidet, einem für die Zivilisation der *Wanderer* recht charakteristischen Material, und enthielt eine voluminöse Vorrichtung, für die einer der Fährtensucher leichthin die Bezeichnung »Sarkophag« prägte.

Am 26. Dezember erbat und erhielt Boris Fokin von der entsprechenden Abteilung der KomKon die Erlaubnis, den Sarkophag mit eigenen Mitteln zu untersuchen.

Seiner Gewohnheit gemäß erschöpfend methodisch und vorsichtig vorgehend, hatte er drei Tage lang mit dem Sarkophag zu tun. In dieser Zeit gelang es, das Alter des Fundes zu bestimmen (vierzig- bis fünfundvierzigtausend Jahre), herauszufinden, daß der Sarkophag Energie verbrauchte, und sogar eine Beziehung zwischen dem Sarkophag und den Ruinen über ihm zweifelsfrei festzustellen. Schon damals wurde eine Hypothese laut, die später Bestätigung fand und besagte, daß die erwähnten »Ruinen« gar keine Ruinen sind, sondern Teil eines ausgedehnten, den ganzen Planeten umspannenden Systems zur Aufnahme und Umformung sämtlicher Arten kostenloser Energie, planetarer wie kosmischer (seismische Vorgänge, Fluktuationen des Magnetfeldes, meteorologische Erscheinungen, die Strahlung des Zentralgestirns, kosmische Strahlen usw.).

Am 29. Dezember trat Boris Fokin unmittelbar mit Komow in Verbindung und verlangte, dieser möge ihm den besten Spezialisten für Embryologie schicken. Komow forderte selbstverständlich Erklärungen, doch Boris Fokin wich ihnen aus und schlug Komow vor, selbst zu kommen, doch unbedingt in Begleitung eines Embryologen. Komow hatte vor langer Zeit, in jungen Jahren, einmal mit Fokin zusammengearbeitet und von ihm einen wenig schmeichelhaften Eindruck behalten. Deshalb dachte er gar nicht daran, selbst zu fliegen, schickte aber einen Embryologen, allerdings nicht den besten, sondern den ersten, der sich bereitfand – einen gewissen Mark van Bleerkom (später raufte sich Komow mehr als einmal die Haare, wenn er an diese seine Entscheidung dachte, denn Mark van Bleerkom erwies sich als Busenfreund des nicht unbekannten Isaac P. Bromberg).

Am 30. Dezember brach Mark van Bleerkom auf, um sich Boris Fokin zur Verfügung zu stellen, und schon wenige Stunden darauf schickte er an Komow eine erstaunliche Mitteilung in Klartext. In dieser Mitteilung behauptete er, daß der sogenannte Sarkophag nichts anderes sei als eine Art Embryo-Safe von vollkommen phantastischer Konstruktion. Der Safe enthalte dreizehn befruchtete Eizellen der Art Homo sapiens, die zudem alle als durchaus lebensfähig erschienen, obwohl sie sich in latentem Zustand befänden.

Man muß zwei an dieser Geschichte Beteiligte würdigen: Boris Fokin und das Mitglied der KomKon Gennadi Komow. Fokin hatte mit einem sechsten Sinn erraten, daß es nicht angezeigt war, diesen Fund in die ganze Welt hinauszuschreien. Mark van Bleerkoms Funkspruch war der erste und letzte öffentliche in dem nun folgenden Funkverkehr der Landeabteilung mit der Erde. Deshalb fand diese Geschichte im Strom der Masseninformation auf unserem Planeten ihren Niederschlag nur in Form einer knappen Meldung, die später nicht bestätigt wurde und daher fast keine Aufmerksamkeit erregte.

Was nun Gennadi Komow betraf, so hatte er nicht nur sofort das Wesen des vor seinen Augen entstehenden Problems erfaßt, sondern es auch irgendwie vermocht, sich eine ganze Reihe von denkbaren Folgen dieses Problems vorzustellen. Vor allem verlangte er von Fokin und Bleerkom eine Bestätigung der eingegangenen Daten (per Sondercode über einen Blitzkanal), und als er die Bestätigung erhalten hatte, rief er sofort eine Beratung jener Leiter der KomKon zusammen, die zugleich Mitarbeiter des Weltrates waren. Darunter befanden sich solche Koryphäen wie Leonid Gorbowski und August Johann Bader, der junge Heißsporn Kyrill Alexandrow, der vorsichtig, ewig zweifelnde Mahiro Shinoda und auch der energische zweiundsechzigjährige Rudolf Sikorsky.

Komow informierte die Versammelten und stellte die Frage in den Raum: Was tun? Natürlich konnte man den Sarkophag abschließen, alles lassen, wie es war, und sich in Zukunft mit passiver Beobachtung begnügen. Man konnte versuchen, die Entwicklung der Eizellen in Gang zu setzen, und sehen, was daraus wurde. Schließlich konnte man, um künftige Komplikationen zu vermeiden, den Fund vernichten.

Selbstverständlich war sich Gennadi Komow, damals schon ein ausreichend erfahrener Mann, völlig darüber im klaren, daß weder diese außerordentliche Beratung noch ein Dutzend weiterer das Problem lösen würden. Mit seinem absichtlich scharfen Auftreten verfolgte er nur einen Zweck: die Versammelten zu schockieren und zur Diskussion anzuregen.

Man muß sagen, daß er sein Ziel erreichte. Von allen Teilnehmern der Beratung bewahrten nur Leonid Gorbowski und Rudolf Sikorsky augenscheinlich kaltes Blut. Gorbowski, weil er ein vernünftiger Optimist, Sikorsky, weil er schon damals Leiter der KomKon 2 war. Es wurden viele Worte gewechselt – haltlos hitzige und betont gelassene, durchaus leichtfertige und andere voll tiefem Sinn, längst vergessene und solche, die später ins Lexikon der Vorträge, Legenden, Berichte und Empfehlungen eingingen. Wie zu erwarten war, lief der einzige Beschluß der Beratung darauf hinaus, am nächsten Tag eine neue, erweiterte Besprechung einzuberufen, an der weitere Mitglieder des Weltrates teilnehmen sollten – Fachleute für Sozialpsychologie, Pädagogik und Massenmedien.

Die ganze Beratung hindurch hatte Rudolf Sikorsky geschwiegen. Er fühlte sich nicht hinreichend kompetent, um sich für die eine oder andere Lösung des Problems auszusprechen. Doch seine langjährige Erfahrung auf dem Gebiet der experimentellen Geschichte wie auch die Gesamtheit aller ihm über die Tätigkeit der *Wanderer* bekannten Fakten führten ihn eindeutig zu dem Schluß: Welche Entscheidung der Weltrat letzten Endes auch fällte, diese Entscheidung wie überhaupt alle Umstände dieser Angelegenheit galt es auf unbestimmte Zeit im Kreise von Personen mit dem höchsten Niveau sozialer Verantwortlichkeit zu halten. In diesem Sinne äußerte er sich auch kurz vor Ende der Beratung. »Die Entscheidung, alles zu lassen, wie es ist, und sich auf passive Beobachtung zu beschränken, ist in Wahrheit keine Entscheidung. An wirklichen Entscheidungen gibt es nur zwei: vernichten oder die Entwicklung in Gang setzen. Es ist unwichtig, wann eine von diesen Entscheidungen getroffen wird – heute oder in hundert Jahren, doch jede wird unbefriedigend sein. Den Sarkophag zu vernichten heißt, etwas Unumkehrbares zu tun. Wir alle hier wissen, was unumkehrbare Taten wert sind. Die Entwicklung in Gang zu setzen heißt, den Weg zu gehen, den uns die *Wanderer* vorzeichnen, und deren Absichten sind uns, gelinde gesagt, unverständlich. Ich will keine Entscheidung vorwegnehmen und halte mich überhaupt nicht für berechtigt, für welche Entscheidung auch immer zu stimmen. Das einzige, worum ich bitte und worauf ich bestehe – erlauben Sie mir, unverzüglich Maßnahmen gegen ein Durchsickern von Information zu ergreifen. Und sei es auch nur, damit uns nicht ein Ozean von Inkompetenz überflutet . . .«

Diese kleine Rede hinterließ einigen Eindruck, und er erhielt einstimmig die Erlaubnis, zumal allen klar war: Eile konnte nur schaden, und es mußten unbedingt die Voraussetzungen für eine ruhige und gründliche Arbeit geschaffen werden.

Am 31. Dezember fand die erweiterte Beratung statt. Anwesend waren achtzehn Personen, darunter der von Gorbowski eingeladene Vorsitzende des Weltrates für soziale Fragen. Alle stimmten darin überein, daß der Sarkophag rein zufällig gefunden worden war, also vor der Zeit. Alle waren sich weiterhin einig, daß man, ehe man irgendeine Entscheidung fällte, versuchen mußte, die ursprüngliche Absicht der *Wanderer* zu verstehen oder wenigstens eine Vorstellung davon zu gewinnen.

Es wurden ein paar mehr oder weniger exotische Hypothesen vorgebracht.

Kyrill Alexandrow, für seine anthropomorphistischen Anschauungen bekannt, äußerte die Vermutung, der Sarkophag sei ein Aufbewahrungsort für den genetischen Fonds der *Wanderer*. Alle mir bekannten Beweise für die nichthumanoide Natur der *Wanderer*, erklärte er, sind im Grunde indirekt. In Wirklichkeit können sich die *Wanderer* durchaus als genetische Doppelgänger des Menschen erweisen. Eine solche Annahme widerspricht keinem der zugänglichen Fakten. Davon ausgehend, schlug Alexandrow vor, alle Untersuchungen abzubrechen, den Fund wieder in seinen ursprünglichen Zustand zu versetzen und das System von EN 9173 zu verlassen.

Nach Ansicht von August Johann Bader war der Sarkophag in der Tat ein Aufbewahrungsort für einen genetischen Fonds, aber keinesweigs der *Wanderer*, sondern für genetisches Material der Erdenmenschen. Vor fünfundvierzigtausend Jahren hätten die *Wanderer* eine Degeneration der damals wenigen Stämme des Homo sapiens für theoretisch möglich gehalten und versucht, auf diese Weise Maßnahmen zur Wiederherstellung der irdischen Menschheit in der Zukunft zu ergreifen.

Unter derselben Parole »Wir wollen nicht schlecht von den *Wanderern* denken« trat auch der greise Pak Hin auf. Wie Bader war er überzeugt, daß wir es mit einem irdischen Genfonds zu tun hätten, nahm jedoch an, er sei von den *Wanderern* eher zu Bildungszwecken angelegt worden. Der Sarkophag sei eine Art »Zeitbombe«, deren Öffnung es der gegenwärtigen Menschheit ermöglichen sollte, sich mit eigenen Augen mit den Besonderheiten von Gestalt, Anatomie und Physiologie ihrer entfernten Vorfahren vertraut zu machen.

Gennadi Komow stellte die Frage weitaus umfassender. Seiner Meinung nach kann keine Zivilisation, die ein bestimmtes Entwicklungsniveau erreicht hat, umhin, nach Kontakten mit einer anderen Intelligenz zu streben. Der Kontakt zwischen humanoiden und nichthumanoiden Zivilisationen sei jedoch äußerst schwierig, wenn nicht überhaupt unmöglich. Ob wir es hier nicht mit dem Versuch zu tun hätten, eine prinzipiell neue Kontaktmethode anzuwenden – nämlich ein Mittlerwesen zu schaffen, einen Humanoiden, in dessen Genotyp gewisse wesentliche Charakteristiken der nichthumanoiden Psychologie kodiert sind. In diesem Sinne müßten wir den Fund als Beginn einer völlig neuen Etappe sowohl in der Geschichte der Erdenmenschen als auch der nichthumanoiden *Wanderer* betrachten.

Nach Komows Ansicht sollten die Eizellen zweifellos und unverzüglich aktiviert werden. Ihn, Komow, beunruhigte dabei wenig, daß der Fund offensichtlich verfrüht war: als die *Wanderer* das Entwicklungstempo der Menschheit berechneten, könnten sie sich leicht um ein paar Jahrhunderte geirrt haben.

Komows Hypothese rief eine lebhafte Diskussion hervor, in deren Verlauf zum erstenmal Zweifel laut wurden, ob die moderne Pädagogik imstande wäre, ihre Methoden mit Erfolg bei der Erziehung von Menschen einzusetzen, deren Psyche sich in erheblichem Maße von der humanoiden unterschied.

Gleichzeitig stellte der vorsichtige Mahiro Shinoda, ein bedeutender Spezialist für die *Wanderer*, eine durchaus vernünftige Frage: Warum sei eigentlich der verehrte Gennadi, und mit ihm auch einige andere Genossen, derart von der freundlichen Gesinnung der *Wanderer* gegenüber den Erdenmenschen überzeugt? Wir hätten keinerlei Hinweise dafür, daß die *Wanderer* überhaupt irgend jemandem gegenüber, also auch gegenüber Humanoiden, zu einer wohlwollenden Haltung fähig seien. Im Gegenteil, die Fakten (die freilich rar waren) zeugten eher davon, daß die *Wanderer* gegen fremde Intelligenz absolut gleichgültig seien und sie als Mittel zum Erreichen ihrer eigenen Ziele betrachteten, aber keineswegs als Kontaktpartner. Ob der verehrte Gennadi nicht den Eindruck habe, daß die von ihm vorgebrachte Hypothese ebensogut auch in der genau entgegengesetzten Richtung entwickelt werden könnte, indem man nämlich annahm, die hypothetischen Mittlerwesen sollten nach dem Willen der *Wanderer* Aufgaben erfüllen, die aus unserer Sicht eher negativ wären. Warum sollte man der Logik des verehrten Gennadi zufolge nicht annehmen, der Sarkophag sei sozusagen eine ideologische Zeitzünderbombe und die Mittlerwesen seien eine Art Diversanten, vorbestimmt zur Unterwanderung unserer Zivilisation. »Diversanten« sei freilich ein anrüchiges Wort. Doch nun habe sich bei uns ein neuer Begriff herausgebildet: Progressor – ein Erdenmensch, dessen Tätigkeit auf die Erhaltung des Friedens unter anderen humanoiden Zivilisationen gerichtet ist. Warum nicht annehmen, die hypothetischen Mittlerwesen seien eine Art Progressoren der *Wanderer*? Was wüßten wir letzten Endes von den Ansichten der *Wanderer* über Tempo und Formen unseres, des menschlichen Fortschritts?

Unverzüglich spaltete sich die Versammlung in zwei Fraktionen auf – die Optimisten und die Pessimisten. Der Standpunkt der Optimisten stellte sich natürlich viel wahrscheinlicher dar. In der Tat war es schwer und wohl sogar unmöglich, sich eine Superzivilisation vorzustellen, die nicht allein zu brutaler Aggression, sondern auch nur zu in irgendeiner Weise taktlosen Experimenten mit den jüngeren Brüdern im Verstande fähig wäre. Im Rahmen aller bestehenden Vorstellungen von der gesetzmäßigen Entwicklung der Vernunft erschien der Standpunkt der Pessimisten, gelinde gesagt, künstlich, gesucht archaisch. Doch andererseits blieb immer die wenn auch noch so winzige Möglichkeit irgendeiner Fehlkalkulation. Es mochten sich ihre Interpretatoren irren. Und vor allem konnten sich die *Wanderer* selbst geirrt haben. Die Folgen solcher Irrtümer für die Geschicke der Erdenmenschheit entzogen sich sowohl der Berechnung als auch der Kontrolle.

Gerade damals erschien vor Rudolf Sikorskys innerem Auge zum erstenmal das apokalyptische Bild eines Wesens, das sich weder anatomisch noch physiologisch vom Menschen unterscheidet, mehr noch, das psychisch in nichts vom Menschen abweicht – weder in seiner Logik noch in den Gefühlen oder in der Empfindung der Welt –, das mitten unter der Menschheit lebt und arbeitet, in sich die Bedrohung eines unbekannten Programms trägt, und das Schrecklichste ist, daß es selbst nichts von diesem Prgramm weiß und nicht einmal in dem unbestimmten Augenblick davon erfährt, in dem sich dieses Programm schließlich einschaltet, in ihm den Erdenmenschen zerreißt und es ... wohin führt? Zu welchem Ziel? Und schon damals wurde Rudolf Sikorsky mit hoffnungsloser Deutlichkeit klar, daß niemand – am wenigsten er, Rudolf Sikorsky – das Recht hatte, sich damit zu beruhigen, wie überaus unwahrscheinlich und phantastisch doch solch eine Annahme wäre.

Als die Beratung voll im Gange war, erhielt Gennadi Komow einen weiteren chiffrierten Funkspruch von Fokin. Er las ihn durch, bekam einen anderen Gesichtsausdruck und verkündete mit belegter Stimme. »Es steht schlecht – Fokin und van Bleerkom teilen mit, daß bei allen dreizehn Eizellen die erste Teilung erfolgt ist.«

Das war ein übles Neujahr für alle Eingeweihten. Vom frühen Morgen des 1. bis zum Abend des 3. Januar im neuen Jahr '38 dauerte die praktisch permanente Sitzung der spontan gebildeten Kommission für den Brutkasten. Der Sarkophag wurde jetzt Brutkasten genannt, und zur Debatte stand im Grunde nur eine Frage: wie man unter Berücksichtigung aller Umstände das Schicksal der dreizehn künftigen neuen Erdenbürger organisieren sollte.

Die Frage nach der Vernichtung des Brutkastens wurde nicht mehr erhoben, obwohl allen Mitgliedern der Kommission, darunter auch jenen, die sich ursprünglich für die Aktivierung der Eizellen ausgesprochen hatten, nicht wohl in ihrer Haut war. Sie wurden eine unbestimmte Unruhe nicht los, es schien ihnen, als hätten sie am 31. Dezember in gewissem Sinne die Selbständigkeit eingebüßt und wären jetzt genötigt, einem von außen aufgezwungenen Plan zu folgen. Nichtdestoweniger trug die Erörterung durchaus konstruktiven Charakter.

Bereits in diesen Tagen wurden in groben Zügen die Prinzipien für die Erziehung der künftigen Neugeborenen formuliert, ihre Ammen, beobachtenden Ärzte, Lehrer und möglichen Betreuer vorgemerkt wie auch die Hauptrichtung der anthropologischen, physiologischen und psychologischen Untersuchungen. Spezialisten für Xenotechnologie im allgemeinen und für Xenotechnik der *Wanderer* im besonderen wurden bestimmt und unverzüglich der Gruppe Fokins beigegeben, um den Sarkophag-Brutkasten aufs sorgfältigste zu untersuchen, Mißgriffen vorzubeugen, vor allem aber in der Hoffnung, es möchte gelingen, irgendwelche Details dieser Maschinerie zu entdecken, die in der Folge dazu beitragen könnten, das Programm für die bevorstehende Arbeit mit den »Findelkindern« zu präzisieren und zu konkretisieren. Es wurden sogar unterschiedliche Varianten für die Ausformung der öffentlichen Meinung erarbeitet, je nachdem, welche der vorgeschlagenen Hypothesen über die Ziele der *Wanderer* sich bewahrheitete.

Rudolf Sikorsky beteiligte sich nicht an der Diskussion. Er hörte nur mit halbem Ohr hin und konzentrierte all seine Aufmerksamkeit darauf, jeden zu erfassen, der auch nur die mindeste Beziehung zu den sich entwickelnden Ereignissen hatte. Die Liste wuchs in deprimierendem Tempo, doch ihm war klar, daß dagegen vorerst nichts zu machen war, daß so oder so viele Leute in diese sonderbare und gefährliche Geschichte verwickelt sein würden.

Auf der Schlußbesprechung am Abend des 3. Januar, wo Bilanzen gezogen und die spontan entstandenen Unterkommissionen organisatorisch formiert wurden, bat er ums Wort und erklärte etwa folgendes: Wir haben hier keine schlechte Arbeit geleistet und uns mehr oder weniger auf die denkbare Entwicklung der Ereignisse eingestellt – soweit das möglich ist bei unserem gegenwärtigen Informationsstand und in der, offen gesagt, Situation von Stümpern, in die wir gegen unseren Willen, aber nach dem Willen der *Wanderer* geraten sind. Wir sind übereingekommen, nichts Unumkehrbares zu unternehmen – das ist im Grunde der Kern aller unserer Beschlüsse! Aber! Als Leiter der KomKon 2, einer Organisation, die für die Sicherheit der irdischen Zivilisation als Ganzes verantwortlich ist, lege ich Ihnen eine Reihe von Forderungen vor, die wir fortan bei unserer Tätigkeit strikt zu erfüllen haben.

Erstens. Alle Arbeiten, die auch nur im mindesten mit dieser Geschichte in Verbindung stehen, müssen sekretiert werden. Angaben darüber dürfen unter keinen Umständen veröffentlicht werden. Begründung: das jedermann wohlbekannte Gesetz über das Persönlichkeitsgeheimnis.

Zweitens. Keins der »Findelkinder« darf in die Umstände eingeweiht werden, unter denen es auf die Welt gekommen ist. Begründung: dasselbe Gesetz.

Drittens. Die »Findelkinder« müssen, sobald sie zur Welt gekommen sind, getrennt werden, und in der Folge sind Vorkehrungen zu treffen, daß sie nicht allein nichts voneinander wissen, sondern einander auch nie begegnen. Begründung: recht elementare Erwägungen, die ich hier nicht anführen will.

Viertens. Sie alle müssen späterhin Berufe in außerirdischen Fachgebieten erhalten, damit ihre Lebens- und Arbeitsumstände ihnen von selbst auf natürliche Weise die Rückkehr zur Erde erschweren, und sei es für kurze Zeit. Begründung: dieselbe elementare Logik. Wir müssen vorerst dem von den *Wanderern* vorgezeichneten Weg folgen, aber alles tun, um in der Folge (je früher, desto besser) diesen Weg zu verlassen.

Erwartungsgemäß riefen die »Vier Forderungen Sikorskys« einen Ausbruch des Unwillens hervor. Wie alle normalen Menschen konnten die Teilnehmer der Beratung jegliche Geheimnisse, sekretierte Themen, verschwiegene Tatsachen und überhaupt die KomKon 2 nicht ausstehen. Aber Sikorsky hatte richtig vorausgesehen, daß die Psychologen und Soziologen, nachdem sie ihren begreiflichen Gefühlen Tribut gezollt hatten, zur Vernunft kommen und ihm entschieden zur Seite stehen würden. Mit dem Gesetz über das Persönlichkeitsgeheimnis war nicht zu spaßen. Man konnte sich leicht und ohne künstliche Bemühungen eine ganze Reihe überaus unangenehmer Situationen ausmalen, die in Zukunft bei einer Verletzung der beiden ersten Forderungen entstehen mochten. Versuchen Sie sich doch einmal in die Psyche eines Menschen zu versetzen, der erfährt, daß er aus einem Inkubator zur Welt gekommen ist, den vor fünfundvierzigtausend Jahren unbekannte Monster zu einem unbekannten Zweck in Gang gesetzt haben, und der dabei noch weiß, daß das auch allein in seiner Umgebung bekannt ist. Und wenn er auch nur über eine Spur von Phantasie verfügt, dann gelangt er unweigerlich zu der Vorstellung, daß er, ein Erdenmensch durch und durch, der nie etwas anderes als die Erde gekannt und geliebt hat, in sich vielleicht eine schreckliche Gefahr für die Menschheit trägt. Diese Vorstellung kann einem Menschen ein solches psychisches Trauma zufügen, daß auch die besten Fachleute nicht damit fertig werden . . .

Die Argumente der Psychologen wurden von einer plötzlichen und ungewohnt scharfen Rede Mahiro Shinodas bekräftigt, der geradezu erklärte, hier würde zuviel an dreizehn noch nicht einmal geborene Rotznasen gedacht und zuwenig an die potentielle Gefahr, die sie für die alte Erde darstellen konnten. Daraufhin wurden alle »Vier Forderungen« mit Stimmenmehrheit angenommen, und Rudolf Sikorsky erhielt den Auftrag, die entsprechenden Maßnahmen auszuarbeiten und in die Tat umzusetzen. Und das gerade noch rechtzeitig.

Am 5. Januar rief bei Rudolf Sikorsky der etwas beunruhigte Leonid Andrejewitsch Gorbowski an. Wie sich herausstellte, hatte er vor einer halben Stunde eine Unterhaltung mit seinem alten Freund geführt, einem tagoranischen Xenologen, der seit zwei Jahren bei der Moskauer Universität akkreditiert war. Im Laufe der Unterhaltung hatte sich der Tagoraner wie beiläufig erkundigt, ob sich denn die vor ein paar Tagen aufgetauchte Meldung über einen ungewöhnlichen Fund im System von EN 9173 bestätigt hätte. Von dieser unschuldigen Frage überrumpelt, hatte Gorbowski etwas Unverständliches der Art gemurmelt, daß er schon seit langem kein Fährtensucher mehr sei, dies nicht in sein Interessengebiet falle, er überhaupt nicht auf dem laufenden sei, und schließlich hatte er erleichtert und ganz aufrichtig erklärt, er habe diese Meldung nicht gelesen. Der Tagoraner brachte das Gespräch unverzüglich auf ein anderes Thema, doch Gorbowski behielt nichtsdestoweniger von diesem Teil der Unterhaltung einen äußerst unangenehmen Nachgeschmack.

Rudolf Sikorsky erkannte, daß das Gespräch noch ein Nachspiel haben würde. Und er täuschte sich nicht.

Am 7. Januar besuchte ihn unerwartet der soeben von der Tagora eingetroffene hochgeschätzte Dr. As-Su, sozusagen Sikorskys Amtskollege. Ziel dieses Besuches war die Präzisierung einer Reihe tatsächlich wesentlicher Einzelheiten, die eine vorgesehene Erweiterung der Aktionssphäre für die offiziellen Beobachter der Tagora auf unserem Planeten betrafen. Als der dienstliche Teil der Unterredung abgeschlossen war und der kleine Dr. As-Su sich sein irdisches Lieblingsgetränk vornahm (kalten Malzkaffee mit Kunsthonig), machten sich die hohen Seiten an den Austausch von amüsanten und furchterregenden historischen Anekdoten, wie sie sie einander seit langem mit großer Meisterschaft und großem Vergnügen erzählten.

Insonderheit berichtete Dr. As-Su, wie tagoranische Bauleute vor anderthalb irdischen Jahrhunderten beim Bau der Fundamente zur Dritten Großen Maschine im Basaltgrund des Subpolarkontinents eine erstaunliche Vorrichtung fanden, die man in irdischen Begriffen als sinnreich konstruiertes Nest bezeichnen könnte, in dem sich zweihundertunddrei Larven von Tagoranern in latentem Zustand befanden. Das Alter des Fundes ließ sich auch nicht annähernd exakt bestimmen, es stand jedoch fest, daß dieses Nest lange vor der Großen Genetischen Revolution angelegt worden war, das heißt noch zu der Zeit, als jeder Tagoraner in seiner Entwicklung ein Larvenstadium durchlief . . .

»Erstaunlich«, murmelte Sikorsky. »Sollte Ihr Volk etwa schon zu dieser Zeit über eine derart entwickelte Technologie verfügt haben?«

»Natürlich nicht!« erwiderte Dr. As-Su. »Kein Zweifel, das war das Werk der *Wanderer*.«

»Aber wozu sollten sie das tun?«

»Diese Frage ist zu schwer zu beantworten. Wir haben es gar nicht erst versucht.«

»Und was ist denn mit diesen zweihundert kleinen Tagoranern geschehen?«

»Hm ... Sie stellen eine sonderbare Frage. Die Larven begannen sich spontan zu entwickeln, und wir haben selbstverständlich diese Vorrichtung mit dem gesamten Inhalt sofort vernichtet ... Können Sie sich etwa ein Volk vorstellen, das in einer solchen Situation anders verfahren würde?«

»Ich kann«, sagte Sikorsky.

Am Tag darauf, dem 8. Januar '38, reiste der Hohe Botschafter der Geeinten Tagora aus gesundheitlichen Gründen in seine Heimat ab. Noch ein paar Tage später befand sich auf der Erde und auf allen anderen Planeten, wo Erdenmenschen arbeiteten, kein einziger Tagoraner mehr. Und nach einem weiteren Monat sahen sich alle auf der Tagora beschäftigten Erdenmenschen vor die Notwendigkeit gestellt, auf die Erde zurückzukehren. Die Verbindung mit der Tagora riß für fünfundzwanzig Jahre ab.

Das Persönlichkeitsgeheimnis Lew Abalkins

(Fortsetzung)

Sie wurden alle am selben Tag geboren – am 6. Oktober '38 –, fünf Mädchen und acht Jungen, kräftige, laute, absolut gesunde menschliche Säuglinge. Als sie zur Welt kamen, war schon alles bereit. Medizinische Koryphäen, Mitglieder des Weltrates und Konsultanten der Kommission für die Dreizehn nahmen sie in Empfang, untersuchten sie, wuschen und windelten sie und schickten sie noch am selben Tage mit einem speziell dafür eingerichteten Schiff zur Erde. Bereits gegen Abend kümmerten sich in dreizehn über alle Kontinente verstreuten Kinderheimen sorgsame Ammen um die dreizehn Waisen und posthumen Kinder, die ihre Eltern niemals zu Gesicht bekommen würden und deren aller Mutter fortan die ganze große und gütige Menschheit war. Die Legenden über ihre Herkunft waren schon von Rudolf Sikorsky selbst vorbereitet und mit einer Sondergenehmigung des Weltrates in das GGI eingegeben worden.

Das Schicksal Lew Wjatscheslawowitsch Abalkins wie auch das seiner zwölf »Geschwister« war von nun an auf viele Jahre hinaus vorprogrammiert, und viele Jahre lang unterschied es sich in nichts von den Schicksalen Hunderter Millionen seiner gewöhnlichen irdischen Altersgefährten.

Wie es sich für jeden Säugling im Kinderheim gehörte, lag er erst, dann krabbelte, tapste, lief er umher. Um sich hatte er genau solche kleinen Kinder, und sorgsame Erwachsene kümmerten sich um ihn, genau solche wie in Hunderttausenden anderen Kinderheimen des Planeten.

Er hatte allerdings Glück wie nur wenige. Am selben Tag, als man ihn in das Heim brachte, begann dort als einfacher beobachtender Arzt Jadwiga Michailowna Lekanowa zu arbeiten – eine der bedeutendsten Spezialistinnen für Kinderpsychologie. Aus irgendeinem Grunde wünschte sie sich von den steilen Höhen der reinen Wissenschaft herabzubegeben und zu der Tätigkeit zurückzukehren, mit der sie vor einigen Jahrzehnten begonnen hatte. Und als der sechsjährige Lew Abalkin mit seiner ganzen Gruppe in die Internatsschule Nr. 241 in Syktywkar kam, gelangte dieselbe Jadwiga Michailowna zu dem Schluß, es sei Zeit für sie, mit Schulkindern zu arbeiten, und wurde als beobachtender Arzt an ebendiese Schule versetzt.

Ljowa Abalkin wuchs heran und entwickelte sich wie ein völlig normaler Junge, vielleicht mit einer leichten Neigung zur Melancholie und Verschlossenheit, aber keine Abweichung seines Psychotypus von der Norm überschritt die mittleren Werte, und alle blieben weit unter den zulässigen Schwankungen. Ebenso günstig sah es bei ihm auch mit der physischen Entwicklung aus. Er unterschied sich von den anderen weder durch übermäßige Zartheit noch durch herausragende körperliche Fähigkeiten. Kurzum, er war ein kräftiger, gesunder, ganz gewöhnlicher Junge, der unter seinen Klassenkameraden, größtenteils Slawen, höchstens durch seine pechschwarzen glatten Haare hervorstach, auf die er sehr stolz war und die er fortwährend bis zu den Schultern wachsen lassen wollte. So war es bis zum November des Jahres '47.

Am 16. November entdeckte Jadwiga Michailowna bei einer Routineuntersuchung in der rechten Armbeuge Ljowas einen kleinen blauen Fleck, der leicht angeschwollen war. Ein blauer Fleck ist bei einem Jungen keine große Seltenheit, Jadwiga Michailowna schenkte ihm keinerlei Aufmerksamkeit, und später hätte sie ihn natürlich vergessen, wenn sich nach einer Woche, am 23. November, nicht herausgestellt hätte, daß der Fleck nicht etwa verschwunden war, sondern eine seltsame Transformation durchgemacht hatte. Man konnte ihn eigentlich schon nicht mehr als blauen Fleck bezeichnen, es war bereits so etwas wie eine Tätowierung – ein braungelbes kleines Mal in Form eines kyrillischen Sh. Vorsichtige Fragen ergaben, daß Ljowa Abalkin keine Ahnung hatte, wie und warum er dazu gekommen war. Offensichtlich hatte er bisher einfach nicht gewußt und nicht bemerkt, daß da an der Innenseite seines rechten Ellenbogens etwas aufgetaucht war.

Nach einigem Zögern hielt es Jadwiga Michailowna für ihre Pflicht, Dr. Sikorsky von dieser kleinen Entdeckung in Kenntnis zu setzen. Dr. Sikorsky nahm die Information ohne jedes Interesse auf, doch Ende Dezember rief er plötzlich Jadwiga Michailowna per Videofon an und erkundigte sich, was mit dem Muttermal bei Lew Abalkin wäre. Unverändert, antwortete Jadwiga Michailowna etwas verwundert. Wenn es Ihnen keine Umstände macht, bat Dr. Sikorsky, dann fotografieren Sie diesen Fleck irgendwie so, daß der Junge es nicht merkt, und schicken Sie mir das Foto.

Lew Abalkin war der erste unter den »Findelkindern«, bei dem in der rechten Armbeuge das Zeichen aufgetaucht war. Im Laufe der folgenden zwei Monate erschienen Muttermale von mehr oder weniger verschlungener Form unter völlig analogen Umständen bei weiteren acht »Findelkindern«: anfangs ein leicht geschwollener blauer Fleck, keinerlei äußere Ursachen, keinerlei Schmerzempfindungen, und eine Woche später – ein braungelbes Zeichen. Ende '48 trugen bereits alle dreizehn das »Siegel der *Wanderer*«. Und da wurde eine wahrhaft erstaunliche und schreckliche Entdeckung gemacht, die den Begriff »Zünder« ins Leben rief.

Wer diesen Begriff zuerst eingeführt hat, läßt sich nun schon nicht mehr feststellen. Nach Rudolf Sikorskys Ansicht brachte er so genau und bedrohlich wie nur irgend möglich das Wesen der Sache zum Ausdruck. Noch im Jahre '39, ein Jahr nach der Geburt der »Findelkinder«, hatten Xenotechniker, die sich mit der Demontage des leeren Inkubators befaßten, in seinem Innern einen langen Kasten aus Elektrin gefunden, der dreizehn graue runde Scheiben mit Hieroglyphen darauf enthielt. Im Innern des Inkubators waren damals auch weitaus rätselhaftere Gegenstände entdeckt worden als dieser Futteralkasten, und deshalb schenkte ihm niemand besondere Beachtung. Das Futteral wurde ins Museum für Außerirdische Kulturen transportiert, in der sekretierten Ausgabe der »Materialien zum Sarkophag-Brutkasten« als Element des Lebenserhaltungssystems beschrieben, überstand mit Erfolg den matten Vorstoß irgendeines Forschers, der zu begreifen versuchte, was das war und wozu es dienen mochte, und wurde danach in die längst überfüllte Spezialabteilung für Objekte der materiellen Kultur ungeklärter Bestimmung übergeführt, wo es denn auch für ein ganzes Jahrzehnt glücklich in Vergessenheit geriet.

Anfang '49 betrat Rudolf Sikorskys Assistent für den Fall der »Findelkinder« (nennen wir ihn zum Beispiel Iwanow) das Arbeitszimmer seines Chefs und legte einen Projektor vor ihn hin, der auf Seite 211 von Band sechs der »Materialien zum Sarkophag« eingeschaltet war. Seine Exzellenz warf einen Blick darauf und erstarrte. Vor ihm waren Fotografien des »Lebenserhaltungselements 15/156 A«: dreizehn graue runde Scheiben in den Fassungen eines Bernsteinfutterals. Dreizehn verschlungene Hieroglyphen, dieselben, über die er sich schon längst nicht mehr den Kopf zerbrach, die er jedoch bestens von dreizehn Fotos kindlicher Ellenbogen kannte. Ein Zeichen pro Ellenbogen. Ein Zeichen pro Scheibe. Eine Scheibe pro Ellenbogen.

Das konnte kein Zufall sein. Das mußte etwas bedeuten. Etwas sehr Wichtiges. Rudolf Sikorskys erste Regung war, unverzüglich dieses »Element 15/156 A« aus dem Museum anzufordern und bei sich im Safe zu verstecken. Vor allen. Vor sich selbst. Er war erschrocken. War einfach erschrocken. Und am schlimmsten war, daß er nicht einmal begriff, warum er sich fürchtete.

Iwanow war auch erschrocken. Sie sahen einander an und verstanden sich ohne Worte. Ein und dasselbe Bild stand beiden vor Augen: dreizehn braungebrannte, zerkratzte Bomben tobten mit fröhlichem Geschrei über Bächlein dahin und kletterten an verschiedenen Enden der Welt auf Bäumen herum, hier aber, zwei Schritte entfernt, warteten dreizehn Zünder dazu in unheilvoller Stille auf ihre Stunde.

Es war eine schwache Minute, natürlich. Schließlich war nichts Schreckliches geschehen. Eigentlich gab es keinen zwingenden Grund zu der Annahme, daß die Scheiben mit den Zeichen Zünder zu Bomben waren, daß sie ein verborgenes Programm zum Leben erwecken würden. Beide hatten sich einfach schon daran gewöhnt, das Schlimmste zu vermuten, wenn es um die »Findelkinder« ging. Doch selbst wenn sie diese Panik der Phantasie nicht getrogen hätte, selbst in diesem Falle war vorerst nichts Schreckliches geschehen. Man konnte die Zünder in jedem beliebigen Moment vernichten. In jedem beliebigen Moment konnte man sie aus dem Museum nehmen und sie hinter den Mond schicken, an den Rand des bewohnten Alls, und, wenn nötig, auch noch weiter.

Rudolf Sikorsky rief den Direktor des Museums an und bat ihn, das Exponat Nummer soundso dem Weltrat zur Verfügung zu stellen – es zu ihm, Rudolf Sikorsky, in die Dienststelle zu senden. Es folgte eine etwas verwunderte, tadellos höfliche, doch unzweideutige Ablehnung. Wie sich herausstellte (Sikorsky hatte bislang keine Ahnung davon gehabt), wurden die Exponate des Museums – und zwar nicht nur das für Außerirdische Kulturen, sondern jedes Museums auf der Erde – nicht herausgegeben, weder an Privatpersonen noch an den Weltrat, nicht einmal an den lieben Gott. Und wenn sogar der liebe Gott persönlich mit dem Exponat Nummer soundso arbeiten wollte, so müßte er sich zu diesem Zweck im Museum einfinden, die entsprechenden Vollmachten vorweisen und die nötigen Untersuchungen dort, in den Mauern des Museums, durchführen, wozu man übrigens ihm, dem lieben Gott, alle erforderlichen Bedingungen schaffen würde: Laboratorien, jedwede Ausrüstung, jedwede Konsultation und so weiter und so fort.

Der Fall zeigte sich von einer unerwarteten Seite, doch der erste Schock war schon vorüber. Letzten Endes war es schon gut, daß die Bombe zur Vereinigung mit dem Zünder zumindest »die entsprechenden Vollmachten« brauchte. Und schließlich lag es nur an Rudolf Sikorsky, dafür zu sorgen, daß sich das Museum in ebenjenen Safe verwandelte, nur von etwas größeren Abmessungen. Und überhaupt, was war das schon? Woher sollten die Bomben wissen, wo sich die Zünder befanden und daß es überhaupt welche gab? Nein, es war eine schwache Minute gewesen. Eine der wenigen Minuten dieser Art in seinem Leben.

Man nahm sich die Zünder gründlich vor. Entsprechend ausgewählte Leute, mit den entsprechenden Vollmachten und Empfehlungen ausgestattet, führten in den bestens ausgestatteten Laboratorien des Museums eine Serie sorgsam durchdachter

Untersuchungen durch. Die Ergebnisse dieser Untersuchungen hätte man ruhigen Gewissens für Null erachten können, wäre nicht ein sehr seltsamer und geradezu tragischer Umstand gewesen.

Mit einem der Zünder wurde ein Regenerations-Experiment durchgeführt. Das Experiment lieferte ein negatives Resultat: im Gegensatz zu vielen anderen Objekten der materiellen Kultur der *Wanderer* stellte sich der Zünder Nummer 12 (mit dem Zeichen »Fraktur-M«) nicht wieder her. Zwei Tage später aber geriet in den Nordanden eine Gruppe von Schülern aus dem Internat »Tiemplado« – siebenundzwanzig Jungen und Mädchen mit ihrem Lehrer – unter einen Steinschlag. Viele trugen Schrammen und Verletzungen davon, doch alle blieben am Leben – außer Enda Lasco, Personalakte Nr. 12, Zeichen »Fraktur-M«.

Gewiß, das mochte ein Zufall sein. Doch die Untersuchung der Zünder wurde eingestellt, und durch den Weltrat gelang es, ihr generelles Verbot zu erreichen.

Und es gab noch einen Vorfall, jedoch viel später, im Jahre '62, als Rudolf Sikorsky unter dem lokalen Decknamen »der Wanderer« Resident auf dem Saraksch war.

Gerade dank seiner Abwesenheit gelang es nämlich einer Gruppe von Psychologen, die zur Kommission für die Dreizehn gehörte, die Genehmigung zu erhalten, einem der »Findelkinder« sein Persönlichkeitsgeheimnis teilweise zu offenbaren. Für das Experiment wurde Kornej Jašmaa ausgewählt – Nummer 11, Zeichen »Elbrus«. Nach sorgfätiger Vorbereitung erzählte man ihm die ganze Wahrheit über seine Herkunft. Nur, soweit es ihn selbst betraf. Keiner der anderen wurde erwähnt.

Kornej Jašmaa schloß damals gerade die Progressoren-Schule ab. Nach allen Untersuchungen zu urteilen, war er ein Mensch mit überaus stabiler psychischer Konstitution und einem sehr starken Willen, ein recht außergewöhnlicher Mensch in all seinen Anlagen. Die Psychologen hatten sich nicht geirrt. Kornej Jašmaa nahm die Information mit bewundernswerter Kaltblütigkeit auf – offenbar interessierte ihn die Umwelt mehr als das Geheimnis der eigenen Herkunft. Die vorsichtige Warnung der Psychologen, daß ihm womöglich ein verborgenes Programm eingegeben sei, das seine Aktivitäten jederzeit gegen die Interessen der Menschheit richten konnte – diese Warnung beunruhigte ihn nicht im geringsten. Er gestand freimütig, daß er seine potentielle Gefahr zwar begriff, aber keineswegs an sie glaubte. Er erklärte sich bereitwillig mit einer regelmäßigen Selbstbeobachtung einverstanden, die unter anderem eine tägliche Untersuchung mit einem Emotions-Indikator einschloß, und schlug sogar selbst eine beliebig tiefe Mentoskopie vor. Mit einem Wort, die Kommission konnte zufrieden sein: wenigstens eines der »Findelkinder« war jetzt zu einem bewußten und starken Bundesgenossen der Erde geworden.

Als er von diesem Experiment erfuhr, wurde Rudolf Sikorsky zuerst wütend, dann kam er jedoch zu dem Schluß, daß im Endeffekt ein solches Experiment sogar von Nutzen sein könnte. Von Anfang an hatte er vor allem aus Erwägungen um die Sicherheit der Erde darauf bestanden, das Persönlichkeitsgeheimnis der »Findelkinder« zu wahren. Er wollte nicht, daß die »Findelkinder«, wenn und falls das Programm in ihnen in Aktion trat, außer diesem unterbewußten Programm auch noch durchaus bewußte Angaben über sich selbst und das, was mit ihnen geschah, zur Verfügung hatten. Er hätte es vorgezogen, wenn sie wild umhergeirrt wären, ohne zu wissen, was sie suchten, und notwendigerweise sinnlose und sonderbare Taten vollbrächten. Aber letzten Endes war es sogar nützlich, zur Kontrolle eines (doch nicht mehr!) der »Findelkinder« zu haben, das die vollständige Information über sich selbst besaß. Wenn es überhaupt ein Programm gab, so war es jedenfalls derart organisiert, daß keinerlei Bewußtsein mit ihm fertig wurde. Andernfalls hätten sich die *Wanderer* von vornherein die Mühe sparen können. Doch zweifellos mußte sich das Verhalten eines Menschen, der von dem Programm Kenntnis hatte, kraß von dem der anderen unterscheiden.

Die Psychologen dachten indes gar nicht daran, sich mit dem Erreichten zu begnügen. Von dem Erfolg mit Kornej Jašmaa ermutigt, wiederholten sie drei Jahre später (Rudolf Sikorsky saß immer noch auf dem Saraksch) das Experiment mit Thomas Nielson (Nummer 2, Zeichen »Schiefer Stern«), dem Aufseher eines Naturparks auf der Gorgona. Die Ergebnisse waren durchaus günstig, und ein paar Monate lang setzte Thomas Nielson seine Arbeit tatsächlich wohlbehalten fort, ohne von seinem Persönlichkeitsgeheimnis irritiert zu sein. Er war überhaupt ein eher phlegmatischer Mensch und neigte nicht dazu, seine Gefühle zu zeigen.

Er führte alle empfohlenen Prozeduren zur Selbstbeobachtung durch, nahm seine Lage sogar mit einem gewissen, ihm eigenen schwerblütigen Humor auf, verweigerte allerdings kategorisch eine Mentoskopie, wobei er sich auf rein persönliche Gründe berief. Am hundertachtundzwanzigsten Tage nach Beginn des Experiments aber kam Thomas Nielson auf seiner Gorgona unter Umständen ums Leben, die die Möglichkeit eines Selbstmordes nicht ausschlossen.

Für die Kommission im allgemeinen und die Psychologen im besonderen war das ein schrecklicher Schlag. Der greise Pak Hin erklärte seinen Austritt aus der Kommission, verließ sein Institut, die Schüler, die Verwandten und ging ins freiwillige Exil. Am hundertzweiunddreißigsten Tage aber meldete ein Mitarbeiter der KomKon 2, zu dessen Obliegenheiten insbesondere die monatliche Durchsicht des Bernsteinfutterals gehörte, in Panik, daß der Zünder Nummer 02, Zeichen »Schiefer Stern«, spurlos verschwunden sei und in seiner Fassung, die mit den zitternden Härchen des Pseudoepithels ausgelegt war, nicht einmal Staub hinterlassen habe.

Jetzt stand der Existenz einer, gelinde gesagt, halbmystischen Verbindung zwischen jedem der »Findelkinder« und dem entsprechenden Zünder völlig außer Zweifel. Und völlig außer Zweifel stand jetzt für jedes Mitglied der Kommission, daß es den Erdenmenschen in absehbarer Zukunft wohl kaum gelingen würde, Licht in diese Geschichte zu bringen.

4. Juni '78

Lagebesprechung

All das und noch viel mehr erzählte mir Seine Exzellenz in derselben Nacht, als wir aus dem Museum zu ihm ins Arbeitszimmer zurückgekehrt waren.

Es tagte schon, als er seine Erzählung beendete. Er verstummte, erhob sich schwer, ohne mich anzusehen, und ging Kaffee kochen.

»Du kannst fragen«, knurrte er.

Bis zu diesem Augenblick hatte mich wohl nur ein einziges Gefühl gänzlich beherrscht – ein gewaltiges, grenzenloses Bedauern, daß ich das alles erfahren und nun daran teilhaben mußte. Natürlich hätte an meiner Stelle jeder normale Mensch, der ein normales Leben führte und mit normaler Arbeit beschäftigt war, diese Geschichte als eins der phantastischen und grausigen Märchen aufgefaßt, die unmittelbar an den Grenzen zwischen dem Erschlossenen und dem Unbekannten entstehen, uns in bis zur Unkenntlichkeit verzerrter Form erreichen und die entzükkende Eigenschaft haben, daß sie, so bedrohlich und furchteinflößend sie auch sein mögen, zu unserer lichten und warmen Erde in keiner direkten Beziehung stehen und nicht den mindesten wesentlichen Einfluß auf unser tägliches Leben ausüben – das alles war immer irgendwie von irgendjemandem und irgendwo bereinigt worden, wurde gerade bereinigt oder würde binnen kürzester Zeit bereinigt sein.

Aber ich war ja leider kein normaler Mensch in diesem Sinne des Wortes. Ich war leider just einer von denen, denen es zufiel, alles zu bereinigen, was der Menschheit und dem Fortschritt gefährlich werden konnte. Gerade darum fanden sich solche wie ich mitunter in fremden Welten und in fremden Rollen. Wie etwa in der Rolle eines Reichsoffiziers in einem feudalen Imperium auf dem Saraksch, die Abalkin seinerzeit gespielt hatte.

Mir war klar, daß mir dieses Geheimnis bis zum Ende meiner Tage auf den Schultern lasten würde. Daß ich zusammen mit dem Geheimnis eine weitere Verantwortung übernommen hatte, um die ich nicht gebeten hatte und die ich wahrlich nicht gebrauchen konnte. Daß ich fortan bestimmte Entscheidungen zu fällen hätte und folglich jetzt zumindest das begreifen mußte, was andere vor mir begriffen hatten, und möglichst noch mehr. Und das hieß, sich in dieses Geheimnis zu verstricken, das widerlich war wie all unsere Geheimnisse und wohl sogar noch widerlicher als die anderen – sich noch tiefer zu verstricken als bisher. Und eine geradezu kindliche Dankbarkeit empfand ich für Seine Exzellenz, der bis zum letzten Augenblick versucht hatte, mich am Rande dieses Geheimnisses zurückzuhalten. Und einen noch kindlicheren, fast launischen Ärger über ihn, daß er mich schließlich doch nicht zurückgehalten hatte.

»Du hast keine Fragen?« erkundigte sich Seine Exzellenz.

Ich gab mir einen Ruck. »Sie sind also der Ansicht, daß das Programm in Aktion getreten ist und er Tristan ermordet hat?«

»Laß uns logisch überlegen.« Seine Exzellenz stellte die Tassen auf den Tisch, goß akkurat den Kaffee ein und setzte sich. »Tristan war sein beobachtender Arzt. Regelmäßig einmal pro Monat trafen sie sich irgendwo im Dschungel, und Tristan führte eine prophylaktische Untersuchung durch. Angeblich, um den Grad der psychischen Anspannung des Progressors routinemäßig zu überprüfen, in Wahrheit aber, um sich zu vergewissern: Abalkin bleibt ein Mensch. Auf dem ganzen Saraksch kannte allein Tristan die Nummer meines Sonderkanals. Am dreißigsten Mai, spätestens am einunddreißigsten hätte er mir dreimal die Sieben durchgeben müssen – »alles in Ordnung«. Aber am achtundzwanzigsten, dem Tag, der für die Untersuchung vorgesehen war, kommt er um. Und Lew Abalkin flieht auf die Erde. Lew Abalkin flieht auf die Erde, Lew Abalkin hält sich verborgen. Lew Abalkin ruft mich über den Sonderkanal an, den nur Tristan kannte . . .« Er trank seinen Kaffee mit einem Zug aus, schwieg eine Weile und kaute auf den Lippen herum. »Mir scheint, du hast die Hauptsache nicht begriffen, Mak. Wir haben es jetzt nicht mit Lew Abalkin zu tun, sondern mit den *Wanderern*. Lew Abalkin gibt es nicht mehr. Vergiß ihn. Auf uns zu kommt ein Automat der *Wanderer*.« Wieder verstummte er für eine Weile. »Offen gesagt, ich kann mir überhaupt nicht vorstellen, welche Macht Tristan zu zwingen vermochte, meine Nummer an wen auch immer zu verraten, und erst recht an Lew Abalkin. Ich fürchte, sie haben ihn nicht einfach umgebracht . . .«

»Sie nehmen also an, daß ihn das Programm auf die Suche nach dem Zünder treibt?«

»Weiter habe ich nichts anzunehmen.«

»Aber er hat doch keine Ahnung von den Zündern . . . Oder war das auch Tristan?«

»Tristan wußte davon nichts. Auch Lew Abalkin weiß nichts davon. Das Programm weiß es!«

Ich sagte: »Verstehen Sie mich bitte nicht falsch, Exzellenz. Und glauben Sie nicht, ich wollte etwas beschönigen, abschwächen . . . Aber Sie haben ihn ja nicht gesehen. Und Sie haben die Menschen nicht gesehen, mit denen er zu tun hatte . . . Ich verstehe durchaus: der Tod Tristans, die Flucht, der Anruf über Ihren Sonderkanal, er hält sich verborgen, tritt in Kontakt zur Glumowa, bei der die Zünder aufbewahrt werden . . . Das sieht alles vollkommen eindeutig aus. So eine makellose logische Kette.

Aber da ist doch auch etwas anderes! Er trifft sich mit der Glumowa – und kein Wort über das Museum, nur Kindheitserinnerungen und Liebe. Er trifft sich mit dem Lehrer – und nichts als Kränkung darüber, daß ihm der Lehrer das Leben verpfuscht hätte ... Das Gespräch mit mir – die Kränkung, ich hätte ihm die Priorität gestohlen ... Übrigens, wozu brauchte er sich überhaupt mit dem Lehrer zu treffen? Bei mir kann man es zur Not noch erklären – sagen wir, er wollte überprüfen, wer ihm auf der Spur ist ... Aber warum der Lehrer? Dann Wepl – die idiotische Bitte um Asyl, auf die man sich schon gar keinen Reim machen kann!«

»Man kann, Mak. Auf alles. Das Programm ist eins, das Bewußtsein etwas anderes. Er begreift ja nicht, was mit ihm vorgeht. Das Programm verlangt von ihm Unmenschliches, das Bewußtsein aber versucht krampfhaft, diese Forderungen wenigstens halbwegs rational zu erklären ... Er irrt wild umher, er vollbringt sonderbare und sinnlose Taten. Etwas in der Art hatte ich erwartet ... Dazu war das Persönlichkeitsgeheimnis ja auch notwendig; wir haben jetzt wenigstens eine gewisse Zeitreserve ... Und was Wepl betrifft, hast du nicht die Bohne begriffen. Um Asyl hat nie jemand gebeten. Die Kopfler haben gespürt, daß er kein Mensch mehr ist, und ihm ihre Loyalität demonstriert. So war das ...«

Es gelang ihm nicht, mich zu überzeugen. Seine Logik war fast makellos, aber ich hatte ja Abalkin gesehen, ich hatte mich mit ihm unterhalten, ich hatte den Lehrer und Maja Toivowna gesehen, ich hatte mit ihnen gesprochen. Abalkin irrte wild umher – ja. Er vollbrachte sonderbare Taten – ja, doch diese Taten waren nicht sinnlos. Hinter ihnen verbarg sich ein Ziel, ich konnte nur partout nicht verstehen, welches. Und außerdem war Abalkin mitleiderregend, er konnte nicht gefährlich sein ...

Das alles war jedoch nur meine Intuition, und ich wußte, was meine Intuition wert war. Wenig war sie in unseren Angelegenheiten wert. Und dann gehört Intuition ins Gebiet der menschlichen Erfahrung, wir aber hatten es immerhin mit den *Wanderern* zu tun ...

»Kann ich noch Kaffee haben?« bat ich.

Seine Exzellenz stand auf und ging neuen Kaffee brühen.

»Ich sehe, du hast Zweifel«, sagte er hinter meinem Rücken. »Ich hätte auch welche, wenn ich dazu nur das Recht hätte. Ich bin ein alter Rationalist, Mak, und habe alles mögliche gesehen, ich habe mich stets vom Verstand leiten lassen, und der Verstand hat mich nie getäuscht. Mir sind alle diese phantastischen Kunststückchen zuwider, all diese geheimnisvollen Programme, die jemand vor fünfundvierzigtausend Jahren aufgestellt hat und die sich, bitte sehr, nach einem unbekannten Prinzip ein- und ausschalten, all diese mystischen außerräumlichen Verbindungen zwischen lebendigen Seelen und blöden Scheibchen, die in einem Futteral versteckt sind ... Das alles hängt mir zum Halse heraus!«

Er brachte den Kaffee und goß ihn ein.

»Wenn wir beide gewöhnliche Wissenschaftler wären«, fuhr er fort, »und einfach mit der Erforschung einer Naturerscheinung befaßt, mit welch einer Wonne würde ich das alles für eine Kette idiotischer Zufälle erklären! Tristan ist zufällig ums Leben gekommen – es ist nicht das erste und nicht das letzte Mal. Abalkins Freundin aus der Kindheit hat sich zufällig als diejenige erwiesen, die die Zünder aufbewahrt. Er hat rein zufällig die Nummer meines Sonderkanals gewählt, als er jemand anders anrufen wollte ... Ich schwöre dir, dieses unwahrscheinliche Zusammentreffen unwahrscheinlicher Ereignisse würde mir dennoch viel glaubhafter vorkommen als die idiotische, geistlose Annahme eines teuflischen Programms, das angeblich menschlichen Embryos eingepflanzt worden sein soll ... Für Wissenschaftler ist alles klar: erfinde nicht ohne unbedingt zwingenden Grund neue Wesenheiten. Aber wir beide sind ja keine Wissenschaftler. Der Irrtum eines Wissenschaftlers ist letzten Endes seine Privatsache. Wir aber dürfen uns nicht irren. Wir dürfen in den Ruf von Ignoranten, Mystikern, abergläubischen Dummköpfen geraten. Eins wird uns nicht verziehen: wenn wir die Gefahr unterschätzt haben. Und wenn es in unserem Hause plötzlich nach Schwefel stinkt, haben wir einfach kein Recht, Betrachtungen über Molekülfluktuationen anzustellen, sondern die Pflicht, anzunehmen, daß irgendwo in der Nähe der Leibhaftige aufgetaucht ist, und die nötigen Maßnahmen zu ergreifen, und hieße es auch, die Produktion von Weihwasser in industriellem Maßstab zu organisieren. Und Gott sei Dank, wenn sich herausstellt, daß alles nur eine Fluktuation war und der ganze Weltrat mitsamt allen Scholaren uns auslacht ...« Er schob gereizt die Tasse von sich fort: »Ich kann diesen Kaffee nicht trinken, und essen kann ich schon den vierten Tag nichts ...«

»Exzellenz«, sagte ich. »Ja, was reden Sie denn da ... Warum denn unbedingt der Leibhaftige? Schließlich und endlich, was können wir Schlechtes von den *Wanderern* sagen? Nehmen Sie doch nur die Operation ›Tote Welt‹ ... Dort haben sie immerhin die Bevölkerung eines ganzen Planeten gerettet! Einige Milliarden Menschen!«

»Du versuchst zu beschwichtigen ...«, sagte Seine Exzellenz und lächelte düster. »Dabei haben sie dort ja gar nicht die Bevölkerung gerettet. Den Planeten haben sie gerettet – vor der Bevölkerung! Und das mit viel Erfolg ... Wo aber die Bevölkerung geblieben ist – das zu wissen ist uns verwehrt ...«

»Wieso den Planeten?« fragte ich verwirrt.

»Und wieso die Bevölkerung?«

»Nun gut«, sagte ich. »Darum geht es eigentlich gar nicht. Mögen Sie recht haben: ein Programm, Zünder, der Leibhaftige ... Ja, und was kann er uns schon anhaben? Er ist schließlich allein.«

»Junge«, sagte Seine Exzellenz beinahe zärtlich. »Du denkst seit kaum einer halben Stunde darüber nach, ich aber zerbreche mir den Kopf schon seit vierzig Jahren. Und nicht nur ich. Und wir sind auf nichts gekommen, das ist das schlimmste. Und wir werden niemals auf etwas kommen, denn die klügsten und erfahrensten von uns sind doch nur Menschen. Wir wissen nicht, was *sie* von uns wollen. Wir wissen nicht, was sie vermögen. Unsere einzige Hoffnung liegt darin, daß wir bei unseren krampfhaften und systemlosen wilden Bewegungen immer wieder Schritte tun werden, die sie nicht vorhergesehen haben. Sie können nicht alles vorhergesehen haben. Das kann niemand. Und dennoch ertappe ich mich jedesmal, wenn ich mich zu einer Tat entscheide, bei dem Gedanken, daß sie genau dies von mir erwartet haben, daß ich gerade dies nicht tun darf. Soweit ist es mit mir gekommen, daß ich alter Dummkopf froh bin, daß wir diesen verdammten Sarkophag nicht gleich am ersten Tage vernichtet haben ... Die Tagoraner haben es ja getan – und schau sie dir jetzt an! Diese unheimliche Sackgasse, in der sie sich festgefahren haben ... Vielleicht ist gerade das die Folge jenes überaus vernünftigen, rationalsten Schrittes, den sie vor anderthalb Jahrhunderten unternommen haben ... Aber andererseits fühlen sie selbst sich ja keineswegs in der Sackgasse! Eine

Sackgasse ist es aus unserer, der menschlichen Sicht! Von ihrem Standpunkt aus hingegen blühen und gedeihen sie, und sie sind zweifellos der Ansicht, daß sie das ihrer rechtzeitigen radikalen Entscheidung verdanken ... Oder nehmen wir unseren Entschluß, den Amok laufenden Abalkin nicht an die Zünder zu lassen. Aber vielleicht haben sie genau das von uns erwartet?«

Er legte den kahlen Schädel in die Hände und schüttelte den Kopf.

»Wir sind alle müde, Mak«, brachte er hervor. »Wie müde wir alle sind! Wir können bereits nicht mehr über dieses Thema nachdenken. Vor Müdigkeit werden wir sorglos und sagen uns immer häufiger: ›Es wird schon gut gehen!‹ Früher war Gorbowski in der Minderheit, jetzt aber haben siebzig Prozent der Kommission seine Hypothese angenommen. ›Ein Käfer im Ameisenhaufen‹ ... Ach, wie schön das wäre! Wie gern man daran glauben möchte! Kluge Onkels haben aus rein wissenschaftlicher Neugier einen Käfer in einen Ameisenhaufen gesteckt und registrieren überaus eifrig alle Nuancen der Ameisenpsychologie, alle Feinheiten ihrer sozialen Organisation. Die Ameisen jedoch sind zu Tode erschrocken, die Ameisen jedoch laufen aufgeregt hin und her, machen sich Sorgen, sind bereit, ihr Leben für den heimatlichen Haufen hinzugeben, und sie haben keine Ahnung, daß der Käfer letzten Endes aus dem Ameisenhaufen kriechen und seiner Wege ziehen wird, ohne irgendwem das geringste zuleide getan zu haben ... Kannst du dir das vorstellen, Mak? Nicht das geringste Leid! Regt euch nicht auf, Ameisen! Alles wird gut ... Wenn das aber kein ›Käfer im Ameisenhaufen‹ ist? Sondern ein ›Iltis im Hühnerstall‹? Weißt du Mak, was das ist – ein Iltis im Hühnerstall?«

Und da explodierte er. Er donnerte die Fäuste auf den Tisch und brüllte los, wobei er mich mit wuterfüllten Augen fixierte: »Die Schufte! Vierzig Jahre haben sie aus meinem Leben gestrichen! Vierzig Jahre lang machen sie aus mir eine Ameise! Ich kann an nichts anderes denken! Sie haben mich zum Feigling gemacht! Ich erschrecke vor dem eigenen Schatten, traue dem eigenen vernagelten Schädel nicht mehr ... Na, was starrst du mich denn so an? In vierzig Jahren wirst du genauso sein, vielleicht auch schon früher, denn die Ereignisse folgen immer schneller! So schnell, wie wir Alten es uns nicht hätten träumen lassen, und wir werden allesamt in Rente gehen, weil wir damit nicht fertig werden können. Und das alles wird auf eure Schultern fallen! Und ihr könnt auch nicht damit fertig werden. Weil ihr . . .«

Er verstummte. Er blickte nicht mehr mich an, sondern über meinen Kopf hinweg. Und er stand langsam vom Tisch auf. Ich drehte mich um.

Auf der Schwelle, in der offenen Tür, stand Lew Abalkin.

4. Juni '78

Lew Abalkin in natura

»Ljowa!« sagte Seine Exzellenz verwundert und gerührt. »Mein Gott, Bester! Und wir haben uns die Hacken abgelaufen, um Sie zu finden!«

Lew Abalkin machte eine Bewegung und stand mit einemmal am Tisch. Kein Zweifel, das war ein richtiger Progressor von der neuen Schule, ein Profi, und noch dazu sicherlich einer von den besten – ich mußte ziemlich viel Mühe aufwenden, um seinem Tempo mit den Sinnen folgen zu können.

»Sie sind Rudolf Sikorsky, der Leiter der Kommission für Kontakte«, sagte er mit leiser, erstaunlich farbloser Stimme.

»Ja«, gab Seine Exzellenz zur Antwort, wobei er strahlend lächelte. »Aber warum so förmlich? Setzen Sie sich, Ljowa . . .«

»Ich werde im Stehen sprechen«, sagte Lew Abalkin.

»Nicht doch, Ljowa, was sollen die Zeremonien? Setzen Sie sich, ich bitte Sie. Uns steht ein langes Gespräch bevor, nicht wahr?«

»Nein, das ist nicht wahr«, sagte Abalkin. Mich würdigte er keines Blickes. »Es wird kein langes Gespräch. Ich will mich nicht mit Ihnen unterhalten.«

Seine Exzellenz war erschüttert. »Was heißt – Sie wollen nicht?« fragte er. »Sie, mein Lieber, sind im Dienst und verpflichtet, Bericht zu erstatten. Wir wissen immer noch nicht, was mit Tristan passiert ist . . . Was heißt – Sie wollen nicht?«

»Ich bin einer von ›dreizehn‹?«

»Dieser Bromberg . . .«, murmelte Seine Exzellenz ärgerlich. »Ja, Ljowa. Leider sind Sie einer von den ›dreizehn‹.«

»Es ist mir verboten, mich auf der Erde aufzuhalten? Und ich muß mein Leben lang unter Aufsicht bleiben?«

»Ja, Ljowa. So ist es.«

Abalkin hatte sich großartig unter Kontrolle. Sein Gesicht war völlig reglos, und die Augen hatte er halb geschlossen, als döse er im Stehen vor sich hin. Ich jedoch spürte, daß wir einen Menschen im letzten Stadium der Raserei vor uns hatten.

»Also, hier bin ich, um Ihnen zu sagen«, sprach Abalkin noch immer mit jener leisen, farblosen Stimme, »daß Sie mit uns dumm und gemein verfahren sind. Sie haben mein Leben kaputtgemacht und im Ergebnis nichts erreicht. Ich bin auf der Erde und gedenke die Erde nicht mehr zu verlassen. Beachten Sie bitte, daß ich auch Ihre Aufsicht nicht länger dulden und mich ohne Pardon von ihr befreien werde.«

»Wie von Tristan?« erkundigte sich Seine Exzellenz beiläufig.

Abalkin schien diese Erwiderung überhört zu haben. »Ich habe Sie gewarnt«, sagte er. »Jetzt haben Sie es sich selbst zuzuschreiben. Ich gedenke fortan zu leben, wie es mir paßt, und ersuche Sie, sich nicht mehr in mein Leben einzumischen.«

»Gut. Wir werden uns nicht einmischen. Aber sagen Sie mir, Ljowa, hat Ihnen Ihre Arbeit etwa nicht gefallen?«

»Jetzt werde ich mir meine Arbeit selbst aussuchen.«

»Sehr gut. Hervorragend. Und in der Freizeit bemühen Sie doch bitte mal Ihre grauen Zellen und versuchen Sie, sich an unsere Stelle zu versetzen. Was hätten Sie mit den ›Findelkindern‹ gemacht?«

Eine Art Lächeln huschte über Abalkins Gesicht. »Da gibt es nichts zu überlegen«, sagte er. »Da ist alles offensichtlich. Sie hätten mir alles erzählen, mich zu Ihrem bewußten Verbündeten machen müssen ...«

»Und Sie hätten sich nach ein paar Monaten das Leben genommen? Es ist schließlich schrecklich, Ljowa, sich als Gefahr für die Menschheit zu fühlen; das hält nicht jeder aus ...«

»Unsinn. Das sind alles die Wahnvorstellungen unserer Psychologen. Als ich erfuhr, daß ich mich nicht auf der Erde aufhalten darf, habe ich fast den Verstand verloren. Nur Androiden dürfen nicht auf der Erde leben. Ich bin wie ein Verrückter hin und her gerannt – hab' Beweise gesucht, daß ich kein Android bin, daß ich eine Kindheit hatte, daß ich mit den Kopflern gearbeitet habe ... Sie hatten Angst, mich um den Verstand zu bringen? Nun, das wäre Ihnen um ein Haar gelungen!«

»Aber wer hat denn gesagt, daß Sie nicht auf der Erde leben dürfen?«

»Was denn – ist das nicht wahr?« erkundigte sich Abalkin. »Darf ich vielleicht auf der Erde leben?«

»Jetzt – ich weiß nicht ... Wahrscheinlich, ja. Aber urteilen Sie selbst, Ljowa! Auf dem ganzen Saraksch wußte allein Tristan, daß Sie nicht zur Erde zurückkehren dürfen. Und er kann es Ihnen nicht gesagt haben ... Oder hat er doch?«

Abalkin schwieg. Sein Gesicht blieb nach wie vor reglos, doch auf den mattbleichen Wangen traten graue Flecken hervor, als wären es die Spuren alter Flechten – er ähnelte jetzt einem pandeischen Derwisch.

»Nun gut«, sagte Seine Exzellenz, nachdem er eine Weile gewartet hatte. Er musterte demonstrativ seine Fingernägel. »Mag Tristan es Ihnen dennoch erzählt haben. Ich verstehe nicht, warum er das tat, aber mag er. Warum hat er Ihnen dann nicht den Rest erzählt? Warum hat er die Gründe für das Verbot nicht erklärt? Schließlich gab es ja Gründe, und recht gewichtige, was Sie auch davon halten mögen ...«

Ein leichter Krampf lief über Abalkins graues Gesicht, es verlor plötzlich die Härte und hing gleichsam durch – der Mund klappte halb herunter, die Augen waren weit aufgerissen wie vor Verwunderung, und zum erstenmal hörte ich ihn atmen.

»Ich will nicht darüber sprechen ...«, sagte er laut und heiser.

»Sehr schade«, bemerkte Seine Exzellenz. »Für uns ist das sehr wichtig.«

»Aber für mich ist nur eins wichtig«, erwiderte Abalkin. »Daß Sie mich in Ruhe lassen.« Sein Gesicht hatte die frühere Festigkeit wiedergewonnen, die Lider hatten sich gesenkt, von den matten Wangen wichen allmählich die grauen Flecken.

Seine Exzellenz begann in völlig anderem Ton: »Ljowa. Wir lassen Sie natürlich in Ruhe. Aber ich flehe Sie an, wenn Sie plötzlich in sich etwas Ungewohntes verspüren, eine ungewohnte Empfindung ... irgendwelche sonderbaren Gedanken ... wenn Sie sich einfach krank fühlen ... Ich flehe Sie an, geben Sie Nachricht. Meinetwegen nicht an mich. An Gorbowski. Komow. Bromberg, wenn's sein muß ...«

Da wandte ihm Abalkin den Rücken und ging zur Tür. Seine Exzellenz schrie ihm fast nach, die Hand ausgestreckt: »Aber sofort! Sofort! Solange Sie noch ein Erdenmensch sind! Mag sein, daß ich vor Ihnen schuldig bin, aber die Erde trifft doch keine Schuld!«

»Ja doch, ich benachrichtige Sie«, sagte Abalkin über die Schulter hinweg. »Sie persönlich.«

Er ging aus dem Zimmer und schloß hinter sich akkurat die Tür.

Ein paar Sekunden lang schwieg Seine Exzellenz, beide Hände in die Armlehnen des Sessels verkrampft, und lauschte angespannt. Dann befahl er halblaut: »Ihm nach. Ja nicht aus den Augen lassen. Verbindung übers Armband. Ich bin im Museum.«

4. Juni '78

Der Abschluß der Operation

Nachdem er das Gebäude der KomKon 2 verlassen hatte, ging Lew Abalkin ohne Eile gemächlichen Schrittes die Rothornstraße entlang, trat in die Kabine eines Straßenvideofons und sprach mit jemandem. Das Gespräch dauerte reichlich zwei Minuten, worauf Lew Abalkin ebenso geruhsam, die Hände hinterm Rücken verschränkt, auf den Boulevard abbog und sich dort auf einer Bank neben dem Basrelief Strogows niederließ.

Ich glaube, er las sehr aufmerksam alles durch, was in den Sockel gemeißelt war, schaute sich dann zerstreut um und blieb an die zwanzig Minuten in der Pose eines Menschen sitzen, der von einer schweren Arbeit ausruht: die Arme auf der Lehne der Bank ausgebreitet, den Kopf zurückgelegt und die gekreuzten Beine zur Mitte der Alle hin ausgestreckt. Um ihn versammelten sich Eichhörnchen, eins sprang ihm auf die Schulter und stupste ihm das Schnäuzchen gegens Ohr. Er lachte laut auf, nahm es in die Hand, zog die Beine an und setzte es sich aufs Knie. Dort blieb es auch sitzen. Ich glaube, er unterhielt sich mit dem Eichhörnchen. Die Sonne war eben erst aufgegangen, die Straßen lagen fast leer, und auf dem Boulevard befand sich außer ihm keine Menschenseele.

Ich gab mich natürlich keinerlei Illusionen hin, daß es mir gelungen sei, unbemerkt zu bleiben. Zweifellos wußte er, daß ich ihn nicht aus den Augen ließ, und hatte sich wohl schon überlegt, wie er mich nötigenfalls loswerden könnte. Doch nicht das beschäftigte mich. Mich beunruhigte Seine Exzellenz. Ich verstand nicht, was er plante.

Er hatte mir befohlen, Abalkin ausfindig zu machen. Er hatte sich mit Abalkin treffen wollen, um allein mit ihm zu sprechen. Wenigstens war es anfangs so gewesen, vor drei Tagen. Dann hatte er sich überzeugt oder, genauer gesagt, sich klargemacht, daß Abalkin unweigerlich auf die Zünder stoßen würde. Da hatte er einen Hinterhalt gelegt. Von Gesprächen tête à tête war schon keine Rede mehr gewesen. Da war der Befehl gewesen, »ihn zu fassen, sobald er dieses Tuch berührt«. Und die Pistole war da gewesen. Offenbar für den Fall, daß es nicht gelang, ihn zu fassen. Gut. Jetzt kommt Abalkin von selbst zu ihm. Und es ist deutlich zu sehen, daß Seine Exzellenz Abalkin nichts zu sagen hat. Kein Wunder: Seine Exzellenz ist überzeugt, daß das Programm läuft, und in diesem Fall hat es keinen Sinn, mit Abalkin zu sprechen. (Ob das Programm tatsächlich lief – darüber hatte ich meine eigene Meinung, doch sie spielte keine Rolle. Vor allem mußte ich die Absicht Seiner Exzellenz ergründen.)

Also er läßt Abalkin laufen. Statt ihn gleich im Arbeitszimmer zu ergreifen und den Ärzten und Psychologen zu übergeben, läßt er ihn laufen. Über der Erde schwebt eine Gefahr. Um ihr zu begegnen, genügt es, Abalkin zu isolieren. Das ließe sich mit den einfachsten Mitteln bewerkstelligen. Und damit wäre wenigstens unter diesen Fall ein Schlußstrich gezogen. Er jedoch läßt Abalkin laufen und geht selbst ins Museum. Das kann nur eins bedeuten: Er ist sich vollkommen sicher, daß Abalkin in allernächster Zeit ebenfalls im Museum erscheinen wird. Wegen der Zünder. Weswegen denn sonst? (Dabei schien nichts einfacher zu sein, als dieses Bernsteinfutteral in ein ausrangiertes Raumschiff vom Typ »Gespenst« zu stecken und bis ans Ende der Zeiten in den Subraum zu jagen . . . Aber das geht natürlich leider nicht: diese Tat wäre unumkehrbar.)

Abalkin erscheint im Museum (oder dringt gewaltsam ein – schließlich erwartet ihn da Grischa Serossowin) . . . Er erscheint jedenfalls im Museum und erblickt dort wieder Seine Exzellenz. Welch ein Bild. Und dann findet das richtige Gespräch statt . . .

Seine Exzellenz bringt ihn um, dachte ich. Herr hilf, dachte ich in Panik. Er sitzt hier und spielt mit den Eichhörnchen, und in einer Stunde bringt ihn Seine Exzellenz um. Das ist doch klar wie Kloßbrühe. Deshalb erwartet ihn Seine Exzellenz ja auch im Museum, um sich diesen Film zu Ende anzuschauen und zu begreifen, mit eigenen Augen zu sehen, wie das alles vor sich geht, wie sich der Automat der *Wanderer* seinen Weg sucht, wie er das Bernsteinfutteral findet (mit den Augen? Nach dem Geruch? Mit einem sechsten Sinn?), wie er dieses Futteral öffnet, wie er seinen Zünder auswählt, was er mit seinem Zünder zu tun sich anschickt ... nur sich anschickt, nicht mehr, weil in derselben Sekunde seine Exzellenz auf den Abzug drücken wird, denn weiter darf das Risiko nicht gehen.

Und ich sagte mir: Nicht doch, das wird nicht geschehen.

Ich kann nicht behaupten, daß ich alle Folgen meiner Tat sorgfältig durchdacht hätte. Offen gesagt, hatte ich sie überhaupt nicht durchdacht. Ich trat einfach auf die Allee hinaus und ging geradewegs auf Abalkin zu.

Als ich zu ihm trat, blickte er mich scheel an und wandte sich ab. Ich setzte mich neben ihn.

»Ljowa«, sagte ich. »Reisen Sie ab. Sofort.«

»Mir scheint, ich hatte gebeten, mich in Ruhe zu lassen«, sagte er mit unverändert leiser und farbloser Stimme.

»Man wird Sie nicht in Ruhe lassen. Dazu ist die Sache zu weit gediehen. Niemand zweifelt an Ihnen persönlich. Aber Sie sind für uns nicht länger Ljowa Abalkin. Ljowa Abalkin gibt es nicht mehr. Sie sind für uns ein Automat der *Wanderer*.«

»Und ihr seid für mich eine Bande von vor Angst Amok laufenden Idioten.«

»Zugegeben«, sagte ich. »Doch gerade darum sollten Sie sehen, wie Sie möglichst schnell möglichst weit wegkommen. Fliegen Sie auf die Pandora, Ljowa, leben Sie dort ein paar Monate, beweisen Sie, daß kein Programm in Ihnen steckt.«

»Wozu denn?« sagte er. »Wie komme ich dazu, jemandem etwas zu beweisen? Wissen Sie, das ist erniedrigend.«

»Ljowa«, sagte ich. »Wenn Sie verängstigten Kindern begegneten, würden Sie es dann für erniedrigend halten, Faxen zu machen und vor ihnen den Narren zu spielen, um sie zu beruhigen?«

Zum erstenmal schaute er mir geradezu in die Augen. Er schaute lange, fast ohne zu zwinkern, und mir wurde klar, daß er mir kein Wort glaubte. Vor ihm saß ein vor Angst Amok laufender Idiot und gab sich alle Mühe zu lügen, um ihn wieder an den Rand des Weltalls zu drängen, doch diesmal für immer, ohne die geringste Hoffnung auf Rückkehr.

»Zwecklos«, sagte er. »Hören Sie mit dem Geschwätz auf und

lassen Sie mich in Ruhe. Es ist Zeit für mich.«

Er scheuchte vorsichtig die Eichhörnchen weg und stand auf. Auch ich erhob mich.

»Ljowa«, sagte ich. »Man wird Sie umbringen.«

»Nun, das ist nicht so einfach«, gab er lässig zur Antwort und ging die Allee entlang.

Ich ging neben ihm. Ich redete die ganze Zeit. Gab irgendwelchen Unsinn von mir, das wäre jetzt wohl nicht der Moment, wo man sich leisten könnte, beleidigt zu sein, daß es doch dumm wäre, nur aus Stolz sein Leben aufs Spiel zu setzen, daß man die Alten ja auch verstehen müsse – seit vierzig Jahren säßen sie wie auf Kohlen . . . Er schwieg sich aus oder gab bissige Antworten. Ein paarmal lächelte er sogar – mein Verhalten schien ihn zu amüsieren. Wir gelangten ans Ende der Allee und bogen in die Fliederstraße ein. Wir gingen in Richtung Sternenplatz.

Es waren schon ziemlich viele Menschen auf der Straße. Das war in meinen Plänen nicht vorgesehen, störte sie aber auch nicht besonders. Es konnte schließlich jemandem auf der Straße schlecht werden, in solchen Fällen mußte ja jemand den Bewußtlosen zum nächsten Arzt bringen . . . Ich werde ihn auf unser Raketodrom schaffen, es ist nicht weit, er wird nicht einmal zur Besinnung kommen. Dort stehen immer zwei, drei »Gespenster« einsatzbereit. Ich rufe die Glumowa dorthin, und zu dritt landen wir auf der grünen Růžena, in meinem alten Lager. Unterwegs erkläre ich ihr alles, und zum Teufel mit dem Persönlichkeitsgeheimnis Lew Abalkins . . . So. Dort am Straßenrand steht ein passender Gleiter. Er ist frei. Genau das, was ich brauche . . .

Als ich wieder zur Besinnung kam, ruhte mein Kopf auf den warmen Knien einer älteren Frau, und ich lag gleichsam am Grunde eines Brunnens, und von oben blickten unbekannte Gesichter besorgt auf mich herab, und jemand verlangte, sie sollten sich nicht so drängeln und mir mehr Luft lassen, und jemand anders hielt mir fürsorglich eine stechend riechende Ampulle unter die Nase, und eine besonnene Stimme äußerte sich dahingehend, daß kein Grund zur Beunruhigung vorläge – es könnte schließlich jemandem auf der Straße schlecht werden . . .

Mein Körper kam mir wie ein prall gefüllter Luftballon vor, der sich mit leisem Klingen unmittelbar über dem Erdboden wiegte. Schmerz fühlte ich nicht. Anscheinend war ich auf eine ganz gewöhnliche »Wendung nach unten« hereingefallen, die er freilich aus einer solchen Position angebracht hatte, aus der heraus sie niemals jemand ausführt.

»Nicht so schlimm, er ist schon zu sich gekommen, alles geht in Ordnung ...«

»Bleiben Sie liegen, bitte, bleiben Sie liegen, Ihnen ist einfach schlecht geworden ...«

»Gleich kommt ein Arzt, Ihr Freund ist schon einen holen gelaufen ...«

Ich setzte mich auf. Man stützte mich an den Schultern. In mir war immer noch dieses Klingen, doch der Kopf war völlig klar. Ich hätte aufstehen müssen, war aber noch nicht dazu imstande. Durch das Gewirr von Beinen und Körpern um mich herum sah ich, daß der Gleiter verschwunden war. Und dennoch hatte es Abalkin nicht geschafft, die Sache zu Ende zu bringen. Hätte er zwei Zentimeter weiter links getroffen, dann wäre ich bis zum Abend bewußtlos liegengeblieben. Aber entweder hatte er sein Ziel verfehlt, oder bei mir war im letzten Moment ein Schutzreflex in Aktion getreten ...

Mit pfeifendem Rauschen ging nebenan ein Gleiter nieder, ein hagerer Mann sprang unmittelbar auf die Straße heraus, bahnte sich seinen Weg durch die Menge und murmelte dabei: »Was ist passiert? Ich bin Arzt! Was ist los?«

Wo nahm ich bloß die Beine her! Ich sprang ihm entgegen, packte ihn am Ärmel und stieß ihn zu der älteren Frau, die eben noch meinen Kopf gehalten hatte und nach wie vor kniete.

»Der Frau ist schlecht, helfen Sie ihr ...«

Die Zunge gehorchte mir kaum. In der vor Verblüffung eingetretenen Stille schlug ich mich zum Gleiter durch, wälzte mich über die Bordwand auf den Sitz und schaltete das Triebwerk ein. Ich vernahm gerade noch einen erstaunten Protestruf: »Aber erlauben Sie ...!«, und im nächsten Augenblick lag der Sternenplatz im Licht der Morgensonne unter mir.

Alles war wie in einem wiederkehrenden Traum. Wie sechs Stunden zuvor. Ich lief von Saal zu Saal, von Korridor zu Korridor, lavierte zwischen Ständen und Vitrinen, zwischen Statuen und Attrappen, die sinnlosen Mechanismen ähnelten, zwischen Mechanismen und Apparaten, die wie häßliche Statuen aussahen, nur daß jetzt alles ringsumher in helles Sonnenlicht getaucht und ich allein war und die Beine unter mir zitterten und ich keine Angst hatte, zu spät zu kommen, weil ich sicher war, daß ich unbedingt zu spät kommen würde.

Ich war schon zu spät gekommen.

Schon.

Ein Schuß knallte. Ein nicht besonders lauter, trockener Schuß aus einer »Herzog«. Ich stockte mitten im Laufen. Aus. Vorbei. Ich lief aus letzter Kraft weiter. Rechts vorn huschte zwischen den grotesken Formen eine Figur in weißem Laborkittel vorbei. Grischa Serossowin, genannt Wolodja. War auch zu spät gekommen.

Noch zwei Schüsse knallten, einer nach dem anderen ... »Ljowa. Man wird Sie umbringen.« – »Das ist nicht so einfach ...« Wir stürzten gleichzeitig in Maja Toivowna Glumowas Arbeitszimmer – Grischa und ich.

Lew Abalkin lag mitten im Zimmer auf dem Rücken, und Seine Exzellenz, riesengroß, gebeugt, die Pistole in der gesenkten Hand, näherte sich ihm vorsichtig mit kleinen Schritten, von der anderen Seite aber kam, sich mit beiden Händen am Tisch festhaltend, die Glumowa auf Abalkin zu.

Die Glumowa hatte ein regloses, völlig gleichgültiges Gesicht, ihre Augen aber schielten furchterregend und unnatürlich zur Nasenwurzel hin.

Die safrangelbe Glatze und die leicht herabhängende, mir zugewandte Wange Seiner Exzellenz waren von großen Schweißtropfen bedeckt.

Es stank scharf, säuerlich, widernatürlich nach verbranntem Pulver.

Und es war still.

Lew Abalkin lebte noch. Die Finger seiner rechten Hand kratzten kraftlos und hartnäckig über den Fußboden, als wollten sie die einen Zentimeter entfernt liegende graue Scheibe des Zünders erreichen. Die mit dem Zeichen in Form eines stilisierten kyrillischen Sh oder des japanischen Zeichens »sanju«.

Ich trat zu Abalkin und hockte mich neben ihm nieder (Seine Exzellenz rief mir irgendeine Warnung zu). Abalkin blickte aus glasigen Augen zur Decke. Sein Gesicht war wie vorhin mit grauen Flecken überzogen, sein Mund blutig. Ich berührte ihn an der Schulter. Der blutige Mund zuckte, und er sagte vor sich hin: »Ein Mann stand am Tor, die Tiere davor ...«

»Ljowa«, rief ich ihn.

»Ein Mann stand am Tor, die Tiere davor«, wiederholte er beharrlich. »Die Tiere . . .«

Und da begann Maja Toivowna Glumowa zu schreien.

252/1/7.93

252/2/7.93

Phantastische Bibliothek in den suhrkamp taschenbüchern

252/3/7.93

Phantastische Bibliothek in den suhrkamp taschenbüchern

Turner: Sommer im Treibhaus. PhB 272. st 1822

Von den Vampiren und Menschensaugern. PhB 306. st 2281

Wharton: Gespenstergeschichten. PhB 268. st 1806

Wyndham: Kuckuckskinder. PhB 277. st 1893

Zondergeld: Lexikon der phantastischen Literatur. PhB 91. st 880

252/4/7.93

suhrkamp taschenbücher
Eine Auswahl

Adorno: Erziehung zur Mündigkeit. st 11
Aitmatow: Dshamilja. st 1579
Alain: Die Pflicht, glücklich zu sein. st 859
Allende: Eva Luna. st 1897
– Das Geisterhaus. st 1676
– Die Geschichten der Eva Luna. st 2193
– Von Liebe und Schatten. st 1735
The Best of H.C. Artmann. st 275
Augustin: Der amerikanische Traum. st 1840
Bachmann: Malina. st 641
Bahlow: Deutsches Namenlexikon. st 65
Ball: Hermann Hesse. st 385
Barnes: Nachtgewächs. st 2195
Barnet: Ein Kubaner in New York. st 1978
Barthes: Fragmente einer Sprache der Liebe. st 1586
Becker, Jürgen: Gedichte. st 690
Becker, Jurek: Bronsteins Kinder. st 1517
– Jakob der Lügner. st 774
Beckett: Endspiel. st 171
– Malone stirbt. st 407
– Molloy. st 229
– Warten auf Godot. st 1
– Watt. st 46
Beig: Hochzeitslose. st 1163
– Rabenkrächzen. Eine Chronik aus Oberschwaben. st 911
Benjamin: Angelus Novus. st 1512
– Illuminationen. st 345
Berkéwicz: Adam. st 1664
Berkéwicz: Josef stirbt. st 1125
– Maria, Maria. st 1809
Bernhard: Alte Meister. st 1553
– Auslöschung. Ein Zerfall. st 1563
– Beton. st 1488
– Claus Peymann kauft sich eine Hose und geht mit mir essen. st 2222
– Gesammelte Gedichte. st 2262
– Holzfällen. st 1523
– Stücke 1-4. st 1524, 1534, 1544, 1554
– Der Untergeher. st 1497
– Verstörung. st 1480
Blackwood: Der Tanz in den Tod. st 848
Blatter: Das blaue Haus. st 2141
– Wassermann. st 1597
Brasch: Der schöne 27. September. st 903
Braun, Volker: Gedichte. st 499
– Hinze-Kunze-Roman. st 1538
Brecht: Dreigroschenroman. st 1846
– Gedichte über die Liebe. st 1001
– Geschichten vom Herrn Keuner. st 16
– Hauspostille. st 2152
Bertolt Brechts Dreigroschenbuch. st 87
Broch: Die Verzauberung. st 350
– Die Schuldlosen. st 209
Buch: Die Hochzeit von Port-au-Prince. st 1260
– Tropische Früchte. st 2231
Burger: Der Schuß auf die Kanzel. st 1823
Cabrera Infante: Drei traurige Tiger. st 1714

265/1/11.93

265/2/11.93

suhrkamp taschenbücher
Eine Auswahl

Handke: Der Chinese des Schmerzes. st 1339
– Der Hausierer. st 1959
– Kindergeschichte. st 1071
– Langsame Heimkehr. Tetralogie. st 1069-1072
– Die linkshändige Frau. st 560
– Die Stunde der wahren Empfindung. st 452
– Versuch über den geglückten Tag. st 2282
– Versuch über die Jukebox. st 2208
– Versuch über die Müdigkeit. st 2146
– Wunschloses Unglück. st 146
Hesse: Gesammelte Werke. 12 Bde. st 1600
– Demian. st 206
– Das Glasperlenspiel. st 79
– Klein und Wagner. st 116
– Klingsors letzter Sommer. st 1195
– Knulp. st 1571
– Die Morgenlandfahrt. st 750
– Narziß und Goldmund. st 274
– Die Nürnberger Reise. st 227
– Peter Camenzind. st 161
– Schön ist die Jugend. st 1380
– Siddhartha. st 182
– Der Steppenwolf. st 175
– Unterm Rad. st 52
– Der vierte Lebenslauf Josef Knechts. st 1261
Hettche: Ludwig muß sterben. st 1949
Hildesheimer: Marbot. st 1009
– Mitteilungen an Max über den Stand der Dinge. st 1276
– Tynset. st 1968
Hohl: Die Notizen. st 1000
Horváth: Gesammelte Werke. 15 Bde. st 1051-1065
– Jugend ohne Gott. st 1063
Hrabal: Ich habe den englischen König bedient. st 1754
– Das Städtchen am Wasser. st 1613-1615
– Tanzstunden für Erwachsene und Fortgeschrittene. st 2264
Hürlimann: Die Tessinerin. st 985
Inoue: Die Eiswand. st 551
– Der Stierkampf. st 944
Johnson: Das dritte Buch über Achim. st 169
– Mutmassungen über Jakob. st 147
– Eine Reise nach Klagenfurt. st 235
Jonas: Das Prinzip Verantwortung. st 1085
Joyce: Anna Livia Plurabelle. st 751
Kaminski: Flimmergeschichten. st 2164
– Kiebitz. st 1807
– Nächstes Jahr in Jerusalem. st 1519
Kaschnitz: Liebesgeschichten. st 1292
Kiefer: Über Räume und Völker. st 1805
Kirchhoff: Infanta. st 1872
– Mexikanische Novelle. st 1367
Koch: See-Leben. st 783
Koeppen: Gesammelte Werke in 6 Bänden. st 1774
– Jakob Littners Aufzeichnungen aus einem Erdloch. st 2267

265/3/11.93

265/4/11.93

suhrkamp taschenbücher
Eine Auswahl

Museum der modernen Poesie. st 476
Neruda: Liebesbriefe an Albertina Rosa. st 829
Nizon: Im Bauch des Wals. st 1900
Nooteboom: In den niederländischen Bergen. st 2253
– Mokusei! Eine Liebesgeschichte. st 2209
O'Brien: Der dritte Polizist. st 1810
Onetti: So traurig wie sie. st 1601
Oz: Bericht zur Lage des Staates Israel. st 2192
– Black Box. st 1898
– Eine Frau erkennen. st 2206
– Der perfekte Frieden. st 1747
Paz: Essays. 2 Bde. st 1036
– Gedichte. st 1832
Penzoldt: Idolino. st 1961
Percy: Der Idiot des Südens. st 1531
Plenzdorf: Legende vom Glück ohne Ende. st 722
– Die neuen Leiden des jungen W. st 300
Poniatowska: Stark ist das Schweigen. st 1438
Praetorius: Reisebuch für den Menschenfeind. st 2203
Proust: Auf der Suche nach der verlorenen Zeit. 10 Bde. st
Puig: Der Kuß der Spinnenfrau. st 869
– Der schönste Tango der Welt. st 474
Ribeiro: Brasilien, Brasilien. st 1835
Rochefort: Zum Glück gehts dem Sommer entgegen. st 523
Rodoreda: Auf der Plaça del Diamant. st 977
Rothmann: Stier. st 2255
Rubinstein: Nichts zu verlieren und dennoch Angst. st 2230
Russell: Eroberung des Glücks. st 389
Sanzara: Das verlorene Kind. st 910
Semprún: Die große Reise. st 744
– Was für ein schöner Sonntag. st 972
Sloterdijk: Der Zauberbaum. st 1445
Späth: Stilles Gelände am See. st 2289
Sternberger: Drei Wurzeln der Politik. st 1032
Strugatzki / Strugatzki: Die häßlichen Schwäne. st 1275
– Eine Milliarde Jahre vor dem Weltuntergang. st 1338
Tendrjakow: Die Abrechnung. st 965
Unseld: Der Autor und sein Verleger. st 1204
– Begegnungen mit Hermann Hesse. st 218
Vargas Llosa: Der Geschichtenerzähler. st 1982
– Der Hauptmann und sein Frauenbataillon. st 959
– Der Krieg am Ende der Welt. st 1343
– Lob der Stiefmutter. st 2200
– Tante Julia und der Kunstschreiber. st 1520

265/5/11.93

265/6/11.93